跑多远才能回到家

徐则臣 著

四川文艺出版社

图书在版编目（CIP）数据

跑多远才能回到家 / 徐则臣著. — 成都：四川文艺出版社, 2018.3
ISBN 978-7-5411-4345-8

Ⅰ. ①跑… Ⅱ. ①徐… Ⅲ. ①散文集－中国－当代 Ⅳ. ①I267

中国版本图书馆CIP数据核字(2018)第036669号

PAO DUO YUAN CAI NENG HUI DAO JIA
跑多远才能回到家
徐则臣 著

策 划 人	徐晓亮
责任编辑	苟婉莹　王筠竹
封面设计	叶　茂
内文设计	史小燕
责任校对	蓝　海
责任印制	崔　娜

出版发行	四川文艺出版社（成都市槐树街2号）
网　　址	www.scwys.com
电　　话	028-86259287（发行部）　028-86259303（编辑部）
传　　真	028-86259306
邮购地址	成都市槐树街2号四川文艺出版社邮购部　610031
排　　版	四川最近文化传播有限公司
印　　刷	成都东江印务有限公司
成品尺寸	140mm×203mm　1/32
印　　张	10	字　数	210千
版　　次	2018年3月第一版	印　次	2018年3月第一次印刷
书　　号	ISBN 978-7-5411-4345-8
定　　价	49.80元

版权所有·侵权必究。如有质量问题，请与出版社联系更换。028-86259301

目录

第一辑　跑多远才能回到家

一个人的天堂 3
最后一个货郎 10
母亲的牙齿 16
无法返回的生活 20
半个月亮爬上来 22
一座桥 25
一个知识分子的死 29
仪　式 32
野　游 39
大地上的事情 41
跑多远才能回到家 50
世界和平与葫芦丝 53
水晶八条 57
放牛记 62

纸上少年 70
看《围城》的那些年 75
去小学校的路 80
老屋记 88
露天电影 93
黑夜的声音 98
九　年 105
就这样进了大学 109
阳光与阴影 113
脸　谱 117
天黑以后 120
沿铁路向前走 128

第二辑　冬天、雪和伟大的北京

进北大记 135
中关村的麻辣烫 144

回万柳的路上挂满灯笼..................149
冬天、雪和伟大的北京城..................152
墙外看北大..................154
时间有了加速度..................159
四个住处一个家..................164
此心不安处是吾乡..................174
生活在楼上..................179
十短章..................184
少一枚硬币..................197
我看见的脸..................199
沙小单的投掷生活..................210
四个词..................220
惧酒者说..................228
自己去买火车票..................232
一半是海水,一半是火焰..................236
我的三十岁..................240
给儿子的信..................244

第三辑 行吟录

开往黑夜的火车 251
韩事两段 254
小博物馆之歌 260
教　堂 264
有个小镇叫沃尔 272
布朗维尔,以诗歌的名义 276
到处都是我们的人 279
一线天 282
烟雾弹放多了 285
哲学课 288
法兰克福记 292
海德堡 296
阿姆斯特丹的自行车 299
阿姆斯特丹和我们的历史 302
用文学挣钱是门艺术 305
哥伦比亚的马尔克斯 308

第一辑　跑多远才能回到家

一个人的天堂

　　夜里做梦，梦见了一阵阵的饥饿。很奇妙，饥饿像个抽象的东西，在梦境里忽远忽近地招引我，我梦见自己坐起身来，胃里伸出了一双想望的手。饥饿终于叫醒了我。清醒后茫然若失，肚子里还是鼓鼓的，一点都不想吃。早上我跟母亲说，我梦见我饿了。母亲说，大过年的，哪天不是吃到嗓子眼，还饿。我想也是，一个梦而已。就忘了。

　　除夕那天去看姑妈，骑自行车出门向南走。多少年了，中心路以南的地方我很少去，现在姑妈搬了家，我不得不经过那里。我懒洋洋地走，四处张望，落满阳光的地方若干年前我都曾熟悉，甚至很熟悉，像家一样。诊所，不在了，空旷的院子在太阳下。幼儿园，孩子们都放假了，半开的大门后面看见半截滑梯和几件晾晒的衣服，看门人在一件衣服背后大声地咳嗽，吐痰。接着是人家，红的瓦房，白的瓦房，凌乱的小院和即将过年的喧嚷。有钱的推倒了瓦房，建筑了两层小楼，一家过去，另一家还是，鼻子通红的小孩站在楼梯口看我，他们一定把我当成了陌生人。然后是一个更大的院子，院墙破落，从锈坏的铁门里可以看见满地的荒草，被风雪打得枯黄泛白，现在还在风里摇摆。风有点大，一根根拉弯了它们的腰，风经过荒草像走在水上。院子前是一排矮小的白瓦房，红砖白瓦。我突然记起了梦见的饥饿，想起了在梦里它其实是有味道的，清甜，还有点刺鼻的香味。我想起来了，这是大商店的味，多少年前我最喜欢的味道，那时候我还小，它总能引起我无穷无尽的饥饿。这排房子就是大商店。我撑着脚停在路上，扭头看见了大商店。门窗都不见了，只剩下一个个黑乎乎的洞，边角粗糙，一截截断砖露在外面。他们拆掉门窗的时候下手太潦草。麻雀从房顶上跳下来，转一圈就从那些黑洞里钻进去，里面更黑，阳光再好我也看不见里面的东西。里面也不会再有东西了，只剩下一排矮小的空房子。

它竟然这么小。多少年前我一度以为这是世界上最大的房子，它比当时的民房要大很多，而且中间没有隔离，看起来就是一间大房子，宽敞的空间从东头一直拉到西头。我们都叫它大商店，因为它是当时我们那地方最大的商店，也是周围几个村庄里最大的商店。在1989年我到镇上读中学之前，这里是我最向往的地方。念小学的时候，我在一本没有封面的书上看到了"天堂"这个词，我就以为，如果这世上真有天堂，那就应该是我们的大商店。

1989年我十一岁，这之前我的生活很少超过这个村庄。我以为大商店里什么都有，一个人哪怕活上两辈子，里面的东西也绰绰有余。让我想一下1984年的大商店，那一年我六岁，开始读小学一年级。大商店恰好在去学校的路上，几乎每天我能到大商店里转上一圈。店里的营业员换过好几个，无一例外都喜欢开东门，西门一年到头锁上。天堂的门槛很高，要爬上一个倾斜的高台阶才能进去，台阶是水泥的，上面布满用绳索印下的花纹，素朴简约。我不记得什么时候第一次走进大商店，只记得每次进门后都想感叹，真大。真是大。房顶比我家的不知要高多少，也宽敞，尤其是夏天，别的地方都热得蹲不下个人，大商店里却有用不完的阴凉。长长的房间被分成三部分，先是一道一米多高的柜台把房间切成两半，再由直抵屋顶的货架把剩下的空间再切成两半。货架后面放什么，是我很多年一直感兴趣的问题，可惜直到我离开村庄去镇上念书，也没能找到机会去看一下。

我见过卖东西最多的地方当然是集市和庙会，可是集市不是每天都有，庙会更稀罕，即使每天都有，我也不能天天跑去赶集。大商店是集市和庙会之外东西最多的地方，货架上下，从东到西，摆满了待售的商品。从生活的源头开始，花花绿绿的烟和酒，瓶装的酱油。练习本。铅笔、钢笔、圆珠笔和墨水。水壶。瓶胆。灯泡。蜡烛。火柴。饼干。桃酥。高粱饴。糖豆。白砂糖。红糖。大糕。挂面。瓷碗。碟子。花盘。洗脸盆。搪瓷缸。筷子。勺子。锅铲。铁锅。牙刷。牙膏。雪花膏。毛巾。布料。轴线。绣花针。顶针。橡胶鞋。布鞋。袜子。轮胎。还有很多，一路摆下去。我说不出来的不是因为我想不起来了，而是我没能看见。那时候我个头小，大商店的柜台高得有点过分了。

我和当时其他喜欢在大商店里游荡的孩子一样，为了看清货架下面和放在地上的商品，我们不约而同踮起脚尖，把下巴挂在柜台上，希望这样可以看得更深。其实是没用的，柜台太宽大了，我们的脖子伸得再长也无济于事，谁让我们的目光不能拐弯呢。要命的是，被柜台遮蔽的恰恰是我最想见到的。各种各样的点心、糖果，还有堆放在地上的鞭炮和玩具。1989年之前我的生活目标主要集中在吃和玩上，想吃一切好吃的，想玩一切好玩的。还有人人都会说的那句话：闺女要花儿要炮。我想要那些鞭炮。它们几乎都被柜台挡住了，我不能时时看见它们，可是我想时时看见，所以进了大商店就忍不住伸长脖子，把自己挂起来。

大商店里的柜台是我见过的最美的柜台，下面是砖头砌成，上面是水泥覆顶。水泥是灰色的，我见到的时候早就变成黑色的了。不仅是小孩喜欢进大商店，大人也喜欢，他们个头高，随意地把手放到柜台上指指戳戳，长长久久把柜台抹得油乌发亮。我的下巴挂上去，鼻子底下就飘悠起不散的烟火味。这些年我见过无数的店铺的柜台，漂亮的，整洁的，先进的，接近于无限透明的，不知见到了多少，一点感觉都没有，它们与我无关，与生活和人无关，而大商店里的柜台，上面曾经挂过无数个年幼的下巴，落下过无数只手掌，那些手掌都从自己家里带了尘土、草灰、馒头渣子和汗渍。柜台上累积了层层叠叠的烟火气和人的味道。我把脖子伸长，使劲嗅着鼻子，我想闻到柜台后面飘散出来的大商店的味。

不知道是不是所有的大商店里都有这种味道。先是香甜的味道，清净、羞涩还有点欢欣，是点心和糖果发出来的。然后是粮食白酒的香味,悠悠的,淡淡的,从东头柜台上的酒坛子里散出来。然后是酱油味,黑黝黝的味道,行动迟缓笨重,喜欢沉在所有的味道之下,像结实的河床。这些香味把大商店里的气味调得十分黏稠,闻久了妥帖身心,我就犯困。惊醒我的是另一种刺鼻的香味,比如橡胶鞋的味道,纸箱子的味道,这些味道身手敏捷,因为过于尖利,多少显得有些轻佻。还有就是水泥柜台本身的味道,清冽的砖石味。

我经常放学后都要到大商店里兜上一圈,挂一会儿下巴。闻一闻,看一看,把吃不到的东西睁大眼睛想一遍,玩不到的东西也跟着想一遍。在大商店里我总是觉得肚子里空荡荡的,店里好闻的气味一直在提醒我有饥饿这回事,即使我吃饱了。我忍不住要进去,进去了更饿。后来听说,好闻的味道也能提高营养,所以厨师大多都是胖子,不知道当初待我获得过营养没有,那时候我瘦得可怜,穿着垂不到脚踝的裤子,母亲说我吃龙肉都不胖。

柜台后面的很诱人,我没钱买。大多数的孩子都没钱买。父母很少给我们零花钱,偶尔给了一毛两毛也舍不得花掉,如果什么时候手里聚到了五毛一块,真以为自己是富翁了。把钱装在贴身的兜里,手指头秘密地在兜里把钱攥紧,干的纸币终于也捏出了水。有了大钱心里就怪怪的,像大商店里的长柜台,泛着清冷的喜气,觉得全世界都是繁华,有微微的油腻。我用眼睛、鼻子来购买,躲在头脑里从容地消费。那个时候有饥饿,也有欲望,但从来没有非分之想,那种满足饥饿的欲望也是清净的,从不设计在黑暗里把好东西都装进口袋里。我在大商店里第一次买过的最贵的东西是一支钢笔,英雄牌的。1985年的秋天的一个上午,我刚升入二年级,祖父给我钱让我买一支钢笔,花了一块八毛钱。我读一年级时一个学期的学费是三块五毛。我几乎成了班上最早使用钢笔的人,开始在白纸上写字,而别人还在用铅笔和田字格。直到现在,我依然一厢情愿地认为,这是我的字写得不错的重要原因之一。

除去口腹之欲,大商店也是一个玩乐的好去处。在里面很容易找到安静的时候。长年关闭的西门附近有几口大缸,通体黑蓝,冬天时用来装酱油和盐,夏天就空下来。我常常一个人转到那几只缸边,摸清凉的瓷,安详妥帖的平滑,阳光打在脸上,亦有一种清凉的惊喜。不知道那些瓷缸最后都到哪里去了,慢慢地都不见了,盐装进了蛇皮口袋里,酱油、白酒和香油一样,装进了小坛子,放在柜台的最东头,买卖更方便了。在那几个一字摆开的小坛子前,我见到了周围村庄里的几乎所有腿脚灵便的酒鬼。他们忍不住汹涌而至的酒瘾,弯腰驼背地来了,像孔乙己那样摆出几文大钱,要了一茶杯粮食白酒,就站在柜台前喝。准备充分的,随身会带有一两个朝天椒;没来得及准备的就随手捏起一颗大盐粒,喝一口舔一下盐粒,嘴里咝咝啦啦地呼吸,喝得美好且满足。喝酒时和售货员东拉西扯,喝光了话也说完了,放下杯子抹抹嘴回家了。在后来的生活中,我见到很多酒鬼,喝得如此简单和干净的很少,大多都是在油腻的酒席上昏了口舌和头脑,脸变大,脖子变粗,整个人成了讨嫌的酒肉皮囊。

在大商店里我一定还能看到更多,但是很多记不起来了。

再后来我就离开村庄去镇上读书，然后去县城读书，再到别的城市读大学。越走越远，回家的时间越来越少，去大商店也就越来越少了。什么时候终于一次也不再跨过那个高门槛，以致大商店什么时候关门、什么时候被拆除了门窗成了一排废弃的空房子，我都不知道了。出了村庄，我进过各种商店、超市、商场、大卖场、购物中心，也仅仅是进过了，买了东西就出来，不买东西我永远也不会想起它们。对我来说，它们的意义仅在于是一个用钱和信用卡换回用品的地方，别无其他。但是大商店我常常会想起，想起里面琳琅的货架，里面的味道和阳光，出入的人和事，我的高不过柜台的童年，和一些隐秘的小心事。我知道它会随着我见识的增广而日渐微小和简陋，我也知道我的这些记忆脱不了美化的嫌疑，可我还想在记忆里重新打开大商店的东门，把我十岁前的时光像阳光一样呈现出来。

就像现在，我把自行车停住，扭头去看那些空洞的屋子，原来的大商店，现在成了鸟巢和老鼠、昆虫的集散地。我十一岁开始逐渐远离村庄，越来越多的孩子我都不认识了，他们也不认识我，我在他们眼里成了异乡人。路上几个孩子好奇地看我，看我看着破败的空房子，他们也许根本不知道那些房子过去的名字叫大商店。他们更不会知道，我像他们这么大的时候，这些空房子和整个世界一样满满当当，也繁华，也美好，它是一个十岁孩子的天堂。

最后一个货郎

待我披上衣服冲出院子,母亲却说,老张已经过去了。我是听到老张的拨浪锣声才急着起床的,往常这会儿早该起了,晴好的阳光漫进窗户总会及时惊醒我的两睛。今天是阴天,只能自然醒来。醒来了还赖在热被窝里,然后听到了老张的拨浪锣的声音,在浓阴的早晨里像阳光一样明亮地响起来。老张又来了。为了看一看老张我从床上跳起来。

母亲却说老张已经过去了。我跟着他的锣声跑过一条巷子,在巷子口看见那一头他的侧影缓慢地移进房子的墙角背后。骑一辆三轮车,车上是一个用铁丝网做成的杂货箱,远远地看不清里面放着什么东西。他的右手把拨浪锣高高举过头顶,在阴冷的早晨摇出一串声响。

我有几年没见到老张,鸟枪换炮了,他把手推车换成了三轮车。母亲说,老张年纪大了,没力气侍候手推车,只好改三轮了。还说,老张有几次走过我家门前,还问起过我,什么时候回来,他新进了几盒漂亮的彩糖。当然是开玩笑。他竟然还记得我,小的时候我死乞白赖地跟在他的小车后头要糖吃。

老张是个货郎，走乡串户少说也有二十年了。和别的货郎不同的是，他摇的不是拨浪鼓，而是拨浪锣，一个铁环中间拴住一面精致的小铜锣，多少年下来被敲得如同灿烂的黄金。如果说这些年家乡还是有些变化的话，之一便是一些乡间职业的垂危乃至消亡，比如货郎。我童年时期，街巷里每天都要走过好几个货郎，摇着鼓，敲着锣，推车的，挑担的，再后来是骑着自行车的。他们把针头线脑、铅笔小刀之类的小东西送到我们门前，填补生活中一些零碎的小缺憾。现在几乎绝迹了，母亲也说，除了老张，再也看不见货郎从村庄里经过了，都改行挣大钱了。

只有老张还坚持老本行，延续着货郎事业的唯一的香火。他是离我们五里路的邻村人，他们那个村子太小，不及我们的一半，所以总是到我们的村庄里来做生意。那时候他还推着独轮车，车上也是铁丝网做成的货笼，糖果、梳子、方格子本子摆在底下，玩具、气泡和花线、头绳挂在铁网上，走起路来车子花花绿绿地摇摆。小孩子都喜欢他，一听小锣声就从屋子里、草堆后蜂拥而出，围着他的手推车转，嘴里的口水风发泉涌。为了诱惑我们掏出口袋里焐了很多天的贰分伍分的硬币，他支起小马扎坐在车子前不懈地摇着小锣。叮叮当当的锣声敲得我们心里痒得难受，那里面可都是好东西啊。在我十岁以前的见识里，老张的货笼就是包罗天下的百宝箱，是一个缤纷绚烂的天堂，他会出其不意地拿出一件我们从未见过的小玩具。即使糖果也有很多种，圆如豆粒的彩糖，状如宝塔的酸糖，还有一年难得吃上一次的奶糖。

小时候我狂热地喜欢老张货笼里的三样东西：彩色的糖

豆、掼雷和塑料小枪。糖豆相对不是很值钱，一分钱可以买到两颗。但那时一分钱也不是说有就有的，口袋里最多装过两毛钱，藏在口袋里，手紧紧地攥着，手汗都快把那张毛茸茸的纸币浸烂了。到了上小学一年级时，要交三块七毛钱的学费，祖父把钱塞到我的口袋里后，我一直从外面捂住它，不是担心钱飞掉，而是想感觉一下那一叠钱的厚度和做富翁的滋味。我差不多以为自己是世界上最有钱的人了。我们没钱到供销社大商店里去买糖果，那里的柜台太高，踮起脚也只能看见柜台上矗立的巨大的酱油桶和白酒坛子。大商店里有很多美好的味道搅在一起，新出厂的橡胶鞋味，酱油味，白酒味，还有大商店里特有的稍稍刺鼻的清凉的甜味，那主要是糖果的味道。我们在柜台外面转来转去，大口地呼吸，直到售货员的两道眉毛在柜台上方高高地耸起，我们才赶紧逃掉，拍着口袋里的两分钱，发誓一定要找到老张痛快地花出去。

　　两分钱买到了五颗糖豆。是老张照顾我，伙伴们都看出来了，老张喜欢我，常常我没钱时也会给我一两颗糖豆，条件是我得弯腿拧胳膊，或者是动耳朵和头皮给他看。我有一些伙伴们没有的特长，这些特长为我从老张那里赢来了不少糖豆。我可以在身体站直了的时候两腿在膝盖处向后弧度很大地弯曲，像一张拉倒了的满弓，弯几次老张就给我一颗糖豆。开始拧胳膊。我把手面向上按在货笼上，胳膊弯向外转，肘部完全转到了后面，胳膊像麻花似的兜了一个圈子。再是绷紧脸上的肌肉，让耳朵和头皮在糖果面前激动地抖起来。我得到了糖豆，吃了一颗，其余的分给同伴。老张也该走了，拍着我的肩膀说,以后别弯腿了,弯出了毛病长大就当不成兵了。我最后没有当兵,腿也没弯出毛病,因为长大以后我的腿再也无法像小时候那样向后开弓了。我站直了。而老张,也只是嘴上说说,下次见了我仍然拿出几颗糖豆换取我弯腿的动作。

十几年前,我有一个缺乏玩具的童年。变形金刚之类的东西是在到了县城读高中时才听说,那会儿城里的孩子已经玩腻了,早不知把它丢到哪个角落里。我的玩具都来自树上和地下,树枝削成的刀枪和泥巴捏成的坦克。最奢侈的,就是老张独轮车里的掼雷和塑料小枪。掼雷现在大概已经从这个世界上消失了,但那个时候每一颗掼雷响起时都为我们带来了一个盛大的节日。我们向往鞭炮的雷鸣和惊响,可惜那东西只在过年时才能过上一把瘾,平时从不单卖,大商店里也不会因为一两分钱把鞭炮一个个拆下来零卖。老张可以,他的掼雷可以散卖,不要点火,只需用力往地上猛地掼一下,火光之后迸出巨响和沙子,还有好闻的火药味久久不散。我们的零钱除了换来一些糖豆,其余的多半被摔到了地上,以享受一声声让我们惊叫狂欢的爆炸。

奢侈莫如塑料小枪。掌心大小,一根橡皮筋做牵引,可以装进砂子和黄豆作子弹。我们很长时间的奋斗目标就是那把塑料小枪,瘦弱单薄却要卖三毛钱。何其巨大的数目,我们的口袋离那把小枪远得让人绝望。可以捡玻璃卖,也可以割老鼠尾巴卖,老张提供了友好的提醒。遵照老张的指示,我们充满革命的热情去挣钱了。结果还算让人满意,我们捡到了玻璃,也捉到了老鼠,总算凑足了三毛钱。我期待老张的锣声早一点响起，常常在半夜里从床上坐起，迷迷怔怔就要往外跑，父母问我干什么，我说去买小枪，老张来了。

老张当然来了，可是塑料小枪卖光了。他免费送给我几个掼雷，答应过两天就去进货，一定给我留一个最好的，用黄豆作子弹也能射出十米以上。老张是否失约我已经记不清了，只记得十二岁那年去了离家十里的镇上念中学时，我仍然没有一把自己的塑料小枪。我对它念念不忘，从一个同学手中高价买了一把。没有我想象的那么美好，绿豆装进去都射不过十米，子弹在半路上就跌跌撞撞地落到了地上。

出门以后我回家的时间就越来越少了，寒暑假里也会听到老张的锣声穿过巷子，但实在想不起有什么东西要买，就让他过去了。货郎渐渐少了，老张的锣声也跟着稀了，他有更多的地方要走。

读大学的一个暑假，我站在院门前发呆，听到了老张的锣声从后面的巷子向我家走过来。我对母亲说，老张来了，又说，现在老张越来越少了。母亲对我的说法颇感奇怪，什么叫老张越来越少，老张不是只有一个么。我恍然，这么多年的疑问终于有了答案。村庄里的人都叫他老张，我以为这"老张"就是对货郎的称呼。我们这地方常有怪异的称谓，这当然是我离开故乡之后才发现的。多年来我时常琢磨老张到底是哪一个"zhang"呢？在探究"zhang"字时，我总是想到他们手中的拨浪鼓和拨浪锣，我以为它们在方言里被总称为一个什么"zhang"。原来只是大家对老张的尊称。

他的年纪的确不小了，当他把多年前的独轮车推到我面前时,我的确应该以"老张"来尊他了。老张说,小东西,回来啦?我说回来了,老张,还有塑料小枪没有?老张笑了,满脸皱纹,牙都缺了两个,长年推车,车绊把肩都压弯了。早没那东西了,谁还玩那个?他说,都玩电动的了。他也知道现在的孩子都在玩电动手枪。我看了一下他的苍老的货笼,说实话,所有东西加起来大约也买不到一个电动手枪。

生意怎么样?我问老张,别人都不干了。

不干这干什么?他说,走了一辈子了,闲在家里就浑身难受,走到哪天算哪天,图个痛快。

已经没有多少人需要他的杂货了,孩子们也懒得围上去转圈子。如果说他们对老张还有一点兴趣,那也是受着锣声的吸引,没有小孩再像我们小时候那样,迫切地需要一两颗糖豆来安慰贫乏的生活了,尽管他们也和我一样称他为"老张"。我看着老张弓腰推着独轮车,步履老迈而又缓慢,也许它们期望能在某一家门前停下来,但是所有人家的大门都紧闭,他们不需要他的商品。老张一路推着车子没有停下,没有停下的还有他的拨浪锣,孤独地响到巷子深处。

如今他把独轮车换成了三轮车。走不动了,还是不愿停下,三轮车对一个老人来说要安稳和省力得多。听说老张现在并不缺钱,儿孙辈的孩子送给他足以颐养天年的所需,老伴很早就去世了,孤身一人的日子应该比较好过。他不愿意,还是每天早出晚归,慢悠悠地骑着变成了他的双腿的三轮车,一整天都在摇着他的拨浪锣。他不想停下,他知道自己一生的道路该怎样走到头。

母亲的牙齿

小时候我总担心母亲丢了，或者被人冒名顶替。每次母亲出门前我都盯着她牙上的一个小黑点看，看仔细了，要是母亲走丢了，或者谁变了花样来冒充她，我就找这个小黑点，找到小黑点就找到了母亲，找不到她就不是我母亲。那小黑点是两颗牙齿之间极小的洞，笑的时候会露出来。我们生活在一个村庄里，念高中之前，除了偶尔走亲戚，我的活动范围只在方圆五公里以内。五公里处是镇上，我常跟爷爷去赶集。世界对我来说就这么大，所以世界外面的世界对我来说就很大，大到我不知道有多大，大到想起来我就两眼一抹黑心生恐惧，大到每次母亲出门我都担心她会在无穷大的世界里走丢了。

母亲每年要去一两次外婆家。外婆离我家也就四五十公里，但因为跨了省，让我倍觉遥远；即使不跨省，四五十公里也不是个小数目，走丢个人不成问题。所以我担心。母亲出门前我就盯着她牙上的小黑点看，努力记忆到最完整全面，一旦该回来时母亲没回来，我就到世界上去找她；如果回来的是另外一个人，就算她长得和母亲像极，我也要看她牙上的小黑点在不在。

过年前母亲也常出门,卖对联。很长时间里我家都不太宽裕,为补贴家用,爷爷每年秋后就开始写对联,积攒到春节前让母亲带到集市上去卖,换个年前年后的零花钱。我爷爷私塾出身,教过很多年书,写一手好字,长久不用也怕荒废,所以秋后闲下来,买红纸调焦墨,一门门对联开始写。十里八乡集市很多,年前的十来天里,每天母亲都得往外跑。年集总是非常拥挤,去晚了占不到好地势;天亮得又迟,早上母亲骑自行车出门时天都是黑的,冷飕飕的星星和月亮在头顶上。我不必起那么早,但如果我醒了,我都要在被窝里伸出脑袋看母亲的牙,那个小黑点。到晚上,天黑得早,暮色一上来我就开始紧张,一遍遍朝巷口望。如果比正常回来时间迟,我和姐姐就一直往村西头的大路上走,母亲都是从那条路上回来。迎到了,即使在晚上我也看得清那是母亲,不过我还是要装作不经意,用手电筒照一下她的牙,我要确保那个小黑点在。

很多年后我常想起那个小黑点,我对它的信任竟如此确凿和莫名其妙。那时候我不会告诉任何人,担心说破了,小黑点也可以被伪造;我确信只有我一个人注意到它,它是证明一个人是母亲的最可靠、最隐秘的证据。我的确从来没有告诉过别人。

后来我年既长,事情完全调了个个儿,总在出门的是我,念书、工作、出差,到地球的另外一些地方去,而母亲却是常年待在了家里,小黑点陪着她也常年待在家里。她不必再卖对联,去外婆家可以搭车,去和回都可以遵循严格的时间表,不必再经受安全和未知的考验——我离我的村庄越来越远,进入世界越来越深;我明白一个人的消失和被篡改与替换,不会那么偶然与轻易,甚至持此念头都十分可笑;但是每次回家和出门,我依然都要盯着那个黑点看一看,然后头脑里闪过小时候的那个念头:这的确是母亲。成了习惯。

与此同时,母亲开始担心我在外面的安全和生活。我在哪里读书、工作和出差,她就开始关注哪里的天气和新闻,一有风吹草动就给我电话,最近如何如何,要当心。在国外也是。那些这辈子她都不会去的国家,那些此前半生她都没听说过的城市,母亲都尽力在电视上搜索它们的消息,只要见到一个和她儿子此行有关的信息,眼睛和耳朵就会立马警醒起来。过去,电视里所有絮絮叨叨的新闻节目她都要跳过去,现在养成了看新闻和天气预报的习惯;我在国内她就关注国内,我在国外她就关注国外。我现在在美国中部的一个小城市待几天,她连白宫的新闻也顺带也关心上了。我不知道她是否像我小时候那样,需要牙齿上的小黑点来确认一个人的身份,不过可以肯定的是,母亲总是比儿子担心母亲更担心儿子;我同样可以肯定,在母亲的后半生里,我和姐姐将会占满她几乎全部的思维。

我长大,那个小黑点也跟着长,我念大学时黑点已经蔓延了母亲的半颗牙齿,中间部分空了,成了龋齿。我不再需要通过一颗牙齿来确认自己的母亲,我只是总看到它,每次回家都发现它好像长大了一点儿。我跟母亲说,要不拔掉它换一颗。母亲不换,不耽误吃不耽误喝,换它干吗?乡村世界里的一切事情似乎都可以将就，母亲秉持这个通用的生活观；我似乎也是，至少回到乡村时，我觉得一切都可以不必太较真，过得去就行。于是每年看到黑点在长大，一年一年看到也就看到了，如此而已。

前两年某一天回家，突然发现母亲变了，我在母亲脸上看来看去：黑点不在了，换成一颗完好无损的牙齿。母亲说，那颗牙从黑洞处断掉，实在没法再用，找牙医拔了后补了新的。黑点不在，隐秘的证据就不在了，不过能换颗新的究竟是好事。只是牙医技术欠佳，牙齿的大小和镶嵌的位置与其他牙齿不那么和谐，在众多牙齿里它比黑点还醒目。我说，找个好牙医换颗更好的吧；母亲还是那句话，这样挺好，不耽误吃不耽误喝，换它干吗？能将就的她依然要将就。别的可以凑合，但这颗牙齿我不打算让母亲凑合。它的确不合适。我在想，哪一天在家待的时间足够长，我带母亲去医院；既然黑点不在了，应该由一颗和黑点一样完美的牙齿来代替它。

2010-10-10，奥马哈

无法返回的生活

晚上七点钟村庄就已进入了深夜，四下里漆黑一片。天有点阴，遥远处的星星闪耀清光，稀少而清醒。没有人声，房门和紧闭的窗户遮住了邻居们的生活，偶尔一块方形的灯光从窗玻璃中映出，更显出夜的黑。只有散落在各个角落的狗咬还张狂和充满热情，不懈地从大地上与黑夜一同升起。

曾听人说过，乡村里的阴气太重，原因是辽阔而潮湿，人烟稀少。也许是吧，白天冷白的村庄到了夜间一派让人忧伤的滞重，人气不旺或则地气应是太盛吧，寒冷从人和动物足迹陈旧的大地上沉沉升起，变成了与史前无异的寒夜。伸手不见五指的黑和冷。我提着电瓶灯从房前经过，灯光像明亮的喇叭果断地切入黑暗，我听到了自己的脚步声，突然害怕了，担心看不见的地方里被灯光惊醒的东西一起向我扑过来。光从我手中发出，摇摇摆摆，我成了黑暗的大地上唯一的目标。有那么一瞬间我想，如果它们冲上来，我就完了。它们是什么我不知道。然后听见风经过枯树枝，发出旗帜抖动的猎猎之声。乡村的上空活了起来，单调的嘈杂，风不是排山倒海地来，而是东拉西扯地去,把混沌的夜豁开了一个个冰冷巨大的黑口子。

在这夜里一切都是孤单的。我提着灯走在隔一条巷子的老二嫂家门口,门敞开着,含混的灯光像个醉鬼直直地摔倒在门前。豆腐房里蒸汽蒙蒙,二嫂在蒸汽里挽起了袖子,面前是一口大缸,她指点着十八岁的女儿张开纱布,热热闹闹的鲜豆腐就要上筐了。提前做好了,明天一早担着在街巷里叫卖。

乡村的凄清和寒冷的确是年甚一年了。为什么我说不清。我知道灯光之下和黑暗之中的他们的生活也会理所当然地十二分热闹,但不能改变我的感受。他们都学会了躲在家里,各自的生活秘不示人。他们留下的巨大的寂静的空间里只有我,一个从乡村走出去的人,走得太快太远时间太长,当我回来的时候,已经成了一个外乡人。我怀念童年时光中邻里们无间的往来,煤油灯无法照彻的夜里交融一起的欢乐。我怀念那时的黑暗。我关上灯回到了黑暗,可是,我能回到那些无间的欢乐里吗?

半个月亮爬上来

狗又叫了起来，无数的狗，零散地从大平原上发出声音，不是遍地是贼的狂咬，而是缓慢的、梦幻般的遥远的吠叫，更像是叫声的影子。这是我在夜晚听见最多的声音，也几乎是唯一的声音。夜幕垂帘，好像黑暗把村庄从大地上一把抹掉，只剩下这些孤零零的狗咬，和清白的台灯下半个明亮的我的房间，一张书桌，一叠纸，一支握在手里的笔。

白天有那么一会儿，我的情绪是明快的。太阳很温暖，漫无边际地把金黄色的光洒遍村庄。光线清澈，把我的房屋顶上的天空抬得很高。一片明净，白杨树光秃高拔的树梢伸向蓝天。漆黑的夜和沉沉的睡梦终于过去了，我一觉醒来已是上午九点，头一歪看见金色的窗户。母亲在院子里说，快起来，多好的天，冬天里的大太阳。

难得的好天气。我出了门就看到高远的青天，兔子在院子里追逐跳跃，我得把棉袄的另一个袖子穿上。草草地洗漱，吃了点早饭，我没有按照原定的想法去读书写作，而是决定好好地在阳光里走一走看一看。昨天晚上村庄给我的是一个冷清的黑脸,沉寂的冬夜让我难过。现在好了,把那些黑的、冷的东西翻出来,就像晒被子一样拿到太阳下照一照。

我只在房前屋后走了走,没有越过岸边堆满了枯枝败叶的后河。后河水将要干涸,亮出了泛白的河底,河对岸是田野和庄稼地,铺展着平坦的麦苗,麦苗之上挺立着瘦硬的枯树。好多年了,我只在寒暑假时节匆匆地在家小住,用母亲的说法,屁股还没把板凳焐热就走了。短短的时间里,我很少走过颓废的后河桥去到对岸,再向北走就是我家的菜园子。我也很少去,尤其在冬天。我知道这时候的菜园子形同虚设,一畦畦田垅了无生气,只有几株瘦小的菠菜和蒜苗,因为寒冷而抱紧了大地。无数年来菜园子们都是这么度过它的冬天,可是此刻,我总是能发现它们的陌生。而阳光是多么的好。

祖母坐在院子中的藤椅里,半眯着眼,阳光落满一身。多好的天,祖母说,照得人想睡觉。然后自顾自说起话来。祖母也许知道我会坐下来认真听。我喜欢听她讲述那些陈年旧事,尤其从写小说之后,特别注意搜集那些遥远的故事。对我来说,祖母那一代人的时光已经十分陌生了,对于今天的世界,那是些失踪了的生活,如果祖母不在太阳下讲述出来,它们就永远不会回来了。祖母讲的多是这个村庄里多年前琐碎的恩怨情仇、奇闻怪事。每一位祖母都是讲故事的好手,这绝非作家们为了炫耀师承而矫情编造的谎话。祖母们从她们的时光深处走过来,口袋里的故事我们闻所未闻,更具魅力的是她们讲故事的方式,有一搭没一搭的,想到哪说到哪,自由散漫,间以咳嗽和吐痰的声音,不时拍打老棉袄上的阳光,然后就忘了刚刚讲到的是谁家的事，提醒也无济于事，她又开了另一家人的故事的头，从老人的死说起，从小孩的出生说起，或者从哪一家迎亲时的牛车和一个大饼说起。那些已经有了霉味的故事被抖落在太阳底下，也像被子那样被重新晾晒。

祖母年迈之后，讲述往事成了她最为专注的一件事。听父亲说，祖母睡眠很少，夜里一觉醒来就要把祖父叫醒，向他不厌其烦地讲过去的事。那些事祖父要么经历过，要么已经听过无数次，反正他已是耳熟能详。但祖父还是不厌其烦地听，不时凭着自己的记忆认真地修正。他们在回首过去时得到了乐趣。人老了，就不再往前走了，而是往后退，蹒跚地走回年轻时代，想把那些值得一提的事、那些没来得及做和想的事情重新做一遍想一次。他们想看清楚这辈子如何走了这么远的路。祖母显然常常沉醉在过去的时光里，或者真是太阳很好让人想睡，她讲着讲着就闭上了眼，语速慢了下来，仿佛有着沉重的时光拖曳的艰难，讲述开始像梦呓一样飘飘忽忽。

午饭之后我又听了半个下午。三点钟的时候太阳依然很好，我也挺不住了，不得不回到房间把推迟的午觉捡起来。

一觉混沌。醒来时已经五点多，天色黯淡，夜晚迫在眉睫。阳光消失不见了，我大梦醒觉得不知今夕何夕的满足感陡然败落，心情也跟着坏了下来。真想闭上眼接着睡过去，以便在一片大好的阳光里重新醒来。但是此刻睡意全无，母亲正张罗着晚饭，让我起床，一会儿就该吃晚饭了。

看来夜晚无法避免。

一座桥

从落成到废弃，四十年间都没有一个正式的名字。我们随口叫它"后河桥"。因为河在村后，桥在河上。当初落成时是个什么模样，我不知道，那时我还没有出生。即使参与建造的匠人也记不起来了，双手扶起的建筑和日子一样多，谁记得一座普普通通的河上桥呢？但我知道四十年后它的模样。已经没有人再从上面经过了。通往田地的道路几年前重新整修，渡河的责任落到邻近的另一座高大的水泥桥上。而它低矮，大青石上只能堆积厚厚的黄土。它破败不堪，桥断路也断。过了桥上岸是一片瓜地，偷瓜的小孩也只能一跳一跳地从后河桥上谨慎地通过，那一处一处坍塌的土石，置在河水的边缘，像年迈的老人坐卧在阳光里，守着过去繁华的记忆，等待有朝一日河水也远离了它，记忆也抛弃了它。

尽管低矮，桥还是有它热闹的过去的。

我的有关后河桥的记忆始于一场大水。在我们那里有如此大水实属罕见。说水大，也仅仅是那个夏季水漫过了桥，到达我幼小的膝盖的高度。水把泥土全卷了起来，一派混沌。我随姐姐去菜园里割韭菜，两人循着过去的感觉，试探着在看不见桥面的深水里拉着手向前走。桥上来来往往的都是喜气洋洋的人们，谁见过这样的大水？一个个都穿着小裤衩，拎着渔网，哈哈哈地从这头走到那头，盯着桥面和离桥更远的地方，希望有一条鱼能跳起来落进网里。我清楚地记得一条大鱼跃出了十几年前的后河水面，我看见了，是一条大青鱼。很多人都看见了，他们一起往鱼跃出的地方扑去，然后一块儿倒进鱼消失的地方的深水里。

后来水落下去了，辣辣的阳光把泥泞的桥面烘干了。我跟着姐姐去桥边的青石上洗衣服。应该是为了一条花手绢吧。母亲说，谁洗了就归谁。我很少用手绢，但是喜欢手绢上的图案。所以当姐姐从盆里拿出那条手绢准备洗时，我一把将它夺了过来。我来洗，我在对面的一块青石上说。姐姐不让，她早就梦想能够拥有一条属于自己的手绢。姐姐猛地伸手到对面去抓，我闪了她一下，姐姐就钻到水里去了。科学的说法是她控制不住自己的惯性了。我为此得意，但过了一会儿还不见姐姐露出水面，我急了，大声喊叫在桥那边搋衣服的人。一个本家的堂哥立即跳进水里，摸索了半天，才在桥洞里把姐姐给拉出来。救上来她好久没能说话，睁开眼后，突然放声大哭。堂哥说，让她哭吧，哭完了就不委屈，不害怕了。后来姐姐告诉我，她其实很想从水里出来的，可是水位太高，头触到桥面的石板也找不到空气，姐姐说她怕极了，因为到处都是晕晕乎乎的水。

再后来水就干了。村里决定把水抽干捞鱼。河底见淤泥的那天我也去了，实际上我每天都去，放了学背上书包就去。如果运气好可以捡到一条鱼，运气不好还可以看看抽水机怎样把水喝下去又吐出来，看看穿一身皮衣服的年轻人在及腰深的淤泥里跋涉，身子前倾，不像走倒像爬。

那天我见到了一条大鲇鱼，孤零零地躺在桥洞里的石板间。石板上长满了青苔，绒绒的，凉湿滑腻。为了不让别人发现，我坐在一块大青石上，垂下的双腿恰好可以遮住那个藏鱼的洞。直到没有人注意这边时，我才跳下桥，伸手去抓那条鱼。可是鱼身上覆满黏液，根本抓不住。我急得能听见自己轰隆隆的心跳声。焦急和祈祷都帮不上忙。我被一个叫东方的小孩推到了一边，愣愣地看着他把手指抠进鱼鳃，稳稳地拎起它，跳上桥跑回家了。这是我整个童年第一次捉鱼，惊险而无所得。常常想起这事时都要笑，不就是将手指抠进鱼鳃里么，可是我当时不懂这一点。

如今我也看了二十多年的后河桥，它老了，瘫痪了，破败了，几乎被人遗忘。后河的水变得浑浊肮脏，再没有人抱着木盆去桥边捶衣服了。通往田地的路也断了，再没有人想着要走过后河桥。后河桥在我家屋子后不远，连母亲也很少对我说，后河桥怎么样怎么样了。还能时时想起它的，大约也就那些曾把童年遗落在桥边的人如我者，还有现在正在成长，时时觊觎对岸的瓜地的一群偷瓜的小孩。

这个冬天我又来到后河桥上。到处是没落的遗迹，残缺不整。让我惊心的是两行车辙印，峻峭艰深，碾起的泥泞翻卷在两边，坚硬如铁。因为前面又坍塌了一处，这车辙只剩下了掐头去尾的一个片段。不知道是哪年的辙印，大约也没人能够记忆起来。它像这座苍老的后河桥的一个断章。哪一天连这辙印也被风雨销蚀了，后河桥也许就消亡了，不再是桥，只是一堆纠缠在一起的青石和泥土。

一个知识分子的死

母亲在电话里说,天岬被人打死了。

天岬是我们家邻居,三十年来一直住我家前面。他在北京一个建筑队里做工。死的那晚是中秋夜,月亮很圆,他没往天上看,和一群贵州人打起来,躺下来的时候才看见,月亮血淋淋地红。我听到消息是在八月十六,这个晚上月亮更圆,我从窗户往外看,月亮大而凉,我的心情一下子坏起来。一个人说没就没了,还是以这样酷烈的方式。什么事情能如此重要,非得把命搭上去?

他有一个女儿一个儿子,儿子十八九岁,和他一起做建筑工。天岬和我小姑同学,当年理科极好,志向远大,决意要考大学。那时候整个村都没几个人在县中念书,他让他爸赶马车把他送到四十里外的县城复读。一年考不上大学可以两年,两年不行就三年。他复读了四年,不知道哪个地方出了问题,最后,他戴着眼镜回到家。

我敬畏他的那副眼镜。我想街坊邻居也一样,尽管他重新成了一个农民,依然是父母激励我们念书的典范。他理科之优秀，复读之坚决，成了一个神话。我们念书的最高标准似乎就是天岫。功课一有疑问，父母就说，找天岫去。

我拿书本到他家请教，讲数学他有一手，三下五除二，比老师要利落得多。没事我也爱去玩。他结婚时，新房里装备了唱片机和电视机，这些我家那时候都没有，我去他家听流行歌曲，看黑白电视。阳光从敞开的门里进来，满屋里都是透明喜庆的大红。人坐在阳光里暖洋洋的，唱针在醇厚的红色唱片上一圈圈绕，歌声和音乐无处不在，有种过年般的平和世俗的快乐和美。由此，我偏执地认为，结婚要在冬天，最好阳光满山遍野。

回忆集中在远处。最近这些年差不多是空白，只偶尔听到他的传闻。作为家长里短的一部分，都漫不经心地从我耳边和记忆里滑了过去。年既长，需要上心的事越来越多，故乡的事往往成了最遥远的消息，仿佛从一个永远不会改变的地方传过来的，几无时间性可言。一个个故人的生活都变成了一个个点，几个点串成他们各自的一生。我所知道的，最后也就是这道听途说里的几个点，像他们一辈子的段落大意。

最后一次见天岫，是去年春节，我回老家过年。又是一个冬天的太阳地，我坐在门口看书，他戴着一顶老头帽，拎着小木方凳子去看他家房后的电线。我不知道他在结婚之后到当生产队队长之前的生活是怎么过的，那些年我一直在外面念书，寒暑假回家，见了也就打个招呼，没聊过。应该是带孩子，干农活。然后听说当了队长。但在现在的农村，大官小官好当又难当，当了几年听说不干了。后来听说，逢年过节偶尔也会赌钱，可能那会儿他已经出门打工了，出门挣了钱的才会在春节时放肆地赌。他不会放肆，不脏赌，老婆和街坊还能接受。昏天黑地、歇斯底里的那种赌才是脏赌。

这十几年里他不事装修，每次远远近近地看见他，总以最简单的方式穿最简单的衣服，但在我看来，这依然是一个文化人，他的脸上有种抑郁不得志的书生的绝望的悲凉。再后来，母亲说，他做建筑工，混得很不错，活儿不重，有点权力，挣得也多。很快家里建起大平房，光地基就高出我们家许多。他的眼镜早已经摘下，邻居们说，都是盖楼的，他就是挣得比别人多，到底有学问。我不知道他走在脚手架下时，他在想什么，是否还会想起那些复杂的数学算式。夜深人静的时候，假如他能够睡不着，他会对自己如何走到今天悚然一惊吗？现在，他参与一场群殴，死了。

母亲说到他死了时，我眼前出现的天岫的形象是：头发蓬乱，穿着蓝灰色的旧大衣，皱巴巴的深色裤子，旧的，趿拉着手工做成的黑条绒面的棉鞋，双手插在袖笼里，不经意地扭头往回看，他的眉毛不是很浓，但刚劲有力，四十多岁依然眉目清秀，眼神里有铲除不掉的脆弱和恐惧转瞬即逝。

2012-1-26，中关村大街46号院

仪　式

　　他们随意地篡改古老的风俗，一脸理所当然的表情，以为村庄里的事情与我无关。更要命的是我身边的邻居也处之泰然，丝毫没有觉得有什么意外，他对我说，就这样，早就这样了。

　　我总以为不管我走到哪儿，故乡的风俗都生机勃勃地活在我的身边，我知道它们的模样，从头到脚每一个细节我都明白。可是当我重新打量它们时，它们都一一变掉了，就像这个葬礼的仪式，我不过七八年没看，就变得面目全非了，像一场低俗的杂耍和闹剧。

　　多少年来我们的村庄都坚持着为死去的人举行隆重的送别仪式，最重要的部分在晚上，被称为"送盘缠"。阴间的道路也不平坦，一路关卡刁难，想走得顺当，在那个世界里富贵太平，必要用纸钱收买疏通。浩浩荡荡的送葬队伍从死者灵前出发，到村外的某处献礼。声势要浩大，心地要虔诚，因此要有吹鼓手的锣鼓笙箫开道，一路上鼓乐齐鸣把钱送上。送礼的方式早已不仅限于钞票，阴阳同理，所以在送盘缠时还要抬纸扎的彩轿和纸马,送给阴间神鬼,也为死者西去的旅途提供鞍马之便。

小时候我喜欢凑这些热闹,晚饭都吃不安稳,推了饭碗就往死者的家里跑。其实黄昏已尽,黑暗升起,唢呐疏野的地方灯火通明,送盘缠的第一道程序开始了。转轿子。低沉的长号响起,死者至亲的晚辈从灵棚里列队而出,一身缟素哭哭啼啼,秩序井然地绕着纸轿转圈。原因我没弄明白,大约是孝子孝女与纸轿之间相互认同的一个仪式吧。

转过轿子,长号再起,呜咽之声遥指着灵棚和盘缠的去处。送盘缠开始了。通常是两个鼓乐班子,没钱的只请一个,有钱的人家也有请上三个班子的。一个鼓乐班子在前头吹打领路,身后跟着纸轿和花马,接着是另一班吹鼓手,最后是孝子贤孙排成的哭丧队伍。夜已漆黑,照明的是火。铁叉上挑着个大火把,一边熊熊燃烧,一边往下滴着煤油。前后七八只火把冲天高烧,有专人拎着一大桶煤油跟前跑后,及时给火把添油。送盘缠的队伍走得极慢,一里路要走上三四个小时。鼓乐班子边走边吹,大部分时间干脆原地不动,唢呐仰天长啸唱主角,脖儿小腔儿大,有低沉浑厚而昏暗的,有尖锐哀戚而明亮的,一律卖力地长歌当哭。其他乐器附和,笙箫芦管,二胡鼓锣,各司其职。草台班子多有异人,会玩一些花哨的把戏。我见过最为极端的是唢呐插在鼻孔里吹,一个鼻孔一只,嘴也不闲着,并排叼着五根香烟,吞云吐雾丝毫不耽误技艺的发挥,唢呐依然曲折嘹亮。此时观众便会叫嚣着拥上去。火把将半个天空照得通明,什么都看得一清二楚。另一个班子为了夺回失去的观众和声势，突然从怀里拿出奇怪的乐器，通体金黄，身上长满了纽扣大小的键，吹奏时手指在键上跳跃，发出我们从未听过的怪异的声音，比唢呐更有魅惑力。人们又拥向那个班子。两班如此各显神通，在送盘缠的路上展开了一场艺术上的拉锯战。

竞争一起群情振奋，年轻人前呼后拥嗷嗷直叫，气氛就抬起来了。所有人都跟着旋律的节奏摇晃起来。执火把者也不例外，扭动着屁股和腿脚，火焰也随之跳腾扑闪。最苦的是那些抬轿子和扛纸马的，他们规定不能让轿子落地，还必须不懈地摇晃下去，称作晃轿子，前后左右地晃。扛马的日子好过些，纸马骑在他头上，只要人动马就在动，难度一般。抬轿子的就不行了，他们要晃轿子，两人的节奏要同步，力量不能太大，纸糊的东西经不起折腾，而且轿子里还点着一根蜡烛，动静大了烧着轿子谁也担当不起，可又不能静止不动。他们只能谨慎再谨慎地把握火候，连擦汗都要小心翼翼。这些轿夫都是经验丰富的老手，抬活人的轿子要的是力气，抬死人的轿子要的却是手艺。

整个队伍像蜗牛一样走走停停，逐渐变成了尾大难掉的巨蟒，几乎整个村子里的人都出来了，拥挤在送盘缠的队伍的前后。那时候乡村的夜生活极其单调，送盘缠其实成了一场流动的文艺演出，人们在哀悼死者之余，在鼓乐声中也得到了生者的乐趣。在这个意义上，送盘缠是一支节日庆祝的游行队伍，吹鼓手们组成了乐队，抬轿子和扛纸马的就是跑旱船和踩高跷，队伍后面一长串的缟素子孙，此刻已经没有多少眼泪可流,嗓子眼里哼哼的哭泣在围观者听来早已失去了哀伤的内容,他们俯首低眉怀抱哭丧棒的姿态多少也成了一种仪式,就像新年吃饺子包汤圆,不是因为饿,也不是因为偏偏在除夕夜动了吃饺子和汤圆的食欲,而是这一天你就应该吃饺子和汤圆。

尽管多年前的送盘缠并无太多哀伤的成分,但整个队伍每个人都是严肃和投入的。他们的悲痛藏在狂欢式的摇摆的动作和声音里。我看到了热闹,也看到了庄严,那种欢乐多少是用艺术的方式表达出来的,整个队伍充满了为艺术献身式的敬业精神。归纳出这么一个结论似乎有些不伦不类,但也无妨,谁说死亡不应该用一场盛大的庆典来迎送?来到世上值得欢喜,离开人间同样值得祝贺。一个生命完成了他在世间的旅程和责任,不值得用锣鼓和欢乐为他送行么,这是他在人群中最后的隆重的庆典,只要是严肃的,不管这支队伍多么狂欢,都是对一个生命的尊重,是对他离开的背影的庄严的敬礼。

七八年后我看到了什么!一场懈怠的闹剧。送盘缠的队伍在村庄的中心街上停住了,平常这里也是最热闹的地方。我站在商店屋檐下高高的水泥台阶上,看着路中心攒动的人群。

火把换成了蜡烛灯笼。白灯笼举在人群顶上,一支蜡烛放出孤独狭隘的光亮,八只灯笼错落穿插在队伍两边,昏暗又惨白,光晕中透出纠缠不清的诡异的红。这些光亮飘忽阴沉,把冬夜里的一条街拉得又长又荒。灯光下的人群暧昧不明,人头像浮在漆黑的水面上,而那八只灯笼,倒像是提前飘荡到了寂寥的坟场上。看得我浑身发冷。过去火把高举火焰嘶鸣的热情不见了,白灯笼的光亮爬不到三米的高度,而在过去,可是半个天空都灿烂辉煌的。

不知道是不是吹鼓手们变了规矩，唢呐吹得毫无神采，声音拉扯拖沓，高音上不去低音下不来。吹奏的全换成了二十来岁的年轻姑娘和小伙子。仔细瞧能发现他们卖力得血管暴起，身体触电一般摇晃。男人长发遮目垂面，女的脸上浓妆艳抹，厚厚的粉底之上是一圈触目惊心的口红，还有眼影。他们神情迷离，完全是习以为常的长醉亦歌的模样。从那些歇斯底里的神态看来，他们关心的不是喇叭里能发出什么样的声音，而是如何制止身上的彻骨的奇痒。越痒越挠越挠越痒的迷醉。后面一个班子里有两个闲暇的女孩开始跳起舞来，竞争开始了。据说其中一个只有十四五岁，小学没毕业就干上了这一行，已经是班子里的元老。头上披挂了一大串繁杂的廉价首饰，长的也的确是一张娃娃的脸。她的出手十分娴熟，和另一个稍大的女孩跳着说不上名字的舞蹈。有点像过气多年的霹雳舞，又有点像城市里年轻人的街舞，还有点像酒吧迪厅里毫无章法的乱扭，都有一点，模仿电视里哗众取宠的歌星，自恋般地不时抚动屁股和后脑勺，脑袋不停地左右摇晃，长发在眼前甩来甩去，像吃了劣质的摇头丸。

她们单调的舞蹈没跳多久，前面的人群就嗷嗷叫了起来，那个班子也有了新节目。一个年轻的女孩站到了一个小伙子的肩上，女孩嘴里叼着两根香烟，为了保持平衡胳臂不得不在夜空里左冲右突。稍稍平静一点后，围观的小青年就对着她大喊："脱！"

我以为只是他们在发狂，胡乱地喊叫，没想到她真的脱了起来。先是外面的呢子大衣,三甩两甩抖落下来。人们继续喊叫。女孩弹掉烟灰,竟一点点地把毛衣从腰部往上捋,贴身的保暖内衣一圈一圈地显现出来,夸张的不锈钢皮带扣暴露在小伙子的头顶上。她的身材很不错。当然,她一定早就意识到了这一点,否则也不会爬到小伙子的肩膀上。她懂得吊足观众的胃口,毛衣上升的速度十分缓慢。越来越多的人围聚上来,对面班子里的舞蹈因为缺少观众不得不停下。这边的唢呐趁热打铁,声音愈发狂妄。她把香烟递给脚下的某个同事,终于脱下了毛衣。紧身内衣完整地叙述出了她的上半身。

我从没见过这种阵势,颇有些做贼似的心虚,对旁边的邻居说:"乖乖,她真敢。大冷的天。"

"夏天更好看,穿得少,"邻居说,"一直脱到只剩下胸罩和小裤衩。"

"乖乖,"我只能说这些,"不得了了。"

好在她停下了。到此为止,她从高处跳了下来。大冷的天,也许此刻她需要一盆火暖暖身子。

邻居说,回去后他们还要唱呢。唱卡拉OK,什么都唱,《小寡妇上坟》什么的都唱出来了。我对卡拉OK兴趣不大,不想去听了。我记得那些年送盘缠回来后的节目是吹小唱,用唢呐吹一些曲子。高雅些的如《百鸟朝凤》《步步高》等,或者是模拟人声吹京剧、黄梅戏什么的,此外是时髦的流行歌曲。每只曲子标上价,要听就得死者亲属付钱,为了避免冷场丢死者的面子,他们必须付钱,也有点歌的,少不了一番讨价还价。真正的唢呐高手总能在这个时候大放异彩,为班子争脸挣到大钱。现在改唱了,人人都对着麦克风吼上两嗓子,无须唢呐再捏着嗓子张嘴了。

邻居建议我一起跟过去看祷告、送钱和烧轿子,然后去听他们唱歌。我说不行了,太吵,现在头都疼了。临走时看了一下抬轿子的,也和原来不同了。纸马没了,光秃秃的三顶纸花轿子。邻居说规矩改了,都什么时代了,谁还骑马。轿子也要三顶,这样死人才能坐上。过去只一顶,阎王也坐,小鬼也坐,死人只能跟在后面跑。现在变三顶了,阎王小鬼都坐上了,还剩下一顶给死人坐。若是扎四顶五顶更好,死人可以换着坐。这个想法倒不错,我夸他的想法有创意。

再去看那轿子,里面摆放的不再是蜡烛,换成了一只倒悬的小手电,安静地在彩纸里睁着明亮的小眼。轿子一动不动地停在原地,两个轿夫手插在袖笼里木然地站在各自的位置上。

"轿子怎么不动了?"我问邻居。

"谁有力气去晃?早不晃了。"

哦,这个规矩也改了。

野 游

  我家乡不是一个富庶的所在，每到农闲时节，总有大批的青壮年男子离别妻儿和家庭，到外面的世界去赚钱。因为缺少买卖的资本，他们往往不能去做一些生意，也缺乏冒险和闯荡的经验，所以又怯于加入涌向南方沿海的打工潮去淘金。但是却有着用不完的气力和耗不尽的精神。有力量的常去做建筑工人，墙上墙下地跑；精力充沛的，就去干些野外的营生，比如捉黄鳝、网龙虾、捉黄鼠狼。这些都须在空旷的田野里作业，围着草边湖畔巡回游荡，十天半月不归家。他们由此蓄养了素朴的野性，成了一群野游的汉子。

  因为读书和工作，我已经很久不能在家乡长住了，总是匆匆地去来。而且近年来家乡起了不小的变化，对野游的汉子我也颇为生疏了，心底里只存着他们豪爽和精力旺盛的形象。小的时候，父亲的胃病一度很严重，有人说吃了煮熟的黄鼠狼肉可以调养，母亲就和几个捉黄鼠狼的乡邻打了招呼，让他们把剥了皮毛的黄鼠狼肉送过来。他们的目的仅在兽皮，那东西很值钱。从野外回来，他们就拎着几条赤裸裸的小肉送上门来，给他们钱也不收,只说是额外的累赘,大伙分着吃才好。我也跟着吃了很多,那时母亲担心我吃不下去,骗我说是煮熟的鸡肉。就这么吃了好长时间,直到父亲的胃病好转。

前些日子我回家乡,在路上又遇到一群野游的汉子。一行九人,都是三四十岁的模样,拦着车要坐。司机开价每人十元,他们不愿意,坚持只付八元,生意最终没能谈成。司机临开车时骂了一句:"去死吧!"一个年轻的汉子笑嘻嘻地说:"死不了的。"拍拍卷起的泥裤腿和其他几人推着破破烂烂的自行车又上路了。

这是当天回我家乡的最后一班车,错过这个村就没这个店了。但是他们还是走了,这意味着他们又将在野外过上一夜,随便的哪棵大树底下,哪片茅草丛边,在潮湿的土地上铺一张磨破的草席,蜷曲着身子,裹一条床单抵御露水和蚊虫,甚至连枕头都没有。

我不知道他们放弃这班车是否是因为,多年以后他们变得斤较于金钱了,为了省下两元钱而甘愿露宿野地;但我却知道,他们有些东西没变,他们还可以这么打发无数个有露水和蚊虫的夜晚,当然也可以根本不需要躺下就打发掉几天几夜,他们的这种能力没有变,像天地之间活跃的一头头的兽,习惯于如此过活。他们随遇而安,停住脚的地方就是家。而我不行,坐在车上我猜想,假如汽车把我抛在这个不村不店的地方,满目的荒草和泥水就足以让我惊惧以至号哭,连回家的路都找不到。事实上我们很多人都不行,破坏了一日三餐和按时睡眠的规律,我们将不知道怎样才能活下去。

大地上的事情

一辈子没出过村子的人

　　黄杨木的板门先于村庄醒来。她从长满青苔的小屋里伸出头来，外面的雾很大，两步之外什么都看不见，鸡还在叫，叫声被雾胶住了，极不清爽。除了偷鸡摸狗的小贼，她是第一个起床的人。路上积着大雾、石子和牲畜的粪便，她走得不着急，从从容容地从村子最南边往北走。裤子上扎着绑腿，细脚伶仃的，走路像踩高跷，随时都可能倒下，把脆弱的骨头折断。幸好还有一根拐杖，楝树木的，坚韧耐腐，几十年用下来被磨得光光亮亮。拐杖在为她探路，磕走了一个个小石子，"噗"，拐杖插到一堆牛粪里。她停下来，低头对着牛粪看了一会儿，然后跟雾说："拾粪的到哪儿去了？"又继续走几步，停下来说，"没人拾粪啦。"

　　她慢慢地接近村子，越来越清晰地听到许多人家开门和泼水的声音。小孩在床上就哭开了，咧着小嘴，脸上一摊水，分不清是眼泪还是鼻涕。不许哭，再哭狼就来了。狼见过吗？

毛茸茸的，像你外婆的头发。有黄牛在哞哞地叫，被主人牵着从畸形的石头垒成的院门里出来，一路撒着热腾腾的尿。"起啦？"她问。"起啦，"牵牛的老人回答说，"你又过来啦。"她用拐杖戳戳地面，说："一路看过来啦。唉，你知道，我一辈子没出过村子。"

雾还是那么浓，但村庄里热闹多了，说话的声音盖过了黎明的声音。压水井都在吱嘎吱嘎地响，突突突地往外流水。几个人坐在屋角说话时，她走过来了。一个说："看，她又来了。"第二个说："走吧，别和她啰唆了。"第三个说："咱说咱的，不管她。"她蹦呀蹦地走到他们面前，抹了一把脸上的雾水，说："你们都起啦。你知道，我一辈子没出过村子了。"没有一个人出声，都盯着看地上的蚂蚁，把一块尖角的石头伸过去，让蚂蚁爬上去。上去，上去。蚂蚁一定以为它爬到了一座山上，比如说泰山，也可能是黄山。她在他们面前站了一会儿，拐杖又磕磕地点地走了。临走时她说："你们知道的，我真的一辈子没出过村子。"

三个人又开始说话。一个说："她多大了？一百岁还是一百一十岁？"第二个说："老糊涂了，见谁都说。"第三个说："她怎么还不死呢？她死了我们难受，她不死我们更难受。"

算命瞎子

算命瞎子走在回家的路上。夕阳很大，像剖开的鸭蛋黄悬在西半天，天底下一片天鹅绒的温暖的味道。瞎子的背影瘦弱，窄窄的骨头和薄薄的身板，陈旧的中山服穿在他身上，像挂在一根枯枝上。所以，从后面看，他像一片被秋风吹干了的叶子向太阳飘去。他刚从身后的那个村子里出来，和过去的许多年一样，他在村子的街巷里穿行，敲一下左手里的小锣喊一声："算命拆字啰！"走在他前面的是他的细竹竿，指指点点地告诉他，这儿能走，那儿不能走。

瞎子就是瞎子，什么都看不见，眼睛的位置上只有两堆凹陷的皱在一起的皮肤，像嵌着的两个发霉的核桃。头发也不多，在秋风里一根根竖起，高矮不齐有些混乱，看了让人觉得秋风吹进了自己的心里。他走得很慢，斜挎一个用来装干粮和水的黄书包，书包不停地拍打他干瘦的臀部。这条路连着好几个村子，瞎子的家在斜对面的那个方向。路上布满石子和牛蹄印，坑坑洼洼的，惹得锣槌一下一下地轻敲发亮的小锣。当。当。当。

道路的一边是田野，另一边还是田野。田野里零散地坐卧着几座老坟，坟头上爬满了荒草，在黄昏的风里招摇远望。瞎子感觉得到下午五点钟的凉风从左边的坟上吹过来，掠过他和他的衣服他的书包他的小锣他的竹竿，吹到右边的田野里。风像水一样漫过去，发出泥土被淹没的声音。前面有几条相隔很近的岔路，一条通往另一个村庄，一条通向他的家，其他几条通向不知去处的地方。他饿得厉害，感觉是很多年没吃过米饭了。米饭是什么味？他想不清楚，米是什么模样他也记不得了。黄书包里空荡荡的，除了几个硬币，这是他一天的收入。从早上他就在巷子里敲响小锣，他比黎明来得还早。要算命的老太太代她女儿问将来的命运，他把她女儿的生辰八字像诵经一样在嘴里念叨了三十遍,然后微笑着说:"闺女好命啊,嫁能嫁贵人,生也是龙凤胎,真是好命。我算了这么多年的命,从没见过这么好的命相。"他很高兴地对着老太太的方向笑,他不知道自己的笑是什么样子,但他相信对方一定能看到,并且会相信这笑是发自内心,是由神提前安排好的。这笑无所不知,一切美好的东西都在这笑里头。后来老太太就给了他几个硬币,报答他开通了女儿未来的幸福之路。

现在他很想对着走了几十年的路也笑一回,但是怎么也笑不出,他太饿了。笑它跑到哪儿去了呢?他有点着急,越着急越笑不出。突然,他站住了,竹竿停在空中好一会儿才落到地上,接着就在地上抖动。他应该拐上回家的小路了,可是他不知道往哪条路上走了。他站在几条路的中间,有的已经走过了,有的还在前头,还有的在身后。他像风卷起的泥土那样在路中央转起圈来,他突然就找不到回家的路了。他把竹竿磕得啪啪直响,小锣也密密地敲,慌乱的声音在周围往返。天地间灰蒙蒙一片,他看不见的太阳已经落尽,但是他知道时间不早了,没有比饥饿的肚子告诉他的时间更准确的了。

路边出现一个小孩。小孩对他说:"往前走两步,右边的那条。"瞎子像突然得到了神谕,一下子笑了,他转向小孩,举着小锣让小孩听到他的锣声。"你是谁?"他问。小孩回答说:"我是小孩,你上次给我饼吃的那个小孩。""噢,"瞎子仰脸向天,一副恍然大悟的样子,"给饼吃的那个小孩?到底是哪一个?哎呀,记不得啦,人老了记性就不行了。"小孩又说:"往前走两步,右边的那条。"瞎子又噢噢两声,笑着自言自语说:"往前走两步,右边的那条。"按着小孩指点的道路走去了。

夜幕垂帘,天已经完全黑下来。小孩站在路边看着被黑暗消融将尽的算命先生的背影,咕哝着说:"错啦,那不是他回家的路。为什么不掐指算一算呢,他不是什么都知道吗?"

开往北京的火车

巨大的平原上伏卧着一个村庄,村子不大,房屋稀疏茅檐低小。秋风从远方刮过来,茅草枯黄,在风中抖擞摇摆。所有即将死去的植物都在向风和天地俯首贴近。一群孩子从村中的某条积满黄土的巷子里出来,穿着短小的单衣,裸露着被风吹干的皮肤,脖颈和脚踝很黑,他们好多天没能洗上热水澡了。他们又一次来到村边,这个时候火车总要如期而至,轰隆隆地从村边经过。他们就是来看火车从他们面前经过的,这是他们认识范围内的最为隆重的事情,晚饭也要等到火车过去后再吃。父母常常不准他们在晚饭时来到铁路边上,但是爷爷奶奶鼓励他们。老人们大多都是一辈子没出过村子的人,他们想让孩子到外面去看看。村庄与村庄之间相隔是如此遥远,他们用自己的双脚一辈子都没能到达另外一个地方。所以他们对吵着要看火车的孩子们说,去吧,去看火车吧。

孩子们在火车到来之前只能张望大野。辽阔啊辽阔,望不到尽头,只有低矮的树丛把村庄围成一圈。地球是圆的,这是真理,他们也看到了一个圆,而村庄正坐落在这个圆的中央,他们站在了地球的中心位置上。在泥土上打一个舒展的滚是让人高兴的，但是天有些冷，泥土也僵硬，孩子们身体皱巴巴地缩起来，腿脚施展不开。所以他们只好两脚踩着明亮的铁轨，眼睛盯着远方，手里攥着几根金黄的草叶，偶尔低下头到铁轨中间寻找圆滑的石子，作为弹弓的子弹来打鸟。

　　轰隆隆，嗡嗡嗡，铁轨在震颤发声，火车来了。火车来啦，火车来啦，他们叫喊起来。他们看到了远道而来的火车像一头方方正正的猛兽，迎着他们疾驰而来。他们从铁轨上跳下来，排成整齐的一条长队迎接火车的到来，在它将要从面前经过的时候拍起了巴掌，直到车尾也离开，直到他们拍红了手掌心。然后噢噢地叫起来，跟着火车奔跑。他们想追上它，因为有一扇窗户里的一个孩子的脸他们没看清楚，他们想弄明白它是男孩还是女孩，它从哪里来，要到哪里去。但是他们没追上，所以火车遗留下来的问题只好通过争论来解决。

　　年龄最大的孩子无疑是权威，他自信地说："它从北京来。"孩子们又问："那它要到哪里去？"权威有些不自信了，但他还是公布了他的答案："他要到北京去。"这个答案孩子们不能服气，从北京来，又要到北京去，这路该怎么走呀？权威犹豫了一会儿，说："所以它要坐火车呀。"他又说："除了去北京，谁需要坐火车呢？还有，如果不从北京来，谁又能坐上火车呢？"孩子们不说话了。是啊，没错的，火车应该从北京来，也应该到北京去，除了北京，它还能到哪儿去呢？他们不知道还有什么地方可以让最隆重的火车开进开出，他们也不知道北京之外还有什么更大的地方。北京显然是中国最大的地方,北京最大的门显然是天安门,因为他们从小就知道,中国有个北京,北京有个天安门。他们相信了权威的答案,因为在此之前没有人告诉他们,中国还有个其他的什么地方,这个地方还有个什么门。随后问题又出来了,年纪最小个头最矮的孩子无法看得更远,他看不到北京在哪儿,于是他问权威的孩子:"北京在哪里呀?"权威很自豪地说:"在火车要去的地方。"年幼的孩子歪头想了半天,终于明白了,对,北京就在火车要去的地方,火车都有了,北京还能没有吗?

争论终于结束了。巷子里响起父母呼唤他们吃晚饭的声音,他们决定回去,跟着权威的孩子排成队走回村子。他们要告诉爷爷奶奶爸爸妈妈一个秘密:那火车是从北京来的,它还要到北京去。

祖父的早晨

一大早,他坐在秋风里。门前有两棵白杨,左边一棵,右边一棵。他倚着左边那棵的树干,坐在一只拴着藤条的小马扎上。杨树叶跟着秋风在地上转圈子,转来转去都堆到他面前,把他的两只脚埋了进去。吱呀一声门响,他心头一亮,转过脸看从门后伸出来的那个头。孙子扶着门连打了三个哈欠,问他:"爷爷,你坐在这里干什么?"他说:"没干什么。年纪大了睡不着,过来坐坐。"他和儿子一家分开住,两个院子,有什么事要转过一个街角才能来到儿子的门前。孙子把门打开,让他进屋坐,外头风凉,要吹出毛病的。他说没有什么,在风里都活了七八十年了,就想坐坐,贴着门坐坐。孙子在门前站了一会儿,说:"爷爷,那我回去收拾了。"

他安静地坐在门前,他也不知道自己想干什么。鸡叫头遍的时候他就醒了,怎么也睡不着。他就睁着眼听黑暗里的风声,风像一面面旗子从窗户外快速地飘过。之前他做了一夜的梦,一辈子也没做过这么多的梦。他梦见孙子一下一下地长大,一个梦里长大一次,连孙子刚生下来的模样都梦到了。这梦真是好,他清醒的时候曾花了整整半天时间都没能想起光溜溜的小生命是如何哭出第一声的。梦太多了,断断续续的像竹子似的一节一节地从睡眠里长出来。竹梢让他难过,他梦见孙子被火车带跑了。火车跑得太快,他来不及喊一声,铁轨又太长,遥遥的看不见尽头,他梦见孙子被火车载向了没有尽头的远方。然后就醒了,翻来覆去地想那辆无限奔跑下去的火车。

从鸡叫第二遍起,他在门前一直坐到现在,老想着自己是不是丢了什么东西,摊开树叶仔细找找,什么都没找到。来来回回找了好几次,后来不再找了。什么东西都一样,找了三次都找不到,就不要再找了。就这样坐坐吧,也挺好。儿子和媳妇从屋子里出来,让爹到里面坐,外头凉,担心冻坏了爹。他把手插在袖笼里,哑着嗓子说:"我就坐坐。你们忙,多给带几件衣服,还有吃的。"

秋天的早晨总是阴惨惨的,所有的早晨都像要下雨。树叶还在堆积,一片两片地往他脚上爬。他坐在小马扎上慢慢地安下心来,坐得很稳,风吹不动他。就是脸和手有些干,摸上去沙沙响,像白杨树上剥落的皮。孙子端着热腾腾的饭碗走到他跟前，说："爷爷，吃饭了。"他看看孙子，心里也热腾腾地煮起了面。"不饿，"他说，"我就坐坐，快点儿吃，别误了火车。"孙子没办法，只好自己吃，吃饭的时候他伸头看祖父，他还端端正正地坐在那里，像个小学生，袖着的双手平放在并拢的膝盖上。

孙子收拾好了，提着行李从屋子里走出来，身后跟着爹妈。"爷爷，我走了，你在意身体呀，天凉了。"孙子说。他扶着白杨树站起来，怎么站都站不直，只好弓着腰双手背在身后，右手拎着马扎。他说："走吧。走吧。"跟在他们后面一起往前走。巷子窄窄的，雨天留下的车辙把路面切成了条条块块，沟沟坎坎里积满了碎草和干结的牛粪渣。一路都有树叶贴着地走，一直走到巷子尽头。儿子和媳妇喋喋不休地叮嘱他们的儿子，两个人争着说。他听不清他们在说什么，他们说得实在太多了。他跟在他们后面慢慢走，小马扎一下一下拍打身体。他低头看地上孙子留下的脚印，把自己的也放上去，发现小多了，这个发现让他安妥了很多。他听到孙子在说话，孙子说："别送了，回吧。"

他没说话，四处看看，找了一块平整的地方把马扎放好，撑着膝盖坐下。孙子又说："爷，回吧。"他说："你走你的，我就坐坐。坐坐。"他的目光跟着落叶继续往前走，走上眼前的大道，这条路宽敞漫长，通往村外遥远的看不见的地方。他眯起眼努力往前看，心想这路是要通向火车的，当然越远越好。他又听到自己重复了一遍刚才的话："坐坐，我就坐坐。"

跑多远才能回到家

我想跟你说的是一个十二岁的孩子,她从一条据说可以返回故乡的马路匆忙小跑,三十里路,可能还不止,直到她来到一个岔路口,那么多条道路同时出现在她面前,她迷路了,然后发现了自己的恐惧、脚上的血泡和一瘸一拐的双腿。所有的房屋都面向北方打开窗户和门,夕阳落到了东边,这个黄昏,车辆和行人有他们各自的目标。

而她突然失去了,记不清哪条路通向她家的门楼和高高的烟囱。她抱着脚坐到路边的一块石头上,努力回想十天前是如何走过这条路的。但是十天前她只有痛哭,以回家的名义被从一个家里带走,坐上一辆破旧的中巴车,在安慰和哄骗中低着头,被带到了一个陌生的地方。别人告诉她那是家,她却始终认为那是个新地方,长这么大头一次来这里。来时的路记不得了。她又想弄清楚是如何独自跑到这里的,仍然想不清楚。这些天来她一直想回到原来的那个家,每夜都听见自己在梦里哭。终于忍不住了,放学后没有回家就直接上了路,她要回来。上路的时候有种大无畏的豪情和焦迫的乡思,想外公外婆舅舅舅妈，想哥哥姐姐。

她是我妹妹，姑妈的孩子，从小在我家长大。

我妹妹在石头上想不起来路上的任何东西，有东西在赶她，让她快跑，以至忘记了长路上的孤单和恐惧。她什么都没看到，听到了不懈的鸣笛却没看见一辆汽车。一定有无数辆汽车赶到她前面，但她视而不见，只看见一条回家的路和自己迈得太慢的脚。麦地没看见，生长的树木没看见，还有被忽略的青草、河流、飞鸟和临街而居的一户户人家。

现在她都看清楚了，连同蛰伏已久的恐慌：她并不知道如何才能回到家里，她以为一条路会冲着家门而生。我的妹妹离开了家，又回不了家，像河流上的一棵草，停留在大水的中央。原以为只要向前走就会与外婆越来越近，谁知道恐惧告诉她，她甚至无法确知他们到底在哪里，他们在确定的位置上突然模糊起来。于是我妹妹坐在石头上哭了，她为自己的恐惧和无家可归而哭，为越发捉摸不定的外祖母而哭。

我要一生都感激那些好心人，一个老阿婆，一个中年的母亲，一个慷慨的汽车司机。老阿婆最先发现正在哭泣的妹妹，为她擦掉眼泪，问明了妹妹的去处。然后，嘱咐那个中年母亲照看一下，把妹妹带到青湖去，妹妹兜里一个钱都没有，司机没要她的票。十二岁的妹妹到了青湖一颗心才安定下来，这地方她熟悉，家的概念重新清晰起来。在此之前她根本不知道下一分钟会发生什么事。她忘了道谢，下了车就跑起来，又是十里路，我妹妹一口气跑回了家。

最先见到的是她的舅舅，我父亲。她一头冲进屋里，没等我父亲反应过来就死死地抓着他的手，放声大哭，怎么也遏止不了。她要把思念、恐惧和委屈都哭出来。

这是第一次。第二天早上妹妹就被送走了，她还要上课。一个月后第二次回来，她有了点经验。我愿意相信这经验得自一个月来的计划和推敲。星期天一大早，别人都还在床上，她起来，留了个纸条在桌上，告诉他们，她要回外婆家。口袋里仅有十块钱，是她一个月的积蓄。妹妹来到车站，不知道哪一辆是开往青湖的车，一辆一辆地问。站在路边的妹妹像个可怜的小乞丐，个头小，身子单薄，脸都没顾得上洗，还留着做梦时流的眼泪。三块钱从东海坐到青湖，五块钱雇了一辆三轮车，从青湖到我家。

下了车又哭起来，十二岁的妹妹见人就哭，说她想我们。

才十二岁，她竟然坐了这么远的路，还雇了一辆车。问她如何想到这些，她说不知道，只想着要回家，就一件一件地做出来了。我想对你说的是，妹妹将来一定会做成很多大事的。

那些日子正是祖父身体极差的时候，有一天他在院子外突然感觉不好，被人架了回来。妹妹吓坏了，扑在床边抓着祖父的手，哭得惊天动地。十二岁的孩子，懂什么呢。她竟然都懂了，只是不能清楚地表达出来。她抓住祖父的手拼命摇晃，她一定知道，这其实是在挽留一个亲人。

2002-2-1，东海

世界和平与葫芦丝

汉字很奇怪，你问天下是否太平时，我觉得这问题与我息息相关；你若问世界是否和平，我觉得它离我很远；好像天下比世界小，好像天下围在你身边而世界必定远隔重洋。基于对汉字的偏狭理解和日常生活中的错觉，在谈论我们的生活是否面临动荡和威胁时，我会给出两个不同的答案：天下太平，因为我的生活目前比较安稳；而千里万里之外的世界，和平正在经受考验，反动和杀戮每天进行。谈论后者，我常常觉得"世界"在另外一个世界，我从各种新闻报道中得知，那里打起来了，那里也打起来了，那里还要继续打下去；作为"和平"对立面的"打"字，于我大多时候只是一条讯息，看完就完了。对很多人来说，现世安稳，每天在日常生活的忙碌里奔波，别人的战争与和平其实就会变得很抽象；死亡抽象，伤痛抽象，数字和毁灭也抽象，因为我们无暇他顾，因为我们不在现场，因为我们没有切肤之痛。说句"政治"十分不正确的大实话，如果不看新闻，这两年忙起来我都想不起"世界和平"这回事。

但是这两年，我祖父总把"世界和平"挂在嘴上，动辄跟我谈国际形势，提醒我哪里"不安全"，哪里又"紧张"了。祖父久居乡野，此生去过最远的地方是省城南京，离家一千里地。那时候他还年轻，是个教书先生，长江大桥尚未建成，他坐轮渡登上六朝金粉之地。现在祖父年逾九十，活动范围以家为中心，方圆五公里以内，到镇为止，因为没什么事需要到比镇上更远的地方去办。祖父每天看电视新闻，世界上哪个角落稍有风吹草动，他就知道。因为我在北京，他连北京的天气状况也能报得出来。

这几年出国比较多，出门前我会跟祖父告个别。他就在电话里说，最近中美关系紧张，一定要去吗？前天又有恐怖分子劫机，飞机能不能不坐？欧洲经济危机很严重，社会不太稳定，晚上别一个人往外跑。叙利亚又打了，会不会影响你去的国家？如此等等。我就宽慰祖父，我只往安全的地方跑，去谈文学，又不是打仗。祖父说，今天这里枪响了，明天那里冒烟了，哪还有能睡得着觉的地方。

世道如此，还能怎么办？我劝不了。

祖父叹口气，这世界是乱了。

祖父教书之前被抓过壮丁，让他拿枪去杀人。那时候国共内战，日本鬼子也骑着高头大马在我家乡乱转，因为认得几个字，祖父被委以一个小头头的职务。可他杀鸡都下不了手，哪是拿枪的人，扔了家伙跑庄稼地里躲起来了，天黑前不敢从高粱秸捆里露出头。这事后来成了祖父的罪证之一，"文革"时被戴上白纸糊的高帽子游街。批斗和游街也是祖父不能承受之重，四海翻腾云水怒，五洲震荡风雷激，轰轰烈烈的事他都扛不住，一头从二楼上扎下来。还好命没丢掉。此后他被从学校里揪出来，成了猪倌，每天和几十头猪打交道。

七十岁以后，祖父很少再提过去，他开始关注"世界"。孙子辈的已经开始在外面跑，出门念大学，工作，在不同的城市成家立业，出国；他希望能为我们这一代人想象出一个安稳、宁和的环境——只能是想象，因为世界每天动荡，就没消停的时候；他无论如何也使不上劲儿。尽管他不提过去，但过去肯定一直都在，那个时间里有他对"和平"最切身的体认。也因为这个体认，他会本能地将风吹草动的当下"世界"与他的过去迅速建立起联系，世界于祖父而言比我近得多，就在眼前，任何有悖人道、涉嫌恐惧与杀戮之事都让他警醒和惊惧。他都要在出门前提醒我。

若干年前，父亲跟我说，祖父的二胡拉得很好。我很震惊，长这么大我从没见过祖父碰过二胡，一次都没有。我问祖父，祖父说，忘了，不会拉了。一晃又多年，祖父依然不碰二胡。不知何故。

有一天和朋友聊天，如果从战场归来，你最想干的一个职业是什么？我把自己硬塞进战争与和平的大问题里。仔细想了，还是想不出。回家时坐车横穿北京，看见车窗外一个卖葫芦丝的男人在路边走，脖子和肩膀上挂满自制的葫芦丝、笛子和箫。他走得缓慢，低头吹着《月光下的凤尾竹》。那男人的形象低调谦卑，而曲音欣悦祥和，给我一种劫后澄明之感。人和曲子突然让我与"世界"有了联系，似乎想象里的视野也开

阔到了地球的另一边,"和平"一词有了确切的含义。有答案了,我给朋友发了条短信:

　　游走街巷,卖葫芦丝。

2012-6-7,小泥湾

水晶八条

这些年在外面跑，总要被问同一个问题：桑梓何处？我答：江苏东海。再问：东海在哪里？靠东海？我答：靠黄海。他们就纳闷："东海"靠黄海？他们不明白。这很正常，中国如此之大，谁也没义务把每一个地方都装进脑子里。我就跟他们解释，此东海非彼东海，虽然东海的确也靠着黄海，但我不能住在水上；我们这个县在哪里哪里如何如何，对了，我们东海产水晶，老人家的水晶棺就产自我们那旮旯。对方于是拊掌大悟，哦，东海水晶，知道了知道了。必须说到水晶他们才能明白。既然水晶比地图好使，我就学乖了，逢问再答，一例简短应之：水晶和老毛可也。屡试不爽。但是，也有一些求知欲比较强的朋友想继续学习，问：能不能给我讲讲你们的水晶？我就开始揪头发，惭愧，我对水晶知之甚少。东海也很大，我家住的地方不产水晶；东海很多人吃水晶饭，我家不吃；东海很多人懂水晶，我不懂。不过我也尽我所能，说点水晶的周边经验，聊备参考。就有了以下八条：

1. 很多年前，我还小，父亲骑自行车带我去外婆家，途经一个房舍井然、颇有富庶之象的村庄。我问：他们为什么比我们村有钱？父亲答：他们这地方有水晶，挖了可卖大钱。我又问：水晶是什么？父亲答：一种石头。这是我第一次听说水晶，很疑惑，石头竟然可以卖大钱；跟着也向往，什么时候能看看这石头长的啥样，最好自己能有一块大的。

2．念初中时在镇上，校门前是石安运河。每天上下学我都坚持沿着河边走，为的是捡水晶。河滩上沙多，水一冲就会淘出很多没发育好的小水晶块，最大也不过小拇指尖大小。但我坚定地相信父亲的话，老想着哪天红运当头一脚踢到块大个儿的，就能提前过上好日子。兢兢业业差不多捡了三年，床底下磕磕巴巴藏了一堆，初中毕业时全扔了，没一个大过拇指头。我还是个穷人。

3．念高中在县城，算是这些年里跟水晶靠得最近的一个时期。县里举办水晶节，要我们去现场举标语。那是第一届还是第二届东海水晶节，我记不得了。光顾兴奋了。节前我们就看见美术老师在操场上写大标语，在一张张巨大的纸上写一个个巨大的美术字，应该是"欢迎""水晶""成功""腾飞"之类的字样。这些巨大的字最后贴到板子上还是巨幅的红布上，我也忘了，只记得那天举标语时下了点毛毛细雨，庆典在县城西北边的运动场举行，现在那运动场好像不在了。坐在水泥台阶上觉得有点冷，我们都希望尽快把标语举起来，活动一下暖和暖和，也可以用标语牌遮风挡雨。旁边有人一声令下，举！我们整齐划一地把标语举过头顶，对面主席台上的领导和嘉宾会看见一个个汉字从南到北像水一样流成一句句振奋人心的口号，我们在标语底下窃窃私语，一边冷得哆嗦一边兴奋。那天我有生以来头一次看见飞机就在头顶上飞，低得几乎抬手就能把它拽下来。那架很小的直升机盘旋在运动场上头，有个人探出半个身子往下撒欢庆的彩纸。

4．有一天我在街上走，老远看见一辆卡车上载着一件形状诡异的东西，此物之大，占满了整整一个车厢。卡车停在路边，我跑过去侦察，竟然是一块巨型的水晶团，无数的棱锥状晶体张牙舞爪地伸出来。发育成熟的部分正往各个方向折射阳光；没成熟的、被包裹在石头内部的那部分水晶，正安然沉睡，等待时光和匠人的手将它们唤醒。那是我唯一一次面对面看见如此巨大的水晶，与我想象中的水晶相比，这个巨无霸让我感到了超现实的震撼。过去大大小小见过的水晶很少比鹅蛋大，那种大小我觉得哪个地方往地底下挖几米都可能挖出来，但现在这个大家伙让我信了，水晶的确是产在我们这里。它被铁链子五花大绑在车厢里。

5．20世纪90年代初，我念高中的前后，县城里好像有无数的水晶加工小作坊，两三台机子放在院子里，切割、打磨、抛光，都在磨水晶项链。我姑姑家就做过，抛光粉是绿色的，落到地上，满院子都在春天里。我很佩服磨水晶珠子的姑娘，能把一颗小珠子磨出那么多面，每一面都斩钉截铁光光亮亮。听说有个老师家里也请了几个人做水晶，一两年挣了十万块。那时候没见过大钱，万元户都是劳动人民的楷模，十万对我来说当然就是天文数字。这数字像当年父亲说的"可卖大钱"一样，又让我神往了一阵子，是不是哪一天我也可以弄点水晶赚它两票呢？

6. 当然，我至今也没有把任何一块正儿八经的水晶拿在手上超过两分钟，即使别人听说我从东海来，美好地误以为我是行家，让我鉴定一下真伪。我把水晶项链、眼镜或者其他工艺制品装模作样地在手上转两圈，对着太阳看一看，一定会在一分半钟之内还给人家，说：如果不是假的，那一定就是真的。说真话，我懂的不比任何一个门外汉更多。

7. 不懂水晶不代表我对水晶没兴趣，我说的不是靠它发财的兴趣，而是写它的兴趣。我知道现在很多父老乡亲靠水晶发了财，我们有最大的水晶交易市场。去年回东海和老同学聚会，在县城里堵了半天车，车挨车，车挤车，同学说，咱们私家车太多。堵车不是个好事，私家车多不算坏事，起码说明咱们日子真的好过了。遥想当年，我们坐在冰凉的运动场里冒着毛毛雨举起的那些关键词，"成功""腾飞"之类，现在一一实现，还是很有点成就感的，觉得自己像个预言家。如果真像古希腊的老头子们说的，诗人、作家啥的都是个预言家，那我觉得我现在操持的这份文字工作算势在必然——回到我的兴趣，接着说写水晶。我的确在一部叫《水边书》的小说里写到水晶：在运河边上，一个叫陈小多的人和我当年一样，企图在水边捡到钱。不同的是，我只是低头弯腰去找，他却扛了把铁锹来到沙滩上，挖得很辛苦，两只手磨出了泡，结果还是和我一样。我很想让他替我发一回财，但没办法，河边本来就空空荡荡。

8. 前段时间去美国，在爱荷华大学的聂华苓老师家，看见一个鸡蛋大小的圆锥形水晶体从天花板上垂下来,在风里摇摆旋转,每一个棱面都闪过五彩清凉的光。聂老师问:认识水晶吗?辟邪的。水晶能否辟邪我还真不知道,但水晶我认识,没准这还是从我老家来的。聂老师就问我老家哪里,我说东海,老毛的水晶棺就是我们那里出的。聂老师一拍手,说:呀,东海!

——很管用,就是在地球的另一面,你只要让东海和水晶接上头,别人就知道你是从哪里来的。

2010-12-2,知春里

放牛记

记忆很不可靠，现在我想在过往的时间里标出某事的起始点时，经常茫然，前头是省略号，后头还得是省略号，仿佛事情的确是无始无终。我现在就想不起我何时开始了放牛娃的生涯，又在哪一天彻底结束了这种生活。能想起来的就是一个囫囵的感觉，比如，我很小就羡慕那些吆喝牛马的孩子，觉得他们是豪放粗犷的英雄。他们身上有种野的东西，而我只是个温顺的可怜虫，身上被家人强加了众多文明和规矩。我总是衣裤整齐，指甲干净，不剃光头，站在他们身边像个走亲戚的陌生人。我不喜欢这些。我想和他们一样，只穿一条小裤衩，光着上身和脚，晒成黑铁蛋，坐在光溜溜的水牛背上挥舞自制的长鞭，雄赳赳气昂昂向野地里进发。能够大喊大叫，可以随地撒尿，无视课堂和作业，遇到仇人要打的架一个都不落下，轻易就能滚出来一身泥。我想当个野孩子，但是我既没有马也没有牛，没有牛马就没理由一个人往野地里跑，所以，很早我就怂恿父亲买一头牛。

我家的确需要一头牛。父亲是医生，农忙时经常搭不上手；祖父祖母年纪大了，体力活儿也帮不上忙；我和姐姐都小，还要念书；十亩田都要母亲一个人对付，运粮食时都没个帮手。父亲决定买牛，哪怕只用来拉车。草料我们不缺，每年稻草都烧不完；切草的铡刀也有，生产队分单干那年我替家里抓阄，抓到的就是一头铡刀。

买牛的那天我记得，你能想象我的激动。在下午，我和父亲去两里外的邻村牵牛，已经提前谈好了价。在邻村的中心路边，我头一次见到锯木厂，在一间大屋里，电锯冲开木料的声音在午后的热空气里格外尖利，几乎能看见那声音在闪耀着银光。我停下来看阴影里的锯木厂，横七竖八堆满了木料，新鲜的木头味道和锯末一起飞溅出来。圆形的锯片发出陡峭的寒光，如此之大，过去一直困惑的问题终于有了答案，这样的电锯足以把无穷粗无穷长的木头都给切开。之前我总为大树担心，为木匠担心，那么粗的木头该如何才能锯成薄板啊。

那头牛离锯木厂不远。那个人家的屋子很大，两头牛站在屋子的阴影里。一头庞大的老牛，某年牛棚遭了大火，后背上的皮被烧裂了，红中泛白，看上去像凌乱的刀口，有点吓人。那头小母牛还小，吃奶的时候还要哼哼唧唧地叫，长得憨厚天真，我很喜欢。主人是个中年男人，说：回去调教半年，就能干活。他给小牛结了一个简单的辔头，缰绳递给我们，对着肉滚滚的牛屁股拍了一巴掌，我们就把牛牵出了门。现在我们成了主人。

小牛颠颠地跟着我们走，出了村才感觉不对，开始茫然地叫，表情如同迷途的小孩，但缰绳在我父亲手里，回不了头，只好一路仄着身子走，拧巴着被牵到我家。父亲提前给它盖好了牛棚，置了钢筋水泥新铸的牛槽。这一路走得我兴奋又纠结，想牵不敢，只能偶尔抓抓父亲手边的缰绳头；偶尔偷袭似的摸它一下，摸完了赶紧撤，怕它踢。当然后来我知道，再没有比水牛更驯顺的动物了。

我经历了把一头小牛训练成壮劳力的全过程。换辔头，套车，驾辕，用声音和缰绳指挥行止，扎鼻眼，犁地，耙地。几年以后，我基本上成了老把式，可以一个人铡草、套车、驾辕，运送满满一车的粮食走在窄路上。我知道它回头看我是什么意思，知道它抬尾巴摇屁股是要拉屎还是撒尿。当然，这对我来说是副产品，我想说的还是放牛。

在大多数苦情戏的叙述中，放牛娃都是颗苦大仇深的种子，生活如此艰苦，童年如此惨痛，你看他整天放牛。很惭愧，我的革命觉悟比较低，人生的目标也不宏伟，我把放牛的生活看得相当美好：在当时，放牛部分地满足了我的少年英雄梦，让一个必须规整地生活的少年有了一个旁逸斜出的机会——必须承认，我们此生多少都有一些"反动"的念头，但大部分人最终还是按照路线图过了一辈子；就算现在，我具备了足够的反思与自省能力，我也不认为整天和一头牛走在野地里是件苦叽叽的事，相反，我以为那是我少年时代最快乐的生活之一。那是一个放松的、空旷的狂欢时代，虽然也不乏腹诽和厌倦。

因为放牛如同工作，不能想上班就上，不想上就扔了不管，但有时候你真想扔掉不管。放牛都在夏天，放了暑假我才有时间。三伏天的午后太阳高悬,蚂蚁都被晒蒙了,晕晕乎乎爬出的全是曲线;如果要去远处找水草丰茂的地方,那我就得早早地从午睡中爬起来,戴上草帽出门。牛蹄踏在焦黄的泥土上,腾起一团团的烟尘,整条路像铺了一层炒面。我直犯困,遇到树荫就不想再动,尤其经过河边,看那些戏水的同伴,你真觉得放牛实在是个负担。出门早未必能回来早,牛边吃边拉,看着它的肚子总是瘪的你会很着急,你要赶着回来看电视,某个动画的或者武打的连续剧已经开始了。那时候有电视的没几家,我要到隔条巷子的邻居家看,上百人聚在他们家院子里像看露天电影,去迟了站的地方都难找。但我还得等它慢悠悠地吃,直到它开始把精力放到苍蝇和牛虻身上,蹄子、尾巴都忙起来时,那差不多饱了,可以打道回府。让人烦的还有一个,大雨天。这不是放牛的好时候,但牛出不去你得出去,割草,干不干活你都得让它每天吃饱;家里自也备了干草,只是大夏天的芳草萋萋,你不让它吃新鲜的,不人道也不牛道。还是得穿雨衣戴斗笠挎篮子割草去。漫天雨雾,汤汤水水的野地里就你一个人,蹲在草丛里形同消失,像我这种动不动就悲观的人,常常会觉得自己被这个世界遗弃了,那感觉也不太好。

不过这样的时候毕竟少,英雄主义的少年时代总体上是乐观向上的——放牛的确是件好玩的事。野地自由,有种无所事事的、透明的自然与放松。放牛通常是集体行动,几个放牛娃排成队伍往村外走,大家都坐在牛背上,屁股底下垫条麻袋。水牛走起来浑身都在动,骑牛更像坐轿子。后面的人打前面的牛屁股，一个跟着一个跑起来，六七头牛，都在撅着屁股跑，那队伍看起来很壮观。牛一跑，大肚子就扑扇扑扇地抖，活像巨大的金鱼腮在鼓鼓瘪瘪地呼吸。如果你是新手，最好抓住缰绳，夹紧两腿，能抱住牛脖子更好，否则你会觉得是坐在一个跳动的地球仪上，随时可能掉下去。有天黄昏，牧童晚归，我骑在牛背上慢悠悠往家走，有人对着牛屁股猛的一巴掌，受了惊的牛撅起屁股就跑，我手里还抱着自己做的一根竹笛在专心地找音，连缰绳都没抓，牛一屁股把我送到了右前方的水沟里，半个脑袋扎进了淤泥。水牛极少有如此激烈的行为。我家养过的几头牛中，最激烈者就是第一头，也只有一次，那会儿它刚来我家不久。

　　刚离开母亲，它整天哼唧，再好的草也是吃几口就抬起头四下看，像无助的孩子发呆走神。那个黄昏我们从野地往回走，突然它就狂奔起来，缰绳缠在我手上，拖着我也跟着跑。很难想象一头水牛能跑那么快，很快我就脚步踉跄，接着摔倒，我不想放开缰绳，在地上被拖了好几米，胳膊膝盖都磨破了，然后我松开了缰绳。那时候我刚放牛不久，担心它跑丢了，爬起来揉着伤痛跟在后面追。它一直跑，在两里路外的地方停下来。我追上它时，它正围着一头母牛转圈子，东嗅嗅西闻闻，圈子越转越慢，最后停下来，伸长脖子对着虚空的远方悲哀地叫起来。母牛的主人跟我说：找错妈了。远远地它以为两里外的母牛是它妈。认错妈的事还有几次，但都很温和。见到体态雍容的母牛就凑上去，闻着味儿不对，也就自觉地站到一边，哼几声聊以安慰。这几次之后，它就不再找妈妈，不知道是彻底绝了望还是情感自立了。

我向往牧童生活,显然是把这事理想化了。比如,我和所有人一样,想象牧童要在牛背上吹笛子。的确很多放牛娃在牛背上吹笛子,因为方便,因为有大把的时间需要挥霍,因为你要用另外一种可靠的声音来消磨漫长的寂寞。笛子大概是所有乐器里最贫下中农化的,不讲究,找截竹子挖出几个眼,不吹时随手可以别在腰里,也好学,盯紧了那几个眼就行。不像钢琴、小提琴(这两样在我放牛的时候都没见过真身),高雅,啰唆,反正我缺少背负小提琴放牛的想象力;就算唢呐,这最民间和朴素的乐器,拿在一个放牛娃手里也奢侈了,价钱高不说,喇叭头太大,哨子也过于娇气,一不小心弄裂了,那声音出来还不如不出。三十年来,我笛子吹得最好的就是和牛在一起的时候。后来我离家出门念书,巨大的课业压力让我整个暑假都得抱着书本,牛还在而牧童歇业了,笛子我几乎再没摸过,现在可能连音都找不到了。那时候我在牛背上吹,牛吃草时我躺在野地里吹,那声音没准很像一回事。

如果真要找一点和别的放牛伙伴不同,可能就是我放牛经常带本书。课本或者小说。很多武侠小说都是在坟地里看的。乱坟岗子里草好,把缰绳缠到牛角上让它们自己吃去,我们找个形状合适的坟堆,铺上麻袋就着坟势躺下来,跷起二郎腿。想睡觉的睡觉,想唱歌的唱歌,想发呆的发呆,我想看书,从兜里拽出一本武侠小说来。清风徐来,头顶有松树遮阴,天上流云飞动,此时看武侠,几等于尘嚣坐忘,那一个白衣飘飘的侠义世界美不胜收——大虚乃是大实,大无中有大有。

父亲对此很不满意,这么好的时光怎么能看武侠呢,挑好的看,古诗文。我带到野地里的就变成《唐诗三百首》《千家诗》等书,也有祖父订阅的《中国老年》上的一些父亲认为好的旧体诗。那时候记忆力好,背书从来不是问题,现在差不多全就着稀饭喝下肚了,能记起来的也多半上句不接下句。在长文里,唯一还能全文背诵的,只有《岳阳楼记》。因为父亲觉得这文章好,他也能哗啦哗啦背出一大串来。

但事情就是这样,一旦成了任务,再好玩的也会无趣,放牛时背书对我成了折磨。随后我牵牛出门,希望口袋里空空荡荡,放牛就是放牛。可是,放牛没法只是放牛,我还想骑马。关于放牛时骑马,我在一个叫《奔马》的短篇小说里写过。在那个小说里,放牛的是我,骑了马的那个"黄豆芽"其实也是我。因为牛比马慢,因为马比牛高大、漂亮、洋气,放马的同伴总觉得跟咱们不是一个阶级,一高兴就不带我们玩,一不高兴也不带我们玩。因为跑得快,他们可以去找最好的草吃;哪个地方有个风吹草动,他们打马就去了,等我们的牛哼哧哼哧赶到,热闹已经结束,他们趾高气扬地高踞马背回来了。他们可以去偷西瓜、桑葚,看瓜看果的人永远不可能追上。最关键的是,他们可以到公路上和汽车赛跑。不需要马鞍,他们的屁股像长在马背上一样牢靠,风鼓荡起马鬃和他们扣子掉光了的褂子,传说中英雄的造型,要多拉风有多拉风。我们骑在土得掉渣的牛背上,只能流口水。

作为一个骑马爱好者,我想尽办法和他们换马骑。也许,一个牧童的英雄梦不仅在于你和一头牛走进空旷的野地,还在于你有机会从牛背上转移到马背上。事实上,在几年的牧童生涯中,我骑马没超过十次,我是说以那种接近英雄的造型端坐马上,我没法感到自己很拉风。和牛相比,马让我恐惧,可能是因为有一次我坐在邻居家的马背上,还没准备好它就四蹄生风,在打麦场上跨越一个矮草垛时,它前腿着地把我扔到了地上,两个大蹄子贴着我的肋骨跳过去。稍有差池,我亲爱的肋骨、肚皮和内脏不知道会以怎样暴烈的形式平摊在这个世界上。现在想来,我还觉得后脑勺和肚皮上同时凉风飕飕。

如果非要给我的放牛生涯找一个遗憾,那就是没有痛快地在马背上当一回"英雄"。我猜所有的放牛娃可能都希望在马背上实现自己的"英雄梦",因为牛跟马如此接近,区别又如此巨大。除此"英雄",我以为放牛给了我一个几近完美的少年时代,放松,自由,融入在野地里,跟自然和大地曾经如此贴近。我在放牛时没能让自己成为一个野孩子,或者说没能成为我希望的那样的野孩子,不知道这个结果是好还是坏。往事总在回忆时被赋予意义,在放牛这个经历上,我更愿意就事论事,返回到当年的心境里,看一看当时的悲欢和忧乐。

念书日久,离家越远,再当不上放牛娃了。记不得哪一年,假期回家,牛棚里只剩下那个水泥牛槽,我很喜欢的那头牛卧在槽边死去了。再一个假期回家,牛棚也不在了,母亲说,牛槽送人了。

我家再不养牛。

2011-7-26,知春里

纸上少年

书多了未必是件好玩的事,现在我常常要对着满架的书发愁。不仅架子满了,桌子上也满了,头从书桌上抬起来,才看见一个人的脑袋。高高堆起来的书摇摇欲坠,让我在抬头的那一瞬间发晕。什么时候买了这么多书?什么时候我又能看得了这么多书?没书的日子里眼巴巴地想书,想到了的都来了,两眼开始发直了。什么时候开始,读书开始丧失了快乐?那些书籍短缺的岁月,我的阅读不是这样,那时候还小,快乐得一塌糊涂。

我的文学启蒙很迟,小时候家里的书少,除了学校发的课本,平常阅读最多的主要是《半月谈》和《中国老年》,都是我祖父订阅的。现在想来,这对一个孩子是多么的不合适,但是当时我还是得到了莫大的快乐。开始像点样的必要的儿童阅读,只能是课本。那些课文大多忘记了,剩下的,因为各种原因才记住。比如安徒生的童话《卖火柴的小女孩》。

事实上我是用耳朵阅读了这个童话。小学时开学校的联欢会,一个恒定不变的节目就是朗诵《卖火柴的小女孩》。朗诵的是一个姓李的男老师,大家都说他的普通话好。那时候身边没人说普通话，上课老师用的也是方言，听到有人当面说普通话，我的脸有时会莫名其妙地变红。同学们说，李老师要朗诵了，我们就把腰杆挺直了，心里有点慌。李老师果然是普通话，现在我想不起他是否字正腔圆，但他用的是普通话是没问题的，和平常说话完全不一样。李老师情深不能自持，朗诵时转过身，他被卖火柴的小女孩感动了，满眼的泪光。老师都感动了，我们当然不在话下，一个个钻进故事里出不来，都眼泪汪汪的，脆弱的女生哭出了声。李老师的朗诵把校长也感动得直鼓掌，校长说，李老师的朗诵要作为联欢会的保留节目，每年都上，让大家接受教育。的确如此，每年我都听到这个朗诵，每年都眼泪汪汪，它让我第一次感受到了文学的力量。对我来说，李老师因为《卖火柴的小女孩》，和安徒生一样不朽。

我的小学时代有点混沌，对童话这种文体十分不明白，只是觉得好玩。五年级时，班上风传一本丢了封面的书，讲的是一个名叫小灵通的怪小孩，在2000年到处都遇到好玩的事。看了都说好，抢着看。拥有这本书的同学因此很拽，脸仰起来看我们。要看此书者，必须不遗余力地巴结他。本来我是不喜欢巴结别人的，对传来传去的小书也不以为然，不就一本书么，又不是天书。没想到比天书还好看。我在课间顺便瞅了邻桌几眼，他在看，就是这个，一看就上了瘾。小灵通竟然能开着飞机似的东西到处跑，又跑到海边看轮船。这些都是我做梦想看到的东西。我歪着头一直看到上课。一节课心不安宁，想看，想得身上发痒。我得巴结那个同学了。放学了我很不好意思说，我们一起回家吧。事实上我和他根本不是一条路。但我陪着他，实际上就是把他送到家。他要进家门了，我红着脸提出了借书的要求。他的脸立马仰起来，俯视我，当然，最后总算借给我了。现在小书里具体内容我已经不记得了，就记得好看，一路看到家，我的勤奋让母亲狠狠地吃了一惊，走路都看书，这孩子变了。我看了两遍，从没看过这么好玩的书。因为这本书，我觉得那个同学的凉鞋看着都顺眼，也想母亲给我买。这个心愿一年以后才实现，穿到脚上发现，不过尔尔，不过是一双凉鞋。那本书就是《小灵通漫游未来》，叶永烈先生著。我跟很多小孩推荐过，看看小灵通吧，推荐的时候，完全忘了现在已经过了书中所说的2000年；而在现在，我们还不能像小灵通那样驾驶飞艇到处跑，再多也不会相撞。

《快乐王子》是王尔德的，前些时候买了他的全集，又翻到了这个小童话。多年后再读，终于看到了快乐王子眼中的贫穷、苦难和爱。多年前还小，只觉得浮想联翩，要是能成为一只燕子，应该是一件不错的事。这里看看那里看看，虽然鸟的眼小，看的却比人宽广，世界的一角被一只燕子掀起来，露出了真相。快乐王子也不错，站得高看得远，披金挂银，眼睛都是宝石玛瑙，阳光一照，除了光，还是光。可惜最后倒塌了，燕子也死了，伤心。现在的伤心完全不同了，不再是一个东西消失的伤心，是王尔德的伤心。

《少年文艺》是初中时接触到的，在学校难得开一次门的阅览室里。整个初中三年我只进去过两次，进去了就看到这本杂志，上海的。南京的大开本《少年文艺》是高中见到的，也是在阅览室里，那时候阅览室开放的频率高了，连着上海的《少年文艺》一起看。难得的两次阅读使我对这本杂志念念不忘，莫名其妙地喜欢。念了高中后，我把能找到的《少年文艺》都看了，不管南京的还是上海的。然后开始想写东西，一点小诗，还有散文什么的，尤其小说，高二时写第一个小说前，我把阅览室里的《少年文艺》里的小说又找出来看了一遍，以便找到榜样和信心。做了好几年《少年文艺》的读者，念大学时的一篇文章终于在南京的《少年文艺》上发表，总觉得算是了了心愿，至于什么时候萌生的这心愿，完全不记得了。而与《少年文艺》的关系，也逐渐疏远了。

很多人问过我，现在写小说是不是因为小时候启蒙工作做得好？完全不是，正儿八经的儿童读物我多半是后来弥补上的。比如郑渊洁童话，我高二才开始读。真是疯狂地喜欢。家里给的生活费省下来，每期必买，同时逐期往前买，把过期的《郑渊洁童话大王》一本本收集起来。高二高三两年，积累了一摞。不包括被数学老师收缴的那些。我偏科很严重，从高中就开始不喜欢数学，上课就走神，看了《郑渊洁童话大王》以后更走神。高二的数学老师是个年轻的女教师，喜欢点学号末尾是6的学生回答问题。我是36号，几乎每节课都要遭殃，她喜欢提问，我喜欢在数学课上看《童话大王》，她提问我总是听不见，完全被童话迷住了。她就生气，一气就收我的《童话大王》。收了我也不敢要，如果她老人家现在还常常想当年，一定会在记忆的某处发现《童话大王》，这些杂志是一个不听话的学生上课走神的罪证。

去年的六一儿童节附近，我在书店里瞎逛，先后碰到了两个孩子问售货员同一本书，曹文轩先生的《草房子》。都是小学生。我觉得他们很幸福，这么小就能看到《草房子》这样优秀的儿童小说。这个小说的好，在中国当代文学里已是不争的事实，它的纯净和美，越来越让变质的成人世界汗颜。"感动孩子们的，应是道义的力量、情感的力量、智慧的力量和美的力量，而这一切是永在的。"（曹文轩先生语）事实上，感动的不仅是孩子。我在二十多岁的时候读了这本小说，它让我对过去的很多认识产生了怀疑。我看到了过去所坚持的、所欣赏的，竟有那么多的问题，它们不同程度地远离了质朴、纯美、清静和安宁；我以为那些有力量的，其实是虚弱的，我以为的所得，其实是错过和失去。古人说"澡雪精神"，大约就是这样。

又一个儿童的节日要到了，我倚老卖小的检点让我发现，一个人不是一下子长大的，都有着漫长的年少时光。当然，如果其间的阅读是快乐的，年少的时光就不会太漫长，它会变短，像青蛙的三级跳，从一本快乐的书跳到另一本好玩的书，跳到又一本美好的书，三跳两跳就到了现在。

2004-5-24，北大万柳

看《围城》的那些年

那些年我看《围城》,蜷在一把旧藤椅里,像只猫。我整个少年时代的阅读,几乎都和这把藤椅有关,我不喜欢书桌那种僵硬的阅读姿势,曲折流畅的藤椅更适合我的懒散。藤椅是旧的,《围城》也是旧的,从念高一的一个朋友那里借来的,书皮上印着斑斓的水渍,中间破了一个洞,每一页的边子都在翻卷起毛。我小心地翻动,怕更多的毛起来,但是后来,那个高一的朋友说,算了,那书就送你了。他还有两本。这个收藏《围城》的爱好传染给了我,我一度拥有四本《围城》,也曾像他那样,把一本看旧了的《围城》慷慨地送了人。我天昏地暗地读这本书,头很少抬。那开始读的时候,我上初一,这是我第一次完整地接触一本"纯文学"长篇小说。

之前我的阅读相当杂乱,什么都看,除了文学书籍。那时候还不知道什么叫文学,只看好看的、好玩的,和能找到的。后者对我更为重要。乡村的条件比较差,可看的书少得可怜。现在想来,在《围城》之前,除了课文,我完整地读完的一篇纯文学作品就是《小二黑结婚》。是从挂在梁头的我父亲的杂物里翻出来的，是他当年的课本。二诸葛，三仙姑，看得我咯咯地笑，觉得好玩。其他的就是祖父订阅的《中国老年》和《半月谈》。祖父平反之后，一直锲而不舍地订阅这两种杂志，他对我们国家是那么的热爱。这几年，祖父八十多岁了，我每次回家他老人家都要对我进行国情和政策教育，态度严肃、真诚。我读这些杂志只是找故事，现在还记得其中的一些文章，比如一个写侵华日军头目阿部规秀之死的，题目叫《名将之花凋谢在太行山上》。

然后是武侠小说。我从五年级开始看，看的第一部武侠小说是《金弓神掌日月刀》，作者忘了。那时候看书从不记作者，都忘了书是人写出来的这回事。邻居的一个男孩传给我的。他比我大，和我同班，因为个头高、年龄大而且有着丰富的武侠小说来源，有点瞧不起我。我成绩很好，但是除了他我找不到武侠小说，只好低头领受他的俯视。武侠小说真是好啊，我都看懵了，人怎么能成为这样呢？看《西游记》小画书，我也觉得奇妙，但知道孙悟空、猪八戒他们跟人是没关系的；但是武侠小说就不一样了，他们是人，不过是身上有刀，手中有剑，袖子里有飞镖，他们指哪打哪。那种日子过起来真像做梦。我一头扎进去，也是在那把旧藤椅里，一口气看到点灯，家里都吃完了饭我还蜷在里面，腿脚都麻了。看完了两脚落到地上，两眼开始迷离，觉得世界一下子变了，整天看着家里人的几张脸，吃相同的饭菜，都绝望了，恨不能提气抬腿钻进武侠小说里。其后又看了很多，《三侠剑》《胜英保镖》《青城十九侠》《边城刀声》等等，拿到手就看。记住了胜英的师兄大头剑客夏侯商元的外号：震三山、挟五岳、赶浪无丝鬼见愁。

这其中还看过半本《艳阳天》。当时不知道书名，找到的时候就没有封皮，也不关心，拿过来就看，觉得也很好玩，然后就没了。这个半截子小说让我好长时间都不舒服，总惦记着下面的故事。后来不再耿耿于怀了，知道原来是浩然的《艳阳天》。

这些大部头的书一本一本地翻，就到了初一。那时候我住在镇上医院的职工宿舍里，同舍的一个念高一，他和后来借书给我的那个哥们同班。我曲线救国，二转手搞到了不少书。那时候觉得那哥们书可真多，而且都是名著。那可是名著。进了初一，我才知道名著的厉害，老师强调得那么严重，都让我胆战心惊，我什么名著都没看过。看过的都被视为垃圾，不入流。原来阅读是有等级的。所以我一心向上，想方设法积极进取。听舍友说他同学那里有名著，整天巴巴地跟着他，让他借。终于得手了。搞到了一本《围城》。正好学校放暑假了，我把《围城》带回到藤椅里，一个假期看了两遍。

看得结实、长久，都舍不得看了。有种高山仰止之感，名著呢，而且借书的朋友再三向我鼓吹小说有多么精妙，他当时把《围城》看作《圣经》，在很长的一段时间里，《围城》对我来说也是《圣经》。所以我想我总得看出点什么，要不就太没水平了，要不我一定会看不起自己的。我窝在藤椅里，刚开始还记着要看出东西，看着看着就忘了，就只顾着笑了，笑得藤椅咯吱咯吱响。我从午饭过后就把藤椅搬到门前的树底下，一直看到黄昏，看到睁着眼也看不清字。一个小说竟然让人如此笑个不停，我翻来覆去地看，看一会儿就回头再看，走三步退两步。我小姑当时在外地工作，回到家见我如此用功，大为赞赏，发现我看的是《围城》，更加赞赏，跟我父母说，让我看书，别让我干活。她可能以为我会成为徐家的文曲星。

《围城》大概是我从武侠小说和其他乱七八糟的读物进入正经的文学的第一本书，它满足了我当时的两个需要：一个是阅读名著的虚荣；另一个是它延续了我在其他书中得到的阅读的乐趣。名著也可以很好玩。好玩是我那时候评价一本书的唯一标准。《围城》给我打开了一个通道，从通俗读物顺利地进入了文学。《围城》之后，我从朋友那里就只借名著了。即使外国的，也逐渐能深入进去，对那些拖得老长的洋名字也有了兴趣，接着看出了越来越多的东西。

初一的暑假我把《围城》看了两遍，其实不止。看完了就抄，好玩的句子和比喻全抄下来，规规矩矩地抄满了一个大本子。然后学《围城》的腔调说话，刻意地去找比喻。在以后的好多年里，我几乎每个假期都看一遍这本书，尽管已经很熟了，有的句子还是忍不住再抄下来。高中时，我向同学吹嘘，《围城》里所有的比喻我都会背。这是事实，那时候记忆力也好，何况看了这么多遍。钱钟书的比喻和说话方式在相当长的时间里影响了我，刚写小说的那几年，小说里充斥着大量的钱式句。后来因为不太喜欢那种文字表达方式，才逐渐在小说里改变了面目。但《围城》的影响实在难以消除，差不多已经浸到骨子里了，一直到现在，熟悉的朋友都觉得我说话有时很刻薄,不厚道。我总是辩驳说,现在人是越来越不爱听真话了。说这话的时候,我总不免有几分得意,然后想起钱先生和《围城》,以及蜷在藤椅里的那些年。

2004-12-21,北大万柳

去小学校的路

回家过年,母亲说,小学校搬走了,作了政府用地,你不去看看?这是我没想到的,我常有一些毫无道理的认识,比如小学校,它怎么可能搬走了呢?母亲说,搬了有一阵子了,一至四年级搬进了原来的中学,五年级和六年级搬到了镇上。这也是我没法理解的事,搬走已经过分,还惨遭肢解,真是。母亲又说,那就去看看。

听到小学校,我最先想起来的是通往小学校的路。一条身处村外的土路,北面是村庄,南面是一片阔大的野地,生长着四时的荒草和庄稼。从我家出门,往南,过了中心路,大队部,诊所,幼儿园,大商店,到了南湖桥。桥上有一棵老柳树,多少年了空洞着内心,当年我一直奇怪,老成这样了还和别的树一样活得好好的,哪一年春天都飘絮,长出坚强的枝条和叶子。从南湖桥右拐,往西,沿土路一直走,过一个桥,再走,又过一个桥,几个大草垛过去,路南边安静地伏卧着一个大院子,就是小学校,大门朝北,院子上空飘动着五星红旗。

从六岁开始,我在这条路上来回跑了五年,背着一个两道梁的花书包，几本书还有哗啦哗啦响的文具盒一路拍打屁股。书包是母亲做的，姐姐淘汰了留给我。一二年级不知道花书包对一个男孩是如何的格格不入，三年级以后知道了，想要一个可以斜挎的黄军包，军绿色，所有男孩梦里到处都是的颜色。不给买。父亲许诺，只要我能考上中学就给我买。这也成了我学习的动力之一，哼哧哼哧也算认真，以班级第二名的成绩考上了镇上的初一。一天父亲从集市上回来，我看到一个崭新的军用黄挎包挂在门鼻子上，陡然觉得喜悦是多么虚空。如果知道世上有沧桑这个词，它大约也会及时地涌上我的心头。

刚上小学，几乎是班上年龄最小的一个，个头也小，胆子更小。一个人走在那条路上总是有点害怕。在我以后很多年的记忆里，那条路都有些阴森和鬼气。我做过很多关于那条路的梦，所有的梦里路上都没有阳光，都是我一个人低矮地走，花书包和我一样孤独。路面在梦里是灰色的，脚前两米远的地方就看不见了路，两边生长着黑色的灌木丛和芦苇荡。那时候一度盛传，常有开三轮车的恶人到村庄里偷小孩去卖，我没碰上过，却梦见过。我在路上走，四周是黑夜，一辆三轮车神出鬼没地从身后驶过来，车厢里突然伸出一只手，我还没来得及喊上一声就被拉进了车厢，像拔一棵萝卜。车厢用一块脏兮兮的布挡着，我被扔进去，世界更黑了。我就醒了，躺在自家的床上睁大眼，想梦里的三轮车和那条路，总觉得那就是去往小学校的路。

很长时间我都觉得那条路上游荡着很多鬼魂。我说过了，到学校要经过三座桥。每一座桥头都是村庄里给死人烧纸祷告的地方，多少年了，约定俗成，不在家门口，离家又不远。上下学的路上，隔三岔五就能看到在桥头或是树底下留下一堆灰烬。灰烬前面是一张新苇席子折成的挡风场所，像一间简易的小屋，小屋里摞着几块土坯，一个白纸糊成的牌位端坐土坯之上，上面写着某个神仙的名字。大家都把这个叫土地庙。每有人家亡故，就在这里搭个土地庙，一天三次子孙到这里为他送汤。前面是一帮鼓乐班子，笙箫唢呐锣鼓齐名，一个老头拎着一吊罐黄汤领路，后面是一队缟素的子孙，哭哭啼啼蜿蜒而来。给死者添汤、磕头。葬礼的第二天晚上还要为死者送盘缠，打发他走上去阴间的路。纸钱、纸马、纸花轿、纸楼房，一切生活中需要的东西的纸制品都可以送，也是在土地庙前焚烧。拎汤罐的老头对着三仙五神大声祷颂，让各路神仙高抬贵手，放死者一条顺当路，他生前姓甚名谁，一辈子都是大好人，谁都没有得罪过，多多关照啊，给你们送钱来啦。那么多的盘缠他是花不完的，各位神仙尽可享用。然后烧掉那些纸马、花轿和盘缠。第二天我就会看到一堆灰烬，没烧干净的，还能看见纸马、花轿的芦苇骨架。胆大的孩子用脚去拣挑，拿起来玩，我不敢，从来不碰，遇到灰烬都要绕开走。

不断到来的死人，使得这条路上长年飘荡着死亡气息。胆小的人总爱疑神疑鬼，村庄里的人也说，这路上阴气重。路南边是野地，庄稼丰饶时还好，麦子长高了，水稻秀穗了，成熟了，青的，绿的，黄的，浩浩荡荡如大海洋，繁华富丽，碰上阳光也好，满天地都是阳世的喜悦。青黄不接就麻烦了，野地赤裸，看见了身上都冷。早晨露水重，傍晚地气上升，飘飘袅袅，总以为脚底清冷。路北边是水渠，芦苇繁茂，大风来往喧哗不已，沙啦啦如同隐藏着千军万马。一个人走，到处都是声响，两只脚都跟你唱反调，你们俩就不能不出声吗？不能，脚步声大得让你心动过速。这只是一年级的事，到了二年级，竟知道南边的野地的南边是一片坟场，还看见鬼火。

1985年某个秋天的傍晚，我和另外两个同学尘灰满面地走在那条土路上。我们刚把教室里里外外打扫干净。天色已晚，出了校门一片灰色，路更灰，野地里庄稼收割完毕，也是灰的。第二个桥边有摊灰烬，前两天刚死过一个人。一个家伙出了校门就开始说鬼故事，他奶奶哪天头脑一热讲给他听的。他絮絮叨叨地讲，讲不明白也怕人。正讲着，另一个突然站住了，说，那边有个大火球。我们向南看，天上了黑影，夜正缓慢地升起来，两节地以南的路上跳跃着一个巨大的火球，罕见的圆，一跳一跳地往这边跑，速度很快。

我说：谁在玩火？

另一个说：不像，谁能跑这么快？

讲鬼故事的那个家伙一下子抓住了我的手：是，是鬼火！

他的声音都变细了。后来我才知道，他接下来的故事里就要出现鬼火了，而那个时候，鬼火提前出场了。我从没见过鬼火，不知道鬼火长什么模样，可是当时我相信那就是鬼火，没有人可以把火玩得那么圆，那么大，那么快。他们俩也相信是鬼火。三个人狼奔豕突一样开始逃跑，一直跑，不敢停。就是那个时候，我开始觉得那条路长得不得了，总也跑不到头。我们跑到南湖桥时，见到了从大商店里出来的第一个人，我像刚刚活过来似的满眼都是泪。

直到今天我也不知道那到底是不是鬼火。我回家问过大人，他们只含混地应付一句，什么鬼火？他们从不把小孩的话当回事。不管是什么火，它实实在在地影响了我五年，一直到我离开小学校，这期间，傍晚时分我从不一个人走那条路。

有一段时间我也不走第二座桥，而是提前拐进街巷里绕过去。桥上在下午放学后总有一些高年级的学生在上面聚会。听外地来的亲戚说，现在到处都有帮派，小刀帮，斧头帮，菜刀帮，还有砖头帮。在桥上聚会的那些人是斧头帮的。领头的男孩和我家隔几条巷子，我见过他的腰间插着一把耀武扬威的小斧头，非常精致。如果不用来打架，应该是很不错的艺术品。他们一人一把小斧头，站在桥上对过往的低年级同学说：此山是我开，此树是我栽，要想走此路，留下买路财。

领头的他们叫帮主。帮主一度想让我也参加斧头帮，因为从二年级开始，整个小学阶段我都是班长。说实话，我暗地里十分喜欢那个小斧头，也羡慕他们威风凛凛地站在一起的豪情，你拍拍我肩膀，我当胸装模作样地给你一拳。那种言行对我还是很有诱惑力的。但我还是拒绝了，因为不敢看一把斧头迅速地落到一个人的身上。听说他们常和外村的小孩打群架，每次都有人带着伤口和一身血回来的。所以我避开他们。

再往前走是最后一座桥。最祥和，临近的人家经常到桥边洗衣服，大石头都被衣服打磨平滑了。那座桥也最有人味，他们在学校东面堆草垛，三顿饭都要过桥去扯草烧饭，人来人往不断。来学校门前卖杂货的小摊也摆在桥边，下了课我们都蜂拥而出，没钱也挤在小摊前张望。水渠的北岸不像那两座桥附近，都是芦苇荡，这里是紫穗槐。槐花开放的时候岸边宁静素雅，又不失喜庆，紫花团团簇簇映照在水里，真有别一样的美好。我最喜欢这座桥，尤其在阳光底下，让人很温暖妥帖。

也有让我难过的事。一天下午，两节课下，我听到桥上吵吵嚷嚷，就出了校门过去看。桥上围了一大堆人，聚成一个圈。我挤进去，看到人们正在指点一个坐在地上的女人，她低着头掩面哭泣，头发蓬乱，和衣服上一样都粘着碎草。他们指责她，对她吐唾沫，扔鞋子。他们说她跟野男人在草堆里通奸，被堵在草窝里。那个男人提着裤子跑掉了，她被抓到了。有个小孩对她扔了一颗石子，她抬起头随即又低下了，我看到了她灰尘和泪水把她清秀的脸弄脏了。她的样子让我难过，也想哭，我退出来，一个人进了校门。

以后好长一段时间里，我经过那座桥时，总觉得那个女人还坐在地上哭泣，身上粘着碎草。为了避免莫名其妙的难过，我总是快步经过，不敢回头。

我已经说到小学校这里了，再往前走不远还有一座桥，过了桥不远路就告一段落，下面的路就与我无关了。事实上学校以西的路我很少走，我没有什么事情要到那边的路上去做。五年里只去过屈指可数的几次。其中两次是到学校西围墙外捡垃圾。

我念一年级时，学校刚刚建好。从老学校搬过来，乱七八糟的东西都运来了。过了一段时间开始整理，陈旧和没用的办公用品直接当成垃圾被扔在了西边的围墙外。后来又整理了一次。我们就去垃圾堆里寻宝贝。铅笔头。粉笔头。墨水瓶。破本子。旧书。旧报纸。破算盘。断尺子。还有很多我叫不上名字也不知道来路的东西。都不值钱，但是我们都觉得好玩，拿着一根树枝在垃圾里挑来挑去。不记得当时拣到了什么宝贝，只记得因此做了两个梦，再也不想去垃圾堆里淘金了。

梦里的场景和墙外的垃圾堆一模一样。我一个人守着那个大垃圾堆，像国王似的在挑挑拣拣，满心里高兴。我挖出了一个破旧的算盘，掉了几个算珠，但还能用，刚要伸手去捡，算盘突然自己跳起来，躲到了我身后，沿着脊背一路飞快地爬了上去。我吓坏了，拼命地抖身子，它就是不下来。我大声喊叫出来，把自己惊醒了。原来是个梦。我下意识地摸摸后背，没摸到算盘，只摸到一把冷汗。这个梦搞得我次日一整天都恍惚，到了晚上，又做了一个梦，把前夜的梦续上了。我梦见走在一个丝瓜架下，阳光很好，丝瓜叶子近乎透明，我的脚踩到了一个小东西，是一个玻璃弹珠。我用脚踢了踢，浮土之下露出了更多的弹珠，都是新的，里面是缤纷的彩色。这么多玻璃弹珠我真是做梦都想拥有。那时候我们都玩这东西，入了迷，口袋里整天都装着，一走动就哗哗响。这么多啊。我刚要伸手去抓，突然想起了爬上后背的算盘，胆怯了。我在梦里清晰地想到，不能拿，昨天就因为捡东西，算盘才爬到我身上的。于是我没捡，忍痛割爱，心里还有点酸溜溜的兴奋，幸亏我没捡。

这是我唯一一次续上了自己的梦。醒来以后还安慰自己，幸亏没捡。若捡了，说不准下一个梦又续上了，那毫无疑问又将是一个噩梦。

现在我在这条路上走,感觉到它的陌生。小学毕业后,我就很少走这条路了。最近一次走在上面是什么时候?十年前?八年前?至少也有八年了吧。阳光很好,路边是冬天沉寂的野地,泥土酥软而荒凉。芦苇荡早就消失不见了,只剩下空荡荡的水渠也即将被泥土淤满。路上看不见一个人,没有阴森的感觉,更找不到鬼气。阳光真的很好,满世界都太平的样子。我慢慢地向前走,过了一座桥,又一座桥。这么快就经过了两座桥,那些桥也已经老朽,在风中歪斜疲惫的身子。路怎么短了?是我的腿长了还是它根本就很短?

第三座桥也老迈了,上面再也看不见席地哭泣的年轻女人,她若在,也该老了。堆草垛的地方现在是谁家的菜园,风雪过后只留下颓败的空地,和几片冻僵的菜叶子。小学校的大门还在,上面挂的是一个行政单位的牌子。我看了看,没有推门进去,它已经不再是小学校。

老屋记

2011年4月24日,在山东某地出差,因离家近,朋友顺道送我回了趟老家。家里正在翻盖房子,两层半的小楼已经完成了两层,钢筋水泥混凝土和红砖,脚手架,混乱得如同一场战争。因为楼顶刚浇铸水泥,要多晾几天,工人们暂时都散了,父亲带我爬上空荡荡的毛坯房的二楼。房子算不上高,但视野开阔,半个村庄都在眼里,陡生了身轻如燕和豪迈之感。这两个感觉实在不搭界,但我踩着楼顶尚未抹平的水泥板,转着圈子把邻居们的院子看了一遍,生出的就是这感觉:想飞;钢筋水泥混凝土的楼顶很结实,有登高望远的豪迈。

这感觉从老屋里来。老屋在旁边,低矮的平房,红砖白瓦,为了给新房子腾地方,拆了一半,看上去悲伤破败,像一只折了翅膀的老母鸡。多少年里一家人就生活在老屋里,当然,那时候还不觉得它老,也不叫它老屋,我们在瓦房里出出进进,不认为它狭矮陈陋,我们过得喜气洋洋。那时候我小,对世界充满最朴素的好奇,坐在院子里仰脸望天,整个村庄的人声和狗吠都涌到一个院子里,我想站到高处,看一看别人的生活是什么样子，看一看到了夏天的傍晚，他们是如何在院子里摆出一张桌子吃饭。但是院落低矮，除了爬到树顶，我只能坐井观天。我爬过很多树，可是村子里的树能有多高，到处又都是树，目光越过别人家的山墙就被枝叶挡住了，能见度太差。挂在树梢上整个人颤颤巍巍，感觉很不好，所以羡慕鸟，能飞上天，在某一个瞬间静止，一动不动。我想像一只鸟飞抵村庄上空，十万人家尽收眼底。后来看到电影和电视，知道了弄出浩大镜头的叫航拍，那时候我就希望像鸟一样航看我的村庄。因为我住在老屋里，在一个几千人的村庄，我们低矮，贴着地面生活，如同一枚棋子，被摁在了低海拔的角落里。当然，所有人都在自己低海拔的角落里。

只是我想看清楚，大家是如何生活在自己的角落里。所以我想飞。我喜欢想象一只鸟飞抵村庄上空，我更喜欢想象一个人一步一步走到高处，足够高，直到他把这个世界看清楚。所以我想登高望远。这些念头没有微言大义，也无寓意更非寓言，就是一个贫乏的孩子对世界最微小的好奇心。

此后的很多年，我离家念书、工作，寒暑两季放假回家或是小住，不是钻进书本里不出来，就是火烧屁股一般转个身就走。也是待在老屋里，但全然没有了少年时的天真，自以为知道外面的世界也无非如此，也不再会对邻居家的院子和饭桌感兴趣。就算坐飞机经过村庄上空，我也不过是从舷窗往下看看，在千篇一律的村镇中挑一个可能是我故乡的位置，哦，那是我家——我家离机场只有十多公里，小时候每见到飞机经过头顶都要大喊：飞机，停下。那只鸟从虚构中飞走了，回到家我几乎再想不起要登高望远。

——但是现在，站在二楼粗糙的房坯上，我突然想起了那只鸟，想起了童年时我一个人的关键词：登高望远。现在，房子的确长高了；现在，房子长到二层，还要再长高半层。以我小时候的想象力，也许我曾经设想过有一天房子会做梦般地长高，但我肯定不会想到，真正站在长高了的房子上看村庄，究竟是什么感觉。

母亲一直不愿意盖新房子，老屋住着就很好，冬暖夏凉，主要是不必操心。嫁到我家三十多年里她参与盖了六次房子，搬家三年穷，何况造新家，穷怕了也累怕了。这几年但凡谁动议破旧立新，母亲都要历数六次里的穷困与操劳。在乡村，一穷二白的家境里屡建新居，和城里空着钱袋去买房的年轻人一样，都得勒紧裤腰带过日子。母亲扳着指头说：你看，草房子盖了几间，瓦房盖了几间，半边草半边瓦的房子盖了几间。这样的房子我都经历过，只是每一间都是该款的绝唱，更穷困的生活我没过过。有一年给大爷爷单独盖一间屋，我也跟在父亲后头脱土坯，给房梁上的父亲扔稻草，我满头满身的汗，我懂得黄泥里掺上多少河水和稻糠壳抹墙才最牢靠。有一年，从院子里长老槐树和果树的草房子里彻底搬进白瓦房，就是现在的老屋，我只有四五岁，把自己的小零件蚂蚁搬家似的往新屋子里运，光脚踩到了一枚图钉，一扎到底。因为疼痛，记忆从那枚清醒的图钉开始，蔓延到整只脚，然后是白瓦房和草屋子，然后是新旧两个院子，然后是新旧两个院子所属的两个时代的生活——过去的世界通过一颗图钉闪亮地咬合在一起。那是我关于这个世界最初完整的记忆，从此，大规模的记忆才开始和我的生活同步进行。在遗落了图钉的新的白瓦房里，我们家一住二十多年，直到把白瓦的颜色住灰，把新房子住旧，成了老屋；直住到这些年有了一点点钱的邻居们都把小瓦房砸了，原地盖起了雄伟敞亮的大屋子。

祖父说：没法活了，人家都住在咱们头顶上，喘不过来气。盖不盖？

我说：盖。

祖父说：怎么盖？

我说：两层半。宜早不宜迟。

前后左右的邻居们，眼见他起高楼，眼见他宴宾客，我们家成了峡谷，头顶只有院子大的四方的天。年过九十的祖父要了一辈子强，现在低头抬头都憋得慌。那就盖新的。我负责说服父母。二十多年的老房子，够本了，再住下去就成了危房；还有三五十年要活，新房子早晚要盖，好日子早过一天算一天，为什么不从现在开始？就为了夏天凉快点儿，也得翻新的，否则邻居们都立秋了，咱们家还在三伏天里没出来。母亲还犹豫，我向她保证，这辈子她盖的最后一次房子，咱们全用好材料。

母亲说：就算用金銮殿的材料，不还是得我和你爸操持？

那天下午，我站在父母亲此生建造的最后一所房子的二楼上，在三十三岁这一年，终于在高处看遍了半个村庄，二十年的时光倏忽而逝。除了拿出一点钱，关于这座新房子我做的只是在电话里说了几次设想，嘱咐材料尽量用最好的；三个月之后回到家,我直接站到了二楼顶上。下一次再回来,我看见的将是一座祖父祖母和我父母这辈子住过的最完美的房子,他们把二楼朝阳的最大一个房间留给了我。搬家的时候我不会在,从老屋到新楼,我其实希望自己能像四五岁的时候一样,蚂蚁似的一趟趟搬运;就算出现第二枚图钉也未必不是好事,踩上去,疼痛将贯穿我一生。这可能也是我在自己的村庄里建造的最后一座房子。

我从二楼下来,给祖父祖母买了烟酒和点心,陪他们说话,和父母吃了顿晚饭,就拎着行李去了机场。从下车到离开,在家一共待了四个小时。

2011-7-17,知春里

露天电影

楼下在放露天电影，《天下无贼》。在背面看了一会儿，想起小时候看电影，在背面看到电影里的人都用左手拿笔拿枪，很惊讶，不知道为什么人一上了电影就改成左撇子了。在乡村，露天电影这些年已经绝迹了，城市里又兴盛起来。尤其是汽车旅馆的露天电影，据说很多年前国外一直流行，现在中国一些地方也开始了。大家开着车到露天电影下，很少看电影，而是在车里恋爱、亲热，或者干别的勾当。汽车在这种地方相当于电影院里的包厢，一个公共空间里的隐秘的私人空间。公开的地方最安全，在这里是真理。我希望楼下每天都能放露天电影。这东西让我有种家乡的感觉，觉得身边的世界都开阔了。很多围聚在一起，从四面八方来，参差不齐的人头安静或者攒动。世界一下子就热闹了，人与人之间就有了一种温暖而又隐秘的关系，即使相互还是陌路，也让我感动。都坐在小板凳上、椅子上，或者席地而坐、爬到树顶，零散各处的人在这里形成了一种和谐的秩序。这种日常的、过日子的场景我喜欢。

小时候一听来电影，晚饭都吃得不踏实，心悬着，到处打听今晚放的是什么片子。最好是枪战的、武打的，侦探的也行，一到城市里的谈情说爱就不喜欢。那种生活离我们太远，远得看不到，觉得他们简直不可能存在。整天撅着屁股放牛插秧拾麦子，哪有时间去找别人拉拉扯扯的。再说了，男女的手和胳膊都缠在一起，像什么样子。他们一点都不自觉，不知道一个村里的人都在看他们，手弄在一起还不过瘾，嘴也往一块靠，太不像话了，老头老太太就骂了，把脸扭过去，说他们把爹娘的脸都丢尽了。他们一点点往一块靠，身上的衣服越来越少，老头老太太气呼呼搬着小板凳走了。剩下的年轻人跟着叫，我们这些小屁孩屁也不懂，也煽风点火地起哄。那些我们后来知道的过来人，不老也不年轻的，男人嘿嘿地乐，后来怎么想都知道挠到了他们痒处，闷声不吭地会心；女人捂着嘴和眼，从指缝里继续看，笑得像个羞涩的姑娘。她们努力让别人以为她们还是姑娘。外国的片子所有人都不喜欢。长得怪模怪样不说，张嘴就是"亲爱的"，受不了。没见过哪家的男人对老婆这样说过，也没见哪家的女人这样对丈夫说过。

听说有一个同志看完了洋鬼子的片子，受了腐化，回家也拿腔拿调地在床上叫自己老婆，把她吓坏了，第二天逢人就说，他说亲爱的呢，瘆死了，鸡皮疙瘩都滚到床底下了。半个村的人都笑，见了他就亲爱的，叫得他也扛不住了，听了就两个肩膀不一样高，怕人家挠他痒痒似的。周围人的喜欢严重影响了我，大学念了一半时，我才逐渐接受国外的电影。接着就物极必反，不太愿意看国内的片子了，觉得月亮怎么就是人家的圆呢。

在搬到这个楼下有公园的地方之前，我差不多十年没看过露天电影了。不记得确切的时间了,大概十年前,从外面的城市回到家里,一个假期下来,总觉得少干点事。某一天走过中心路,停下来,想起现在两层楼的地方过去埋着两根杆子,每个月都有那么一两次,杆子上拴着绷紧的银幕。一块四四方方的白帆布,四个角吊起来。一台机器发出人跑步的声音,很多人就从一道五彩的光柱跳上了银幕。他们在我们斜上四十五度的高处生活,过着与我们不一样的日子。我们像做梦一样看他们,看他们怎么在另外一个个陌生美好的世界里生老病死。那些世界我们曾经是多么羡慕,一群屁大的孩子跟着放映机,一个一个地跑遍周围的村庄,来来回回看同一场电影。我们百看不厌。为了把那个世界弄清楚。谁都相信,那世界里不止这些幸福的人,这些好玩的事。可是,还有些什么,不知道,所以要一遍遍接着看。不知道我们那一帮整天跟着放映机跑的孩子里,有谁发现了另外的人事。我好像没有,若干年以后,经见了更多的世事之后,我常会在某一时刻发一下子呆,觉得此情此景恍惚是经历过了,又找不出证据。就自恋地夸奖一下自己,说不定这就是电影之外的人事,多年前还是个孩童和少年的时候,就用想象力提前发现了。我乐于这样褒奖自己,顺便重温一下当年的露天电影。我几乎没有错过一场有机会观看的电影,我说的是在中心路上放映的露天电影。距我家不远,有人在银幕上咳嗽一声,我在家里都能准确地判断出它是男声还是女声。

但是露天电影不再有了。那天我站在埋杆子的地方深切怀念,远游归来这世界变了样,变就变在露天电影没了。不跟我说一声就没了。多少年里,我跟在父母后头,到自己搬小板凳坐到电影背面,到搬椅子跻身正面,看他们改变左撇子的生活方式,再到更大了,凳子椅子都不屑搬了,就站着看,先是挤在人群里站着,然后是一个人站到一边,有点冷清,内心里却颇感到悲壮的孤独,就是现在小孩都在意的,酷。年龄大了一些,在外地念书了,真觉得自己在露天电影前有点酷。跟电影的距离远了。而他们,我的父老乡亲,多少年如一日地,还跟电影上的人像一家子。我就在心里说,都是瞎编的,我知道。好像他们就不知道。现在,我能看见当年脸上的倨傲是多么可笑,那种刻意的躲避和疏离是现在我所鄙视的。我果真不需要和他们在一起么?恰恰相反,在内心里,我是多么希望能像没有离开家乡时那样,端着饭碗凑到他们堆里,肆无忌惮地把筷子伸到别人的碗里夹点想吃的菜。可是疏离是不可避免的,疏远也是无能为力的,现在每年两次短暂的还乡,我成了他们的客人。他们用对远道而来的客人一样的目光看我,说回来了?难道我不该回来么?不仅他们,就连那些一起追着放映机跑遍村庄的伙伴,也客气了。他们说,回来了?我说回来了。他们急于躲开,我急于逃避。怎么会这样?我们见了面突然不知道把手和眼神往哪里放了。我们都像发现了电影里的那个世界之外的人事,它们突如其来地出现,让我们在各自的眼里看到了陌生。这陌生把一起追露天电影时心照不宣的热情紧紧地包裹起来。好了,在故乡,我终于成了一个异乡人。

露天电影就这么悄无声息地没了。我问母亲,她也说不清什么时候放了最后一场。那时候露天电影是多么兴盛,完全是流行了。婚丧嫁娶,都要包一两场电影以谢乡邻。一周多了能看八场，遇事的两家同时放映。我两头跑着看，哪边武打、枪战激烈就往哪边跑。我还能想起当年两头跑的景象，很多人和我一样，椅子凳子举在头顶像一群阿拉伯人。整个晚上凳子几乎都坐在我们头上，两边的电影比赛着精彩，根本没有时间把凳子安稳地放下来坐一会儿。如果没有月亮，路就是黑的，天上有星星，中心路上忙得像在赶夜集。这样的夜晚，我的快乐也马不停蹄。现在，乡村的夜晚安静了，空无一人似的安静，只看见灯光这里亮，那里亮。都关着门看电视，看影碟。多年以前的愿望终于实现了，我们成功地把电影搬到了自己家里。没有人在大街上溜达，闲也闲在家里，不拿出来给人看。都躲在家里，电影放给谁看。不知道放映员是不是这么想的。夜晚一下子倒退了多少年。跟祖母说的鬼子扫荡的时候一样，安静得狗都不敢咬，到处都是空的，端着饭碗出来找不到人的空。

我不知道露天电影消失的时代好不好。想着让我难受。时间久了，忘了疼，只在想起"露天电影"这个美好的短语时，心里抖一下，再抖一下，就去干别的事了。搬到芙蓉里的第三天晚上，晚饭后经过楼下，看见公园广场上挂起来的银幕，身心都抖起来。我对晓说："露天电影。"晓说："哪来的露天电影？"

"一定是。"

天黑了，我趴在窗户上盯着那块银幕。直到人群聚拢过来，直到声音响起来，直到文字和人在银幕上走起来，我放下心来，回过头对晓说："露天电影。嘿嘿。"

2005-7-19，晚，芙蓉里

黑夜的声音

蒹葭苍苍

从五斗渠到大渠之间，浩浩荡荡地生着一片芦苇。在村庄方圆几里内，那是最为高大茂盛的芦苇。没有人知道什么时候长出了第一棵，什么时候又蔓延了这么一大片。父亲小时候到田里捡麦穗，遇上了几十年都罕见的大冰雹，就是躲在那片芦苇荡里。父亲说，谁会想到中午出门时还艳阳高照，傍晚就降下了满天鸡蛋大的冰雹呢。他把柳条编的小篮子顶在头上，捡了一个下午的麦穗洒落一地，篮子被砸坏了，他只好钻进芦苇丛，把自己裹在里面使劲地摇动芦苇，用枝叶扫荡出一块安宁的空间。从芦苇丛里出来，冰雹停了，天也黑了，远处的村子里传来无数小孩的名字，大人们都在寻找自家的儿女。几十年后父亲说，起风了，大风把芦苇荡卷起来，像煮沸的开水，发出鬼哭一样的呜咽声。整个田野里看不到其他人，父亲害怕极了，洒在地上的麦穗都没来得及捡起，就拎着坏掉的篮子慌慌张张地跑回家了。

父亲的意思是，风中的芦苇荡很可怕。若干年后，我七岁，一个人在黑夜里经过那片芦苇荡两次。

我记不起来父亲出去干什么了，只有我和姐姐在家。母亲一个人在田里。我和姐姐把晚饭做好后，等母亲回来。天很晚了，通常这个时候我们已经吃晚饭了，周围的邻居也早早收工，无数条炊烟飘摇在低矮的屋顶上。可是母亲还没回来。我和姐姐都急了。小时候我十分依赖母亲，一天见不到心里就发慌。每次母亲出门回来迟了，我都要站在家门口张望，直到她走进巷口我才安心。如果出远门，比如去外婆家，更不得了，走之前我要问清楚什么时候回来，到了母亲回家的那个傍晚，我会一个人沿着母亲回家的路一直走到村头，扶着那棵歪脖子小树向前望去，想象母亲是不是会变成另外一种样子。我到现在也弄不明白为什么会那么想，以至于母亲离开家前我都要盯着她的牙看。母亲的左边的前牙上有一个极小的黑洞，我想如果几天之后回来的那个人无论牙有多好，她都不是我母亲。

姐姐让我再等等，她问过前面小四子的妈了，说母亲正在赶活儿，趁着有点月亮干完了就算了。母亲还让带来话，叫我们先吃，不等她。可是我等不下去，我要去湖地里找，我坐在锅灶旁感到一阵阵干冷，我想母亲一定也很冷，我要把她找回来。其实那会儿刚入秋，可我的赤脚在鞋子里只冒冷汗。姐姐问我害不害怕，我说不怕。姐姐说那你一个人去吧，我把猪给喂了。我拿了一件母亲的衣服出了门。

从家到母亲干活的田地大约四里多路，先过后河的一座桥，再穿过平旷的打麦场，上了五斗渠直往北走，一直走下去，向右拐就到了。但是我从来没在晚上一个人去过，真正的一个人，过了后河桥连一个人影都没看到。出村的时候一点不害怕，满脑子里都是尽快找到母亲。我一路飞奔上了打麦场。村庄在我身后，狗叫和小孩的啼哭也在身后，听起来极不真切，像是跑进了另一个世界，然后我听见了自己的脚步声。巨大，在打麦场上产生了更巨大的回声，好像有许多人随我一起跑，我出哪只脚，他们也出哪只脚。最可怕的莫过于只听见自己的声音。我停下来，看清了七岁时的那个夜晚。它比我想象的要黑，月光是那个夜晚的同谋，暧昧的光亮只能增添旷野的恐怖。周围的树木和草堆黑黢黢地排列成一个圈，我站的地方仿佛是世界的中心。树木和草堆板着黑脸，在风中摇头晃脑，我意识到这个夜晚风很大。我继续往前走，抱紧了母亲的衣服。

真正的恐惧和我相遇在五斗渠上，我终于面对了那片芦苇荡。我得说，真是像海，它是一片桀骜不驯的翻腾的巨浪。风也许并不像我当时认为的那么猛烈，只是田野过于平坦辽阔，风可以像旗帜一样从远处卷来，而那片芦苇又过于惹眼，它是野外唯一的一堵墙。风必须经过它。于是我看见从第一棵开始，风拉弯了所有芦苇的腰，大风水一般地漫过它们，使之起伏具有了水一样的柔韧的表情，浪一样痛苦的姿势。弯下又挺起，涌过去又推回来。恐惧终于降临，我把自己送到了一头奔腾的巨兽跟前，听到它在黑夜里粗重又狂乱的呼吸，像一片森林突然倒下，像整座山峰缓缓裂开。

因为一片芦苇，大风得以在我七岁的夜晚存活。我听见了风的声音，杂乱，深不可测。如果有人告诉我，黑暗里藏着十万魔鬼，我信。芦苇的声音比芦苇本身更像魔鬼。我后悔出门过于轻率，因为恐惧而发抖，刚刚满怀的焦急和寻母的使命感被大风一扫而空。我不能半途而废，我对姐姐说了，我不害怕，我一定要把母亲找回来。我把衣服缠在手上，贴着远离芦苇的路的那一边磕磕绊绊地跑。跑几步就停了下来，也就是从那次起我知道，恐惧时不能跑，越跑越害怕。我努力放轻脚步走，坚持忍着不回头看。身旁的一大片庄稼像缓缓起伏的海，我听到风声，芦苇声，庄稼声，和我的心跳声，感觉自己是走在梦里，整个身心失去控制似的摇摆不定。

那大概是我记忆以来走的最长的一段路，好像怎么也走不完。当时我什么都想到了，包括死。而且有关死想得最多，没有排除任何一种我所知道的死法。我想如果我死了，母亲该到哪里找我呀。我没有死，走到大渠上的老柳树下我停下来，我还活着，一屁股坐到地上，衣服被汗湿透，牙咬得两腮生疼。

我没找到母亲，她从另一条路回家了。而我又从原路返回，同样是一身冷汗。我想，走过了黑夜里的芦苇荡，任何恐怖的东西对我来说都无所谓了。但是当我走进村庄，看到第一户人家门缝里透出来的灯光时，还是忍不住哭了，一直哭到家里。母亲站在门口远远地问是不是我，我一声不吭，进了门就爬上了床。那个晚上我始终没说一句话，晚饭也没吃就睡了。夜间我的梦里长满了无边无际的芦苇和风，浩浩荡荡的黑夜之声贯穿了整个梦境。

我牙疼的那些夜晚

父母都出去了，到路南的排房地垒砖。我家的新房要建在路南。临走时母亲把门锁上，嘱咐我趁热把药喝了，喝完药就上床，谁叫门也不要开，害怕了就用被子把头蒙起来。我答应着，端起瓷碗咕咚咕咚把汤药喝下。我不觉得苦，因为牙疼，我已经喝了数不清的草药，煮过的药渣倒在巷子里，积了厚厚的一层。我能喝出汤药里的香味和甜味来。母亲把油灯也吹灭了，我摸黑上了床。我不害怕，头露在外面，在黑暗里睁大眼睛。

月光从关不严实的窗户里进来，地上像铺了一层水，我的鞋子是两条脏兮兮的方头小船，头对头向前游动，因为是头对头，所以谁都游不动。我喜欢看不停在动的东西，变化的东西能让我忘掉牙疼。通常我都是看梁头和屋脊上的蜘蛛网，看着看着就睡着了，然后就看见一个个蜘蛛从网上爬进了梦里。它们总是徘徊在梦境的边缘，懒洋洋地排成一支队伍，从不吵醒我，天亮以前准时回到蛛网上。蜘蛛网一直吊着，被月光吹得摇摇晃晃。我不知道秋天到了，上面还有没有蜘蛛。它们是不是也需要一床被子。我的牙疼已经一年多了，每一个夜晚我都想象蜘蛛们在我的头顶高高地生活。

然后药发挥了作用，牙不疼了。我开始注意到夜晚的声音。这是我最近以来睡着之前必要做的事，我知道黑夜一定有它自己的声音。夜里会响起鸡叫，狗咬，叫乖子和蟋蟀的叫声，还有哪个人的梦话和偷鸡贼的脚步声。但是这些显然都不是黑夜的声音，因为白天他们照样活着，发出和夜晚一样的声音。

黑夜的声音也不是闹钟的声音。父亲为了不让活儿把人累坏了，每次出门都把闹钟抱在怀里。那个镜面被我摔坏的闹钟是我家唯一和时间有关的东西，闹钟里有一只神气活现的兔子，双手掐腰，眼睛左边转一下，右边转一下，转来转去就把一天转没了。直到现在，我所有关于时间的认识都没超过那个闹钟，一想到时间，不论是年月日还是小时分钟秒，头脑里立刻出现一双兔眼，左转一下，右转一下，同时嘀嘀嗒嗒。我的无数个夜晚都是在嘀嗒声里度过的。我把它看作是黑夜的节奏，像一双脚，在我睡不着或者因为牙疼夜半醒来的时候，一寸一寸把大地一样辽阔的夜晚走完了。

闹钟被父亲带走之前，我一直以为黑夜的声音就是嘀嘀嗒嗒声。尽管白天兔眼也转，但是声音远远没有夜间来得清晰巨大。那双脚在夜晚迈得坚实而又分明，简直震耳欲聋。整个家里就我一个人静静地躺在床上，药效麻醉了全身，我觉得胳膊腿都软绵绵的，整个人像漂在水面上。水是夜做的，也是声音做的。我感觉我浮在村庄的夜的半空，一个人孤零零的，只有嘀嘀嗒嗒声拥在前后。除了我就是这声音了，而这声音只在夜间才如此清晰分明，它是我孤独的黑夜里唯一的声音，我的唯一的声音，我的同伴，黑夜的唯一的声音。嘀嗒，嘀嗒，我一直希望我的心跳能和上它的节奏，我用十以内的算术来计算，迷迷糊糊跟着它到了夜深处。

父亲把闹钟带走的那些夜晚，我要熬到很晚才能睡着。没有了嘀嘀嗒嗒声，我的黑夜变得残缺不全。我一个人又漂到了村庄的上空，一下子惊慌起来，身边空荡荡的没有着落。那些夜晚，我会下意识地去拍身底下硬邦邦的床板，确认自己还有一个支撑。过去满天地都是嘀嗒声，现在没有了，我的黑夜空旷稀薄，像一片寸草不生的荒地。晚上我喝完药，为了不让自己去找已被父亲带走的嘀嗒声，上了床我就把耳朵捂起来。就在那个晚上，捂上耳朵之后我听到了黑夜的声音。细碎的沙沙声。耳朵里有，耳朵外面也有。我想大概是手掌触动耳朵的声音，就一动也不敢动。仍然有。我侧过身子，让一只耳朵贴在枕头上，另一只耳朵用被子盖住。还有。我激动极了，这是我对世界的第一个发现，我甚至都不敢裸耳倾听，担心刚刚的发现只是耳朵的声音。我慢慢地让耳朵暴露在夜里，屏住呼吸，我听到了，我听到了黑夜的声音。细碎的沙沙声，耳朵里有，房间里有，村庄里有，整个夜里都有。像是从身体里响起，充塞天地之间。是黑暗流动、碰撞、拥挤和打招呼的声音。黑暗和黑暗相互说了什么我不知道，但是我听见了。

那些夜晚大概是我一生中最需要声音的时候，我听见了。如果很多年前的一天，你在黄土堆积的巷子里遇到一个抱着下巴的五岁男孩，他会告诉你，他听到了黑夜的声音。那时候我的确热衷于告诉每一个人，黑夜是怎么一回事，我会说，黑夜的声音就是黑暗的声音，细碎的沙沙声。

九 年

只买到了晚上的火车票,我和姐姐不得不在县城逗留了大半天。大年初三,下午四点多,风有点凉。围着人民广场转了一圈,车头一拐,我说,去复习班看看。路上有很多人,卖花,卖画,卖旧书,各种小吃摊,更多的人围上去。三块钱一盆的水仙花已经开了。还像过去那样热闹。

九年前,我复读高三,每天走这条路,像现在一样人来人往。复读的地方叫复习班,上面不许办这样的班,就放在县里的成教中心,大门在利民桥前。

我和姐姐进去,原来的大门已经不见,就是大门的砖石也被拆得零落一地。几个喝多了酒的男人站在门口说话,脸红脖粗地挺着大肚子。篮球场坏了,原来就只有半个篮球场,现在一点也没有了,只剩下一块空地,姐说,不小呢,卖地皮也能盖几间不错的房子。我说,原来我们经常在课间跑过来打球,十分钟也不放过。

念高四的时候,早上经常不吃饭,课间了越过球场的铁丝网栅栏去买烤山芋吃,把一件新买的羽绒服挂坏了。那是我到目前为止穿过的唯一一件羽绒服，羽毛的质量很不错。球场前的池塘还在，原来的泱泱一池只留下池底的一层厚青苔，如同铺了一匹绿色的天鹅绒。九年前里面还有鱼，我们没事了就趴在池子边看，见到鱼就找石子砸。很多人砸了一年，一条鱼也没有漂上来。

车棚也在，和现在的池塘一样，成了陈旧的摆设。连摆设也算不上，只是被遗弃了，懒得去拆掉它，就像这个池塘，谁在荒弃的时候能抽出时间去填平一个大坑。

看看池塘前面的那排房子破败的程度，就知道这里的人在离开时是多么迅速。这些房子九年前是成教中心的办公室，三五个人把持着一个个门，听说他们经常要做的工作是扫盲，让不认字的人认字，直到能写出自己的名字。我常见的倒不是他们去为人师表，而是钓鱼。我说的是办公室里的两个男的，一个小个子，一个大胖子，头有点秃的，他们看样子喜欢钓鱼，没事就抓着根鱼竿蹲在水边，一年我也没看见他们谁钓上来一条鱼。一定钓上来过，只是我没看见，尽管对书本很排斥，大多数时间我还是老老实实地坐在教室里，而且不东张西望。他们钓鱼的池塘不是现在变成天鹅绒的这个，而是绕过他们办公室，后面二进的院子里的那个水塘。我们的复习班就设在后面的院子里，要经过一个圆门才能进去。那时候装的是铁门，漆上红漆，很鲜艳，晚上12点左右就锁上。锁门的差使通常由班级里管钥匙的同学干，一般都是最刻苦的一个，晚上在教室里点蜡烛看到深更半夜，第二天起得也比别人早。复习班里从来不乏刻苦的人，都高四了，除了极个别的，都知道努力学习的重要性，我们已经见识过高考是怎么一回事。

我有个十分要好的同学，有天晚上在教室里看书，一不小心看到了半夜，离开教室时发现小铁门被谁锁上了。他只好爬墙，墙实在太高，他骑在墙上不敢下去，头顶上都是星星，他看了半天又重新踩着东西回到院子里。教室门又锁上了，管钥匙的同学嘱咐他离开教室就锁门，他没有钥匙。我的同学就在院子里转了几乎整个后半夜，到凌晨才缩在教室的墙根下睡着了，他把早来开门的同学吓了一跳。

院子里的池塘还有水，结了薄冰，水底下也铺了一层天鹅绒。那时候下了课我们就在池塘边绕，往池子里打水漂。我打水漂的技术现在还是很不错，都是当时练的，和别人比赛打，很多人都参与进来，到后来院子里已经很难找到片状的石子和砖头了，我们就用圆溜溜的石子打。看石子擦着水面像轰炸机一样飞，有不可告人的成就感。

这一年给我留下了后遗症，走路时我老爱注意那些扁平的砖片瓦片，看到了就想，这个能打多少个水漂。成教中心的那几个人为此到我们班主任那里告状，他们担心池塘总有一天会被我们填平。当然最终没有填平，在复习班这样的地方，想填平一个池塘不是件容易的事。我们得看书，再次硬着头皮去迎接高考。

复习班远离正儿八经的学校，没有体育课，也没有娱乐活动，打球和打水漂是唯二的两项活动，除此之外就是聚在一起聊天，想到哪说到哪。应该都是废话，所以现在记不起当时说了些什么。

有点意思的只一次，有段时间流行地震，隔三岔五有人汇报他感觉到了地震，听见了房子在挣扎，看到床和饭桌在私自移动。老师也多少有点紧张，只要广播里说哪天有地震，他上课就三心二意，一有风吹草动立刻停下来，让我们往外跑。高四生活里有点意思的事情屈指可数，防震是其中之一。

我指着中间的几扇窗户给姐看，九年前那就是我的教室，姐姐记得，她曾在一个雨天给我送过雨衣，还夹了一张纸条，让我放了学就回家。我们在上课，她把雨衣放在窗台上。那次暴雨，整个院子里一片汪洋。现在教室也破败了，有的门洞开，黑灯瞎火的，看不清里面摆放的是什么东西。

我正打算凑上去缅怀一下曾经战斗过的地方，原来作老师办公室的房间里露出一个中年男人的头，问我要干什么。然后从屋子里走出来，梳一个背头，挺有点气派的。我说瞎看看，没事。又问他，这里现在干什么。他说是熟食包装厂。我再次看了看当年的教室，大约四五间，怎么也看不出像个什么什么厂。那个人站在门前，我不好意思看得更仔细，就装模作样地去了厕所。厕所也和原来不同，被移到了西墙外。我在当年读书的地方上了一个厕所，就出来了。

出了大门，有点飘忽，九年，时间把自己都改变了。我站在大门口的马路边上愣愣神，然后才跟着姐姐走过利民桥。当年我也要在路边怔一怔再走，当年我饱受神经衰弱和失眠的折磨，偶尔还要幻听一下，常常处于类似灵魂出窍的迷瞪状态，过马路要左右观看，清醒完了再走，因为担心被车撞死。

2005-2-12，北大万柳

就这样进了大学

高一时我就给自己设计了前途：学文科，当律师。看过很多香港连续剧，戴假发穿法袍的大律师让我无限神往，在法庭上闲庭信步，侃侃而谈，能把死人说活，能把稻草说成金条，我想我要有这种能力就好了。其实我是一个胆小的乡下少年，念高中之前，四十里外的县城都没去过几次，见到陌生人第一反应是躲起来；可能正是因为我的僻远和羞怯，让我向往自信和挥洒，暗暗祈求一夜之间神灵附体，有了应付复杂世界的本领和口才，在我看来，律师就是神灵附体的典范。高三时填高考志愿，一溜到底几乎都是法律，到最末了，我最要好的朋友说，若是真到这一步才被录取，那我看法不法律意思也不大了，就念中文吧，继续一块儿玩。朋友前一年考进了那所大学的中文系。我说好，趾高气扬地填了中文，我想不至于就堕落到那个境界。然后，一头钻进了中文系。

大二的一个早上，我在学校门口的小饭馆里吃早餐，遇到系里一位精研《易经》的老师。该老师脑门光洁敞亮，据说算命测字看相皆擅，一说一个准。聊及怎么进了这个大学的中文系，该老师歪头看了看我，说："你幸亏来了，要复读一年你连这个学校也考不上。"

"我有那么笨吗？"

该老师说："要笨你早走第一志愿了。你的问题是，想得太多了。"

第一志愿我报的是南京大学的法律。我听不出他是不是在夸我，那顿早饭我没有抢着替老师付钱。不管头脑出了什么问题，我确定无疑进了中文系。父亲对我进中文系没任何不满，父亲说，挺好，去吧。可是，我去中文系干什么呢？

我真不知道去中文系干吗，也不知道去了中文系能干吗。从没想过法律之外的事，虽然我在高二时就开始写小说，高三在一个书法作业本的背面写了整整一本诗。我只是写小说和诗歌，写小说和诗跟中文系有什么关系呢？父母已经开始帮我收拾行李了，姑妈送了我一个行李箱，祖父给我生活费时，嘱咐我千万别在嘴头上克扣自己，还有，要舍得买书。

大学在两百多里外的隔壁城市，不通火车，只有长途汽车。我不记得当年是如何坐上长途汽车的。车站在县城，去县城要先到镇上，这中间的折腾可能就得换两种不同的交通工具。我记得的是，坐在哐啷哐啷的破旧长途汽车里，汽油味让我犯晕。那时候高速公路还没有通，或者已经通了但长途车不愿走，它要穿过一个个村镇和小城沿途带客，多挣一点。上下车的乘客拎着头朝下的鸡鸭鹅，也有抱着兔子和其他小畜，我坐在窗边，把车窗开到最大，让八月蓬勃的草木气息涌进车里，以便抵御汽油之外更加浓郁的乡村集市的气息。

半个车里都是午后火热的阳光，我有点晕车。父亲让我盯着窗外看，看得越远越好。我最终是往高处看，头一次发现异乡的白杨树如此之高，清峻细瘦地直往天上钻。我的故乡也到处杨树，为什么它们都粗壮低矮？还是我忙得没来得及抬起头来看？我把路边的每一棵白杨树都从根儿看到梢儿，然后就在阳光里昏昏然睡着了。醒来除了一身汗，胃里舒服多了，晕车的感觉没了。这是我十八年来最长的一次长途车经历，及时地找到了治疗晕车的良方，就是上了车先睡一觉，醒来百无禁忌。

以后的很多年里，听很多同学和朋友讲述了他们去大学之路，不管路长路短，他们通常浮想联翩，对即将到来的大学生活作了无数种设想。我也看过很多此类文章，看过后就惭愧，我好像在那个午后的长途汽车上，对此行的终点无动于衷，我对我的大学没有好奇。对我来说，就是高中生活结束了，我得到另外一个地方继续待几年。如此而已。而我根本不知道我要干什么。对中文系，我一点心理准备都没有。

我觉得坐了很久，起码一个下午。后来寒暑假往返，同一班车，我发现其实就是三四个小时。反正那天到了终点站，天已然傍晚。高我一级的朋友在车站接我，他让我也早点到，在家闲着也是闲着。我就成了那一届中文系第一个报到的新生。那天晚上，朋友把我和父亲安排在他们宿舍里住，我记不得说了些什么，第二天一早，醒来就看见父亲已经收拾好了，他得赶早班车回家。一天也只有那一班车去我故乡。

因为早了好几天报到，我整天跟在朋友屁股后头，他去哪我去哪。他在中文系学生会任职，负责宣传，那两天正在为迎接新生做各种准备，我帮打下手。因为从小学书法，字拿得出手，写写画画的事一天之后就全堆我头上了，我写了标语写牌子，写了宣言又写了祝福。我在学生会写字的时候，系领导去视察迎新工作，很奇怪他竟然不知道中文系还有字写得这么好的学生。领导问，你是学生会哪个部门的？我根本就不知道学生会有哪些部门。旁边秘书处的秘书长说，咱们秘书处的。开学一周后，我果然就进了学生会秘书处。

报到那两天，我像老生一样跟着忙活，接了一个新生又一个新生。第一天晚上回到我自己的宿舍，累得躺下来就不想起。快熄灯时，室友问："学长，你怎么还不走？"

"走不动了，"我说，"跟你一样，我的大学也刚刚开始。"

2016-8-29，知春里

阳光与阴影

1997年夏天,我的大一暑假,社会实践活动结束后我一个人回到学校,校园里空荡荡没几个人。学校为了安全和便于管理,把假期留下来的学生集中到一栋宿舍楼里,我和几个其他班级和系科的男生成了邻居。待在学校没什么事,就从图书馆里借了一堆文学书来看。那个时候很迷茫,不知道将来要干什么。之前我倒是知道的,很多年里我都想当个大律师,在法庭上纵横捭阖,把死人说活,让稻草变成金条。但高考很失败,报考的所有法律专业都没念成,进了中文系。律师梦显然没戏了。我对自己很不满,对念的大学也不满,整个大一我读书和学习都像赌气,因此成绩很好,书也读了不少。但这样的读书跟文学无关,而是与中文系有关,既在中文系,不读文学书又能干什么。我几乎是为读而读。

那个夏天的黄昏,我读完了张炜的长篇小说《家族》,穿着大短裤从宿舍里跑出来,很想找个人谈谈。我想告诉他,我知道自己要干什么了——我要当个作家。当时校园里安静得只有树上的蝉在叫,宿舍楼周围的荒草里飞出来很多小虫子。夕阳半落,西天上布满透明的彩霞,水泥地上升起看不见的热气,这个世界热烈但安宁。如果当时有人看见我,一定会发现我的脸和眼睛都是红的,跟晚霞没关系,我激动。非常激动,找不到人说话,我在宿舍楼前破败的水泥上转来转去,想大喊几声。当一个作家竟如此之好,他可以把你想说的都说出来,用一种更准确更美好的方式。刚开始读《家族》,我就发现我的很多想法和书里的很像,读到后来,越发觉得这本书简直是在替我说话。一个作家竟然可以重现一个陌生人,我感到前所未有的神奇,这个行当突然对我充满了不可抗拒的诱惑。为什么不当个作家?此前的文学阅读和启蒙,以及作为文学爱好者经历的诗和小说的写作训练,在合上《家族》的那一瞬间共同促成了我的决定:当一个作家。

就这么简单,1997年夏天我有了明确的未来,此后的十二年里不曾中断和放弃。现在回头想那个黄昏,也许不乏矫情,但你若能理解一个心高气傲的年轻人像困兽一样失去方向地绕了一年的圈子,并且一直摆脱不掉梦想破灭的失重感,你就能理解他在获得一种深深地契合他的方向时的激动和真诚。《家族》不是张炜最好的小说,那之后我也再没有重读,但它对我很重要。

一个说话的人都没找到,宿舍楼里空空荡荡。在这栋楼里,我的隔壁,住着一个同年级的中文系同学,姓潘,我一班,他二班。我们偶尔会串门聊天,隔壁之前我们从没说过一句话。他假期留在学校为了做家教挣钱,人很老实,如果做朋友,会相当可靠。我对他的了解就这些。我很想跟他说一说,只有他可以分享一下我的幸福。可他不在，那会儿应该是他做家教的时间。但他永远嵌在了那个黄昏，一想到我的文学之初，他就会梳着很不讲究的分头胖墩墩地出现在我的回忆里。

我想说的是后来，几个月后他死了，被三个二流子活活打死在离校门口五十米远的当街上。那个傍晚天刚刚有点凉，校门口正对的那条弯曲的小街这时候总是弥漫着烟火气。所有小饭馆都开着门，小老板在饭馆门前的火炉上亲自掌勺，烤肉串的、油炸里脊肉的、卖酒酿的、做水煎包子和辣汤的摊子乱糟糟地摆在路边，还有各种小物件小玩意的架子安插在空隙里，本来就不宽的小街更窄了。潘同学家教回来，骑着自行车穿过小街，不小心擦着了一个女孩的手臂，女孩惊叫一声。潘同学赶紧停下，一条腿支地问伤着了没有。没事，女孩子不过是胆子小了点，一只蚊子擦着胳膊飞过去也会尖叫。但和她同行的三个小伙子不答应，一脚把他连人带车踹倒在地，然后六条腿同时往他身上踢。围观者说，辩白的时间都没有，我暑假时的邻居就被活活踢死在路中间，内脏破裂。二流子们喝多了，刚从酒馆里出来，他们请了个拳师吃饭，准备拜那人为师学武艺。也许他们认为自己功夫在身了，应该提前施展一下拳脚。

出事的时候我刚从家里返校，一路车马劳顿有点累，正躺在宿舍里想歇一会儿。同学急匆匆告诉我潘出事了，那时候他躺在地上蜷成一只虾米，一动不动。我记得那晚宿舍的灯光昏暗，我床在上铺，睁开眼的时候一点不觉得光线刺眼。

围观者说，前后就几分钟。就那么几分钟，一条命没了，一个同学、邻居和兄弟没了，几个月前的一个黄昏我迫不及待要找他说说话,告诉他我决定当作家,他还在做家教。他死后,我对他的了解多了一些:家在农村,很穷,父亲做工时摔坏了腰,长年卧床,母亲精神不大好,弟弟不务正业到处游荡,潘同时做几个家教,挣的钱一部分支付学费和日常开支,剩下的寄回去补贴家用。他妈听到噩耗当场就昏过去,他是潘家的顶梁柱。

这些年我常常想到潘,想到人之恶、生离死别、无常和幻灭。他与它们和我、和文学、和我的文学息息相关。好几个小说里我都写到了潘之死,我想象自己以不同的身份返回到那个现场,我想看清楚潘这一生最后的细节。这个总是做家教的兄弟,黄昏时我没找到,傍晚之后再也找不到的邻居。

2009-9-4,知春里

脸　谱

　　暑假与一个同学通电话，同学说他孤身去了一趟北京刚回来。诸多的收获之一是平白地被骗去三百块钱。他说在车站遇到一个老头带着一个少妇，老头自称带女儿上京查病，无奈病不待人，所带的钱财尽数用光，没有了回家的盘缠。同学为人厚道缺少心机，见老头和蔼慈祥，少妇端庄秀雅，便舍弃了防人之心，与他们攀谈。老头后来得知我同学是东海人，张口就是不绝的东海话，味道颇为纯正，让我同学有他乡遇故知的喜悦。悲剧就这样诞生了。老头向他借了钱，并留下了地址。同学借出钱后终于有些不放心，按照地址上的号码拨了一串数字，哪里还有老头的姓名！

　　我在电话里嘲弄了他一番，我说这样的事我是不会经历的，没有人能够如此简单地骗得了我。几天后偏就遇上了。

　　开学返校，刚出了车站大门，遇上两个如我一般年纪的女孩。其中一个走近我说，她是山东某大学的学生，又指着旁边的女孩说，那是她的同学，她们是来南京游玩的，不幸与同学走失了，真是急死人了。她说，同学，帮帮忙吧。她对我称"同学",颇让我有些感动,我们是一条道上的,四海内皆兄弟也。我问,你们需要多少?她说,你有多少?我很少出远门,于上当受骗的事知道不多,不过她竟说出这样的话,我有点不适应。这成了什么事,哪里还是求助?她大约也觉察到了,赶紧说,我们只需要五块钱。态度诚挚而且还有谦卑之态。学费和生活费都在包里,我于是在口袋里找钱,只剩下五块钱的零钱。我说对不起不能给你们那么多,我还要坐公交车。她问,转不转车?我说转。那么你给两块吧,她说,从我手中抓去两块的那一张,余下的给你坐公交车了。然后与她的同伴走远了。

我拎着包到站台下等公交车。过来两个年轻的女人,因为妆化得很浓,我分辨不出是姑娘还是少妇,其中一个还抱着半大的孩子。抱孩子的女人来到我面前,聚了一脸的微笑对我说,同学,帮帮忙吧。你刚从火车上下来吧,我们也是。我们是来找我爸爸的,他在南京工作。可是下火车太急躁,包丢在车上了,钱什么的都在里面。另一个也说,你看看孩子挺可怜的,同学。我看了,那孩子吮着右手的大拇指,笑眯眯的挺可爱。我说零钱刚刚给了两个女生,怕不够你们的,就指着其他的等车人说,你们向他们求助吧,我只能给你们一块钱。她们接了我的钱后并没有再向别人求助,而是转身走了。我有些不解,她们就这么走了?不是缺好多钱吗?

正搞不明白,卖报的师傅推着车子从我旁边经过,对我嚷嚷,同学,让开点儿。我侧过身子,突然明白了,原来我是"同学"!我记起那两个所谓的女生就是这样称呼我的,两个浓艳的女人也是这么称呼我的。我明白了，我一定是受骗了。我在站台边不锈钢的扶手上看见了我自己，虽然整张脸被拉长，依旧显出痴木的憨相，任何人都看得清楚，这是一张"同学"的脸。

我气愤了这张脸，决定篡改"同学"的脸谱。我找出了遮阳的墨镜戴上，又从包里搜出一个朋友遗落的半盒香烟，点燃了叼在嘴上。再去看扶手，映照出的已然是社会气十足的面孔。我得意了，拿眼睛去看四周，又不时有三双两双的目光在搜寻，但终究没落到我的身上。然而我又悲哀了，记起鲁迅先生在《求乞者》中说："我不布施，我无布施心，我但居布施者之上，给与烦腻、疑心、憎恶。"

天黑以后

亮了一下,然后彻底灭了,屏幕上只剩下一块方方正正的幽蓝的黑。我以为又是老毛病,电脑耗电过大把保险丝给烧坏了。还没出门就听到隔壁的何老师在叫,问我是怎么回事。我说大概是保险丝又坏了,在抽屉里摸了半天,打火机不知到哪儿去了,更别提火柴了。我至少半年没见过火柴了。现在谁还需要这东西,尽管我一直都很喜欢闻火柴点燃时的味道,但我不可能时刻保存它们,城市生活不需要,这里没有火柴的位置。火柴在今天已经成了一个乡土概念,同锅灶、路边的野火和田间农民嘴上的烟卷生活在一起。城市里最多用用打火机,而我不抽烟,连打火机都没有。所以,停电的晚上我不可避免地成了一个瞎子。

事实上,半个城市在这个晚上同时成了瞎子。是停电。我摸黑站到了窗户边,两眼仍是一抹黑,目力所及的城市上空静卧着浓重的黑暗,不见灯火,没有声音,好像所有人集体失语。面对突如其来的黑暗,我们不知所措。的确,在城市里想得到一个完完整整的黑夜是多么不容易,没有灯光的夜晚在城市是不可思议的。这意味着破坏一顿晚餐,终止一场交易,打断一个长吻,结束一段爱情,报废一堆产品,甚至耽误一个生命;最不起眼的,对我来说,中断了正在进行的写作。前面的两栋楼房只呈现出一个巨大的钢筋水泥的固体,和无数黑得幽深的窗子。他们还没反应过来。也许一块肉还愣在嘴边,一只手还停在半路,一口呼吸只进行到一半。何老师问我有没有蜡烛,我说哪来那东西。何老师接着说,是啊,都什么年代了。我们是否真到了不需要火柴和蜡烛的年代?前面的居民显然也找不到蜡烛。逐渐有人从黑暗中苏醒过来了,闪烁不定的火光从一些窗户里飘摇而出,是抽烟的男人在自豪地炫耀他们的工具。也仅仅是昙花一现,即使他可以从口袋里同时掏出五百个打火机,也无法制造出一支蜡烛的永恒的光芒。打火机最终不会在这个夜晚给我们带来心安的光明,他们没有蜡烛。这时候我听到学生宿舍区传来欢呼,他们对这久违的黑暗报以孩子般的激情。长久以来,他们在夜晚的光明中遵守学校晚息制度,一板一眼地恪守社会提前培训的生活规律训练。大概连他们自己也没想到,竟是一团漆黑把他们拯救出来了。相对于学生,眼前的教工家属区就矜持和体面多了。听不到一点声音,抱怨、惊叹、交谈、无所适从,统统销声匿迹,连小孩的哭声都睡着了。但他们慌乱地沉默着,寻找可以复明的眼睛。何老师在灯灭之后发了一分钟的呆,然后开始翻箱倒柜地找打火机,他不停地重复同一句话,我记得买过一个打火机的。

为了看清这个停电的夜晚,我走到阳台上。风不小,和黑暗一样密集。我第一次发现我所生活的这个小城原来并不是很小。往日在楼上观看城市，目光总被霓虹灯和污染过的空气阻断，被喧嚣的市声分割，感觉城市仅是一个圆形的高压锅，拥挤，逼仄，每个人都要踮着脚尖生活。纯粹的黑夜阔大了城市的面孔，在高楼之上，黑夜像大地一样展开，平坦，辽阔，苍茫，看不到尽头。应该感谢停电，它成全了城市，使之复归于大地，由大地而起的必将回报于大地，用一个与大地同样丰饶辽阔的平面，像这个难得的夜晚，用它的无边无际。理应感谢，这个夜晚让我看到了生活其中的城市沉静的一面，伏卧大地之上，喧嚣止处呈现出大地的品质。

像乡村的夜晚。二十岁之前我在田野里游荡，我的记忆里，乡村的白天和黑夜几乎无所区别，一样的成为发肤血肉，一样的固执深刻。小时候没见过电灯，所有的电灯电话电视机都在课本上，无法看到灯光的颜色，更想象不出电视机是如何说出不同的声音，不知道那么多人在一个小箱子似的东西里怎么生活。后来我家装上了电话，我奶奶第一次接电话时把听筒放在了嘴边。不像城市，白天和晚上几乎没有区别，乡村的黑夜就是黑夜。乡村的黑夜意味着太阳和尘土落地，火柴、油灯、蜡烛和月亮升起来。除了个别晚上我在煤油灯下看书，多数夜晚是在月亮地里度过。家里开始用的是罩灯，罩子是透明的玻璃做的，风进不去，油烟也不会到处乱飞。在罩灯下看书我没有特别的感觉，直到有一天灯罩被打坏，灯膛摔碎，不得不做一个简易的油灯替代，我才意识到，能坐在罩灯下是多么幸福的一件事。简易的油灯我做过很多个，找一个稍微大一点的铁盖子玻璃药瓶，在盖子上挖一个洞，捻一根纱布做灯芯，倒上油点着就成了灯。这种灯火焰小，油烟大，整个房间一会儿工夫就云苦雾罩，进来的想出去，出去的难以进来，第二天早起，满鼻孔都是烟灰。那时候我羡慕过电话和电视，尽管不知道它们到底是些什么玩意，但从没渴望有一盏自己的电灯，因为电灯底下的生活远不如月亮地里的好玩。那是一个人不需要灯的时代。

月悬半空，高过村庄的一棵棵冲天白杨，三五成群的小孩凑到一起了。在有利家的屋山头倒拐，或者从海英家的草堆分散，玩藏猫猫。倒拐是一种基本的集体运动项目，两军对垒像古代的沙场鏖战，人人扳起一条腿，独立战斗，用这条不能放下的腿去进攻和防守，一群小孩山呼海啸，月光随意揉捏我们的影子，忽大忽小忽长忽短地在地上游动，乱人耳目，草木皆兵，个头大的突然起跳，可以将自己的拐压到矮小者的肩上，对方的那条腿摔落下来，双脚立地站得最稳时，就成了败军。月亮地里什么都看得见，除了时间，总是父母告诉我们午夜是什么时候来到的。父母们被自家孩子的喊声惊醒，踢一下脚边，空荡荡的，孩子的喊声在窗户外。他们一个个披衣下床，不需要睁开眼睛就出了门，拇指和食指盯住那个叫得最响的小孩的耳朵，那是自己的儿子，一路拎回家去。

如果大家兴致都好，不愿早早回家，就去藏猫猫，就是捉迷藏。这样可以村前村后地跑，父母是抓不到的，即使后半夜回家也不会挨揍。大人们常常会在月圆之夜到田里干活，月光明亮，麦子水稻高粱玉米和白天一样清晰，而且像赶路一样，晚上比白天更出活，庄稼一放一大片。活干完了，他们也累了，回家倒头就睡，哪还有心思和力气去教训小孩。我们尽可以月上西天再回家，动静小些，开门关门，脚也不洗，浑身水淋淋地爬上床，小心父亲的呼噜和咳嗽。这些只有月亮看在眼里，月光从窗户进来，画一个水一样的方框，我们像头小兽蜷曲着身子，疲惫地睡在水上。那时候跑得可真远，两三个人竟远离了村庄，跑到了田野里。大概也就在那些夜晚，我才知道生我的村庄原来这样小，几步就甩开了炊烟、狗咬和伙伴们的追赶；同时发现野地那么大，随便一棵什么树都可以替代我的位置，我，我们，在夜一样宽广的大地上，在大地一样宽广的夜里，完全可以忽略不计。月光明晃晃地照着，惊动了偷食的老鼠、夜游的长虫、搬家的蚂蚁和巡视的猫头鹰。布满车辙和牛蹄印的土路上，匆匆穿过这些小东西慌乱的影子。我们趴在麦地里，明知道不会有人找到这里，我们还是一丝不苟地趴着不动，体会着被寻而不遇的快乐。短暂的消失，伏在大地之上，与之肌肤相亲，和麦子们在一起，听它们拔节的声音和成熟的叹息。一定有人在大地上睡着了，梦见和麦子一起生长，听到大地的汁液流进身体的汩汩之声。伏在大地上，感觉世界是整体的，它是一个巨大的球，缓缓地转动，人和每一棵树，每一株麦子一样，是大地的一部分，夜包裹着你，月光包裹着你，夜、月光、你、这个世界，不可分离。

很多年后，当我从麦田里站起来，像个人物似的在大地上走来走去时，我得到的却是一个破碎的世界，一个在地图上被红色、蓝色的线条分割过的世界，世界变成了一个平面，而不再是一个巨大的球，像一只切开的生日蛋糕，有了不同的方向。多年以前的纯粹的夜、月光、麦田、野地、伙伴，没有一样可以带到城市里来。这里没有煤油灯，没有倒拐、藏猫猫，没有夜间穿行的老鼠、蚂蚁、猫头鹰和蛇。这里是一个电的世界，一种可以取消黑夜的东西，把生活打扮得花枝招展，同时让人远离一些东西。

暑假我回家，天热得受不了，偏偏一棵树砸坏了电线，接连几天没电。在单位要么空调，要么电扇，房间里永远是春天，现在好了，夏天结结实实地来了，赶都赶不走，电扇不转，拿什么赶。喘口气都汗流满面，更别提午觉了。午饭过后我就坐到树底下，拼命地摇动扇子，还是热。父母他们就无所谓，照样睡他们的午觉。可我不行，我的皮肤和感觉已经被一些电的派生物改造过了，真是滑稽。我回到家里，竟发现自己和家并不一致。有什么东西悄悄地把我们的生活篡改过了。最要命的还不是热和午觉的问题，而是如何打发晚上的时光。我习惯在晚上看书写作，现在却不行，屋子里蚊子可以吃人，蜡烛的光焰微弱且跳跃不止，本就烦躁，哪里还能看下什么书啊。我于是出门，到大街上往人多的地方挤，我迫切需要尽快将夜晚打发掉。白天在太阳底下，我可以干很多事，看书，钓鱼，逗邻居家的小孩玩，但是晚上，停电的晚上，我什么事都干不了，连一场随心所欲的聊天都不能胜任。整个村庄都在聊天，会唱的还来两嗓子，停电对他们来说跟其他的夜晚没什么两样，他们按照我小时候同样的方式生活，我装模作样地混迹其中，努力想做好一个听众，但是我精神不能集中。多大的讽刺啊，长大了我竟然不会生活了，在停电的夜晚，我成了故乡可怜的异乡人。

也许不止我一个人在停电的夜晚突然不会生活，整个城市在这个时候都不知该干什么。我在阳台上站了时间不长，很多人家的电话纷纷响起。我知道他们要说什么，他们在相互询问对方，这个夜晚该怎么过，以及什么时候能来电。在城市里，我们逐渐变成了另一个人，另外一种东西。胃里被准时的一日三餐装上了闹钟，其精确度不亚于北京时间，当中午12点的钟声响起，我们像巴甫洛夫的狗一样想起了饥饿。思维被通上了电，电灯、电话、电视机、影碟机、电脑，告诉我们该怎样思考，我们的生活前所未有地规律，日复一日地做昨天早就做过的事。如果其中的某件东西突然丢失，我们的身体会和生活同时被打开一个缺口，生活的阵脚立刻紊乱。电这种东西，给人类的黑夜再造了一个太阳，改变的却不仅仅是人类的半个生活。

姑妈家那儿第一次通上电是在一个夏天的傍晚。之前很多天人们就在兴奋地议论，电到底是什么。那里相对落后，周围都送上了电，他们的村子是最后一个，经常出入村庄的人告诉邻居，别处的电灯是如何如何的明亮，听得他们心里着急得难受。当时我在姑妈家和表哥玩，表哥说，通电的晚上要在打谷场上放露天电影。我们早早地去占了地方，姑妈说好了要去的，后来竟没去。我记得家家户户早把电灯开关开了，通上电的那一瞬间，整个村庄一片通明，自从村庄里住上第一户时起，没有一个夜晚如此明亮。大人小孩都叫起来，据说不少七老八十的老头老太太高兴得哭了。电影散场以后，我们回到家里，发现姑妈正和几个患白内障的老太太坐在灯光底下聊天。问过了才知道，姑妈原打算看电影的，碰巧几个眼神不好的邻居过来串门，就拉上了。她们也想看电影，但更想看一看电灯是怎样亮起来的，她们以为白内障会给她们带来后半辈子的黑夜，因此在黑夜来临之前要好好看一看灯光，看一眼少一眼。她们一直盯着陌生的灯泡，也许整个村庄就她们几个最幸运，她们看到了一个玻璃做成的透明的球变成光明的全过程。姑妈说了，她一辈子都忘不了。

我不知怎么突然想起了这件事，那时候我坚定地认为电是一个好东西。它曾经因为突如其来而激动了无数人，但若干年后，它却因为突如其去而闪了更多的人。它的到来使人在黑夜也能找到生活的路，而它的短暂离去，却使越来越多的人突然间发现，不知怎样才能活下去。

沿铁路向前走

很多年来，我一直对生活抱有隐秘的愿望。我希望有那么一刻生活是独独属于我的。这种想法贯穿了我的整个少年时期，让我的生活充满了一个个小小的私人的惊心动魄。

有一阶段我对时间产生了迷信般的热情，决心要把表达上比较特殊的时刻一一找到。当时用的是一块廉价的电子表，事实上它和北京时间并不一致，但是我相信它的精确性。上课时我把手表放在桌面上，不时瞟上一眼。当出现11:11、12:34、5:55等数字时，我的心会突然狂跳不止，我觉得我们终于不期而遇了，这个特殊的时刻是我的了。前些日子卖废纸，我把小学中学的课本又翻了一下，发现很多页面记下了类似的时刻。不记得那时候听课是否认真，大约常走神，因为我把这些数字的记录当作一项神圣的事业来做的。即使是现在重新看到它们，我依然生出与当年相同的成就感，好像的确做了一件了不起的大事。

除了表示时刻的数字外，书页上还眉批了一些特殊的现象。比如在某本物理书上我记下：某年某月某日某时某分某秒，我听到了该年度的第一声惊雷。或是另一本书上写着哪年哪月哪日，早上起床见到了冬天的第一场雪。等等。我热衷于类似的小玩意，发现和记录所有我所见闻的第一次，也许是要把自己时时推向世界的前沿，企图在与生活的正面接触中处处都留下痕迹和影响，而没有意识到很多事情其实不可能，也没有意义。我把它们作为追赶的目标，藏在内心的某个不可示人的角落，等待它们在现实中复活。我曾自豪地对朋友们说起，我曾在江苏和山东接壤的界牌下停留了五分钟。自从能够独立骑自行车坚持五十里路时开始，我获得了和父亲同样的权利骑自行车去外婆家。外婆家在山东。为此我兴奋了好几天，终于有了一个可以在两省交界处伫立的机会。之前总是父亲背我，从不在我向往已久的界牌下停车，我也从未把想法和父亲说明。那一次我拼命地赶路，把父亲抛下老远，然后把车子停在界牌下的桥上，严肃认真地站好，对自己说，天哪，我终于来了。我努力把这次停留弄得意味深长，似乎看到了一条清晰的边界线从我双脚之间穿过。我双手下垂，同时站在两个大省的领土上。像一个庄严的仪式我站满了五分钟，激动得浑身冒汗。

　　如果说生活中还有无法实现的儿时梦想，就是有朝一日找到一个地方，当我站在那里，左边风狂雨骤，右边艳阳高照。我不愿从科学的角度去判断此类的阴阳地是否存在，只是顽固地相信，一定有，只是我还没找到。出远门的车上，我念念不忘的一句话是"十里不同天"，它对我的诱惑至今无法消除。大学毕业前的一次返校途中，是我印象里最为接近梦想的一次偶遇。车过沭阳,后面是狂泻的大雨,车上是星星点点的雨滴,前头的太阳高悬,柏油路面的蒸汽缥缈上升。我下意识地从座位上站起,把脑袋伸出窗外,种种迹象表明,这是一个不可多得的好机会。雨吹到一侧的脸上,另一侧是太阳的光照。地面上的水迹在衰退和减弱,但雨一直都在飘,看那架势能跟汽车飘到路断时为止。司机发现了我,责令我立即把脑袋缩进车里,否则后果自负。整个车厢的旅客都转过脸看我,我犹豫了一下收回了脑袋。应该就在这一瞬间,汽车走过了一个伟大的时刻,我再看窗外,天上已经不再落雨,汽车前面是不断涌来的干白路面。我又错过了。尽管后来我和别人提起,他们都认为世上根本就不存在如此果断分明的荒唐事,怎么可能从哪条线开始就不再落一滴雨呢?也许是吧,我不说话,心里还想,是我错过了。

到了现在,对诸多事物的看法有了改变,我已不再像过去那样计较纯粹的形式上的实现和胜利,孩子式的成就感对我已经没有多少意义,转而关注并不懈追寻情感的体验和领会。从童年一路走来,时时纠缠我的愿望历经淘洗,就剩下这类东西了。多年前我向往能在铁轨上走来走去,一脚踩上一根,张开双臂,一直沿着寂静的原野走到铁路的尽头,最好是隐隐能够听到火车的吼叫在身后追赶,当然,想象中的火车必然追不上我,只能在身后永远吼叫。我觉得天地苍茫的时候,一个人去铁轨的方向是一个壮举。二十多年来,这个念头伴随了我的火车旅程的始终。我想找一个无人的地方独自走上铁轨,背对着将尽的夕阳,缓慢地步入黄昏和深夜。很遗憾,急匆匆的旅程和嘈杂的车站不给我机会。

去年春节刚过我终于如愿以偿。我陪母亲去舅舅家。这是我第一次去,没想到舅舅的新居前赫然就有一条单程铁路。舅舅家是一个可观的四合院,出了门是一条终年污水不断的小河,窄窄的,一抬脚就可以跨过去。然后就是高高的石子和枕木上睡着的两根寒光明亮的铁轨。这里是郊区,沿铁路向东是一片枯黄泛青的田野。枯的是泥土与草木,青的是寒气下无边的麦苗。我曾经站在高处观看过平畴沃野,它的宽大自不待言,而现在当我沿着铁路向前张望,大约是因为这条闪亮的道路,田野越发显得幽深辽广,阳光下的铁路像两条飘忽的银线被看不见的花针牵扯着,稍一抖动,整个大地似乎都跟着波动起来。我不得不说我喜欢这种感觉。

晚饭过后的黄昏,我和舅舅家的妹妹到铁路上散步。妹妹说这是单程运煤的铁轨,一天只经过一次火车,常常是在半夜时分轰隆隆地驶过,动静巨大,摇撼周围的居民和他们的梦。我建议沿着铁路向前走,一直走下去。妹妹直摇头,说走一会儿就不见人了,那边是野外,小孩到了那里会被狼吃掉的。当然是大人唬小孩的把戏。我说没事,有我呢。妹妹答应了,走在我前面。落日已尽,夜幕垂帘,又一个仪式即将开始。和想象中的一样,叉开双腿,举起两臂,但是两步过后我就发现这种走法是怎样的折磨和痛苦。一个人没有能力同时踩着两条铁轨不停地走下去。妹妹还小,不明白我的想法,只是按照习惯踩着同一条铁轨,张开两条胳膊,在寒风里缩着脑袋向前跑,嘴里嘟嘟地叫着开道,像只臃肿的小蜻蜓左右摇摆。我坚持了一会儿，还是从铁轨上下来，踩着枕木跟在她后面。

天很冷，风像水一样漫过头顶，我不得不把棉衣的领子竖起来，双手插在口袋里。前面就是在我的想象中存活了很多年的黄昏，铁路遵照我的想象通往迷茫渐深的夜。妹妹走得很熟练，尽管歪歪扭扭，但不会从铁轨上掉下来。走得也很开心，因为她不关心铁轨通向哪里，不知道它需不需要一个尽头。远处有树木影影绰绰，显出旷野的空洞和萧瑟，我们已经远离灯火和民房里的炊烟，远处的灯光闪烁变幻，充满了不确定性。我们向寒冷深处走着，路边没有任何东西能够把我从黯淡和凄冷中解救出来。前面是活蹦乱跳的小妹妹，有着天真的前途和活泼的现在，我突然感到一阵突如其来的茫然和恐慌，我觉得我在那一瞬间老了，这就是我二十三年来不懈幻想的沿铁路向前走？二十三年的幻想中，我从来没有对具体而微的细节作过考虑，比如是否会碰上点意外，从来没有，只是想着向前走，走进混沌的远处，为什么要走似乎也已不重要了。就像现在这样，从一个无所谓起点的地方出发，向一个不知尽头的目的深入。生命如此漫长，保持着两根铁轨间的恒定的宽度向前进发，去一个谁也不明白的地方，铁路上没有纯粹形式上的实现和胜利，只剩下甩开臂膀向前冲的动作。妹妹走得依然很高兴，不时回头催我快点，她倒是不害怕旷野里有狼等着她了。无数的念头纷至沓来，冲撞着我的大脑，我直想哭。妹妹回头又催我，天黑得已经看不清她的脸了，我站住说，该回去了，舅舅他们会担心的。然后我转过身，找到遥远处微弱的灯光，一下子泪满双眼。

第二辑 冬天、雪和伟大的北京

进北大记

从洗衣房回来，在楼下和当保安的小老乡聊了几句，说起了什么时候打道回府的事。瞎说时并不在意，上了楼坐到了电脑前才发觉，这一年事实上是到了头了。今天是6月19号，如果不是"非典"给闹的，现在早就是暑假了。暑假意味着什么？一个学年过去了。我在北大的第一年其实已经结束了。

想当初我坐在长途客车上遥想北大，一晃就一年多了。快啊，我只能这么廉价地感叹。那时候像烈士一样来燕园复试，心里一点底都没有，一直狐疑自己是不是只能作为一个看客，在北大转了一圈然后就走人。我把这事看得很郑重，一路上都不能不觉得是个伟大的经验，即使完蛋了也光荣。十几个小时的长途车，我舍不得睡觉，我想看看这一路是怎么走到北大的，或者是怎么走不到北大的。试卷都做完了，是死是活我一厢情愿地认为跟我已经没关系了，剩下的都是上帝的事了，如果还有个上帝的话。反正我是把自己交给了某个类似命运的东西。我觉得进北大是个庞大家伙，我做不了自己的主。那一路我看得很仔细，不放过任何像样一点的细节，有点像朝圣，山山水水我都得认真地看看，能记的不遗余力地记下。

收获还是有的。我第一次看到了大地。毫不夸张。我以为自己从小在乡村的大野地里长大，每天都在大地上赤着脚乱跑，这个东西我还不懂么。可是车子行驶在河北的高速公路上，我才发现，我过去知道的只是地，而不是大地。大地的大我并没有见过。高速公路像一条腾空而起的蟒蛇伏在北中国的大平原上，我从车窗里看到外面的大地。真正的大地，只剩下地的大地。空旷辽阔，有关面积的概念在这里统统失效，只剩下泥土铺展成的地球的外衣。而且这一感觉来自一个高度，我坐在稍稍高那么一点的地方发现了这个被蒙蔽了二十几年的真相，当我可以俯视的时候，我才能看得更远，才能发现大地的大，大地的无边。它像一张牢固的纸，生活着熟悉和陌生的图画。有几间低矮的房屋，有孤零零的小树，一头牛在低头吃草。远离房屋的地方一个人在泥土里挖掘，弓腰驼背，屁股对着小屋的方向，那里有他的低矮狭窄的生活。我莫名其妙地有了感触，觉得大地就这么在我眼前露出了真相。然后长久地为此悲伤。

在考研之前我从没来过北京。中国的首都一直作为无数个画面和新闻标题存储在我的脑袋里，有点乱，也有点恐惧。小时候的北京是一句歌词，北京有个天安门。再大一点，就在图片里看到了那个天安门，领袖的伟大画像高悬在全中国人的头顶上，他老人家看着金水桥前车来车往，好不热闹。再后来知道点事了，能看书看报看电视，也能从无数张嘴里主动打探祖国心脏的消息了，这时候北京繁花似锦。我向来害怕热闹和喧器，陌生的地方也有点怵，所以北京让我害怕。这很没出息，我知道，更没出息的是，我想到北京来。当然北京没有我想象的那么好，这已经是后来的事了。需要坦白的是，在来到北京之前，我一直没能形成自己对北京的判断，这个地方让我说不清楚。傍晚时分车子进了北京，街灯次第点亮，那种昏黄的感觉让我难受。首都怎么会这么陈旧？我一度怀疑司机搞错了地方。后来原谅了，因为那几天北京还留着一个沙尘暴的尾子。

就这样到了北京，毫无隆重可言，像一口憋了太久的气，想喊出来时，只剩下了叹息。在那些和故乡没有区别的灯光里，我一下子感到了自己的异乡人的身份，举目无亲的恐惧陡然提到了嗓子眼。我甚至希望车子能够永远地走下去，不要赶我下车。在莲花池车站下了车，天已经完全黑了。下车的地方更像一个蹩脚的小巷子，那种强大的生活气息几乎让我站不住脚。不过我还是对着路边的看不清种属的树告诉自己：我来到了北京。然后看到了来车站接我的朋友，他受我朋友之托。我抓到了救命稻草。

第一次我觉得北大很大，大得我总是转向，分不清东西南北。对东门、西门、南门和小南门我丝毫没有概念。开始和朋友在校园里转悠时，都听他的，他说往哪走就往哪走。我喜欢那些建筑，大气磅礴的一座座楼。还有未名湖、博雅塔。说实话，它们和我的预期想象还是有些出入的，我以为它们应该会更好，可是好到什么样我心里也没数。总之觉得没有切肤之痛，刀子划过皮肤的声音小了点。但是我喜欢它们。不矫情，我当时是绝望地喜欢它们。我改不了悲观的毛病，我以为我和北大的关系到此就要结束了。复试完就滚蛋，以后也很难再挤进来，所以我要好好看一看北大。剩下了我一个人，我就沿着未名湖边上慢腾腾地走了一圈，当时觉得这湖真他妈的大呀，那一圈花了我一个多小时，走得脚疼。可我还是走得很认真，心里想，大概就这一次机会了，把以后的路也预支了走完吧。湖边有长条的椅子，上面坐满了读书的学生或者恋爱的男女，专一的模样让人不好意思打扰。我没坐到任何一张椅子上，只是走，中间穿过一些小山包和树林子，看到了墓碑和雕塑。我在它们面前象征性地站了片刻，没看明白基座上刻下的文字，那些都是有点来头的。看到了蔡元培先生的雕塑。在旁边的松林里还看到一只小松鼠，拖着犹豫不定的大尾巴。当然还有臭名昭著的和珅犯上的石舫，想了想还是没有跳上去。

看得最仔细的是那口古老的大钟。我一直没有查过关于那口钟的资料，不知道它所从何来。只记得当时很惊讶，真是林子大了什么鸟都有，小山坡上竟然还有一口钟。我伸头进去看，里面重重叠叠地刻满了军令状一类的誓言，先是某某到此一游，然后就是他年必考北大，北大等着我之类的豪言壮语。多年的签名重叠漫漶，我也很受了一点刺激，如果是多年以前我就来到北大，大概也会和他们一样意气风发，在路边找一块砖头，写下必进北大的留言。现在不行了，总感觉自己缺少那种朝闻道夕死可矣的冲劲和勇气。歪歪扭扭地长大了，天天向上谈不上，倒是学会了跟自己妥协。

一个人从未名湖边上走过来，春意丰饶，心里却是孤单得有点冷，暗暗地企盼以后能有更多的机会在湖边乱逛。要是能考上多好啊，呵呵，以后每天都来湖边走上一遭。直到现在我还清晰地记得当时的心情，都有点咬牙切齿了，但是直到现在，我还是没有一个人完整地再在未名湖边重新走上一圈。进了北大了，但是不再绕湖而行了。这一年里我很多次经过湖边，总是想起咬牙切齿的那个春天的下午。我觉得不能就这么原谅自己，但还是没有付诸实施。有一天我骑着自行车沿着湖边走，漫不经心地瞅着湖水，突然听到一个男声说，不是我，不是我干的！我扭头看，是一个六十来岁的老人在说话，而且只有他一个人坐在椅子上，旁边放着他的拐杖。他在跟自己说话，激动地指点着面前不存在的对方。我当时很是惊动了一下，但是经过了也就忘了，想他大概精神有点问题。

我喜欢五院，小巧精致，让我想起过往的先贤从低矮的门楼里悠然而出。第一次找中文系，问了好几个人才打听到，说是五院。五院是什么？我听得不明白，没好意思追根究底，所有人都是匆忙的样子，胳膊底下夹着书本。我只好和朋友在校园里乱窜，从老图书馆拐过来就看到了齐整地对应的六个小院，朱红，青灰，端庄，紫藤花的枝条从院子里伸出来，院墙上枯索地架上了一堆，没有花和叶子也好看。大概就是其中之一了。走过去看门牌上的标识，先是哲学系，接着就是中文系。哦，第五个小院。我在门前站了一会儿，对朋友说，你看，在门楼两边各挂一个小灯笼，它像什么？朋友笑了，说我大逆不道，给领导听了，考上了也不要你，然后嘿嘿地笑了。

后来周围的几个小院大概都整修了一次，看起来更鲜亮了。尤其是今年春夏之交，紫藤花开，枝叶繁茂，花团锦簇地遮盖了小门楼，我觉得五院更漂亮了。绿的叶，灰的枝，紫的花，还有院里绸缎似的草坪，整个五院沁人心脾。前些天舍友从同学那里搞到了一张春暖花开的五院照片，紫藤花香里的五院，美不胜收，他用作了电脑桌面，让我好不羡慕。后来常在教研室开会和上课，我都尽量提前来到系里，一个人在院子里外转来转去，没人看见的时候踏上草坪软绵绵地走上几步。院子不大，一年来我见到了很多位心仪已久的先生。复试前一天我去五院，看到了钱理群先生。他到系里取信，拎着一个简单的布包。一直以为钱先生个头很高，过去看到的都是先生的半身照片，及至真人在眼前，发现全不是那回事。事实上好几位先生都和想象中有很大出入，一个共同的地方就是他们都比我想象中的要矮。钱理群先生，严家炎先生，谢冕先生，孙玉石先生，洪子诚先生。有点意思，过去我总把他们想得很高大，不知这算不算我的中国人的劣根性之一。当时我是一个闯入者，一个过客，没有向钱先生问候。站在院子里，看到一对年轻的夫妇带着五六岁的女儿，看样子和我一样也是游客，他们请钱先生与他们合影留念。钱先生和年轻的女士站在草坪上，他的样子有点凶，尽管他总是笑着，肚子有点挺。刚刚写到这里，听到隔壁宿舍的同学有了重大发现，他在黑白片《三毛流浪记》里看到了年幼的钱老师，演的是穿西装的富家小少爷，演员表里打出的名字叫笨少爷，钱理群饰。我跑过去，果然，钱老师正咧着嘴哭鼻子。能看出钱老师现在的模样，同学特地将镜头定格，比画着小钱老师的眉毛让我看。那的确是先生现在的眉毛。上学期就听谁开玩笑说过，钱老师当年还是个电影童星哪,如果在那条道上发展下去,说不定早就是大腕儿了,人民艺术家了。

一年里我还见到过好几次钱理群先生,都是在五院,可惜没听过钱先生的课,很是遗憾。上学期他有一次讲座,我没看到海报通知,错过了。听舍友说,人满为患,不得不临时换更大的讲厅。先生讲课的风格很多人都有描述,激情澎湃,真正的像蜡烛在燃烧。前些天博士论文答辩,我在五院又见到钱老师,他说他两个月没出过家门了。说话的时候打着手势,笑起来觉得不是那么凶了,倒是看到了天真烂漫的一个老头子,精神抖擞。

复试分两块,先是外语口试,然后才是专业复试。大学以后,外语一直是我头疼的,不是学不好,而是不愿意下功夫去学,扔掉一段时间,还想扔掉一段时间,把节省下来的时间用来看书、写小说或者到处乱逛。扔多了,生疏了,连拾起来的兴趣都没有了。为了考研,我拿出的几乎是黄世仁逼迫杨白劳的劲头去啃英语,我担心我会栽在洋鬼子的这种玩意儿上。好在可以复试了,我依然不能放心,我不知道到时候能否张开嘴去说,能否说好,说了老师能否听懂。和我坐在一起的是一个华中理工大学来的女生,小巧,漂亮。她考的是外院,成绩考了专业第二,胜券在握,我看得出来。后来我进了北大,住在万柳公寓,好长时间没有见到她,我以为她复试时出了问题,没想到一个月后见到了她,还是意气风发的样子,她和我一样进来了。她几乎要忘掉我的名字了。后来见面的次数就多了,读过我的几个小说,说很喜欢。在等候复试时,她问我这个专业有多少人考，多少人参加复试，名额有多少。我一概不知。她觉得不可思议，竟然还有我这样的考生，愣头愣脑地就闯进来，网络时代，信息发达得让人不好意思，我竟然闭目塞听。她问我为什么不到网上查一下，我告诉她，我还不太会上网，上去了也不知到哪儿才能网得到。她叹为观止，大概以为我可能要黄了。这也是我担心的，我竟然是个愣头青，我想我真的要完了。我们相互留了手机号码，有点悲壮，复试后我给她发了一条信息，祝她成功，然后说，我是熟悉的陌生人。我想熟悉是一时的，陌生将是永久的。

口试不难，我有点紧张，第一个问题听了两遍才听清楚。很快就结束了，退出考场时，我用英语问主考老师，可以看成绩吗？老师笑笑，说不行，很不错，不要担心。进了校，在校园里我还见过那位女老师，她正从校医院那边迎面过来，手里抱着一个热气腾腾的烤山芋。我向她问了好，她和颜地笑，回答我，希望能用衣袖挡住烤山芋。她一定不认识我了，可我还记着她，心里藏着感激。

专业复试是在五院，当代文学专业好像有九个人参加复试，最终能取几个都不知道。有山东的、北京的、湖北的，还有云南及其他什么地方的。我第一次见到云南人，一个女孩，后来成了我的同学。当时我就感叹，从云南到北京，几乎穿行了整个中国，真够可以的，凭这趟漫长的长途火车，她也应该考上。曹文轩老师主考，旁边坐着当代文学教研室的其他几位老师。一共四道题目，任选两道回答。我选的两道，一个是关于张中晓的《无梦楼随笔》，一个是当代文学研究面临的困难和挑战。回答问题没感觉到紧张,觉得像是平常的讲课或者聊天,想到哪说到哪。正如曹老师之前说的,只管说,侃侃而谈。我不知道是否做到了侃侃而谈,也不知说对了没有,好像还和李扬老师就论文的写作方式争论了几句。他问我读过德里达没有,看过萨义德没有。我说,只知道点皮毛。

专业复试和我想象的有点差别,也许最大的不同在于复试的地点,当代文学教研室是我完全陌生的。再一个就是复试的气氛,我觉得十分人道,没有什么森严的东西无形地压着你。复试过后我就离开了五院,又来到未名湖边上,看着水,我的任务到此全部结束了,下面的事,就像一片叶子落到水里,随它去了。

第二天我离开北京。又过了几天,我打电话问曹老师我是否考取,曹老师说,没问题了。我突然觉得心里十分平静,像找到了一件什么宝贝,又像丢了一件什么宝贝。就这样,一场漫长的神经长跑告一段落了。

中关村的麻辣烫

在北京待久了,多半头脑里都有一幅美食地图:川菜的有哪些好馆子,湘菜的该去哪几个地方,淮扬菜的到谁谁家味道更好,海鲜、西餐要往哪边走;用北京的话说,门儿清。我清不了。其实把菜如此大大咧咧地以川、湘和淮扬等作风格论,已经说明我是个外行。见过年轻的小白领说西餐,那都是具体到意大利通心粉、法式鹅肝、英国的薯烩羊排、美式牛扒、俄式的鱼子酱和德国的啤酒或自助餐的。功力深浅要看细节的落实能力。我落实不了。每一回朋友聚会,委托我在中关村找个像样的馆子,我就得赶紧百度;懒了或者上不了网,那就直接往我住的小区门口带,那一溜的馆子轮着吃。吃到熟悉的朋友都烦了,一落座就提醒我,这已经是第三轮了,事不过三啊。我心想,别随便威胁,除非下一次你站门口不进来。

中关村的人很多,你能想象出来的基本上都有。从国家领导人到大学教授、富商巨贾、中产阶级、IT精英、普通学生、平头百姓、打工、卖艺和乞讨的,国内的国外的,黑人和白人,各阶级、各阶层、各色人等,在中关村大街上走两圈你就全能碰到。我喜欢把这地方比作研究中国当代的一个标本，它就是一个微缩版的中国社会，你很难找到另外一个地方能够如此完备地与中国的当下社会同构。无数的人从五湖四海来，声音可以迅速地被改造成普通话，但被方言和母语养育出来的胃一时半会儿改不掉，所以，在中关村，你能想象出来的菜和味道基本上都有。

美食很多，绝大部分我都不知道，没吃过，也没什么兴趣。这话听起来有点儿酸——有些的确想吃但吃不着；不过绝大部分我真的不想吃。我特别不喜欢正经八百坐在大饭店里，每道菜都贵得要死，一桌子吃下来什么味儿都没留下；像开会，一群人装模作样轮着发言，其实啥都没说，说的也没几句人话。我宁可找个小馆子，点一两个喜欢的菜，每一口都吃出它们的味儿来；这相当于三两朋友间贴心的私聊，每句话都说到点子上。所以，有朋自远方来，我常说：带你去个好玩的小馆子。大而无当的空心排场咱们不搞。

这不是钱的问题，倾家荡产吃一顿大餐的胆量我有。我要的是家常，是内心与味蕾的妥帖。当然，你可以指斥此为世俗，是小门小脸的生活，我一点儿都不想反对。因为，如果连朋友都不在时，忙起来我会比这还世俗，馆子都不进，就在路边的小摊上站着解决一顿饭，完全是小鼻子小眼的日子。比如吃麻辣烫。

在北京，我还没在哪个地方发现卖麻辣烫的有比中关村多的，也没发现哪个地方的麻辣烫卖得有中关村这么热闹火爆的。小区的后门，住宅楼底下，转过一个街角，大学的宿舍区门外,美食街的入口、中段和终点,一抬头,热气腾腾、人头往一块儿扎的地方准在卖麻辣烫。消费群体主要是穷人、学生、年轻人、女孩子、小白领,单身者居多。中关村这类人极多。懒得一个人回家起火的,一手烧饼,一手啤酒,荤素搭配来几串麻辣烫一顿饭就算对付了。如果不赶饭点,那就是为解馋,麻辣是上瘾的;几个小姑娘嬉笑结伴过来,即使只吃一两串也要吃——吃多了上火,脸上不太平。我是对麻辣有瘾,几天不吃心里就空落落的,丢了钱似的。我经常在傍晚或者夜半时分,看见麻辣烫的摊子前围着一堆年轻人,呲呲啦啦地吃,鼻涕眼泪都往下掉,一只手捏着麻辣串,一只手给伸出来的舌头扇风。

最早培养出来对麻辣烫的兴趣是2005年。刚从北大毕业,在学校西门外与人合租了间房子,一个月只拿一千五百块钱的工资,如果不是隔三岔五还有点儿稿费,付完房租我每个月必须有一半时间靠喝西北风才能活下去。那时候不仅日子紧巴巴的,裤带也紧巴巴的,小馆子都不敢乱进。一周里经常半数以上的晚饭都是两个韭菜馅饼外加一碗粥,咸菜是免费的。假如每天都吃鱼翅燕窝也会腻,请发挥一下想象力,把鱼翅燕窝换成馅饼、稀粥和咸菜会是什么结果。离我吃馅饼喝粥的地方隔一座桥,是两个卖麻辣烫的摊子,成年累月在半下午的时候出现在桥的另一端,那地方是北大承泽园的门口。

承泽园里外住了数不清的穷学生、复习考研者和打工仔,加上附近疗养院的年轻职工,太阳还没落到园子的另一边,一茬茬的人就像蝗虫一样围住了麻辣烫的摊子,大冬天远看过去，像一堆人头碰头在练邪门武功，因为人头攒动之上，麻辣烫热气腾腾。因为既烫又辣，走近了你就看见每个人都在歪着嘴吃得舌头直蹦。到夏天，一个人单待着都热，吃货们就不再把头往一起扎，端着浇过芝麻酱的盘子，挑好了麻辣串就到一边吃。零零散散，三三两两，倚墙站着，就地蹲着，找块石头坐着，在暮色里，在麻辣烫滚沸汤料升腾起的热气和重口味里，五湖四海的年轻人因为麻辣烫团结在一起，仿佛这既麻又辣、且麻且辣的各种煮熟的素菜和荤菜就是他们此刻生活唯一的目的。这烟火繁盛的日常景观让我感动。那时候我刚从校门里走出来，深陷不曾预料的复杂社会，也因为写作沉溺于不可名状的悲伤里，再没有比最平常的人间烟火能让我感动了。每天看见他们兴致盎然地吃着麻辣烫，我都觉得他们是世界上最幸福的人，由此认定麻辣烫也必是世上最好的美食。

我开始把晚饭桌往桥那边移。买几个烧饼，荤素搭配挑几串麻辣烫，一顿晚饭就会吃得相当舒服。如果遇着开心事，再从旁边的超市买一罐啤酒，汤汤水水地下了肚，待酒劲儿上来，晕晕乎乎去逛公园旁边的两个旧书店，这是我当时能想象出来的最好生活。

吃了两年的麻辣烫，搬家到了中关村大街的边上。那地方人多车更多，车和人都到齐了就开始交通堵塞，摆不下一个麻辣烫的摊子。也不会让你摆，繁华的大街上冒出来个卖麻辣烫的，成何体统。但我还是在散步时有意无意地往街边和巷口处瞅，希望看见哪里冷不丁地就升腾起一片重口味的热气。终于在人大东门斜对面的一条小街上找到了。那条街小店林立，卖什么的都有，街头和巷尾果然各摆了两个摊，麻辣烫爱好者们像赌徒一样围了一个圈又一个圈，我很不客气地挤进去，说：老板，来个盘子。挑最进味的串串堆满了一盘子。

  还是那么够味。但从住处走到那条街实在有点远，我的日子也开始好过了一点儿，不必顿顿都要为晚饭精打细算，人也就跟着懒了，麻辣烫越吃越少。吃得少不代表把它给忘了，偶尔从那条街边经过，我会找个借口拐进去，多少吃上几串。如果谁问我是否为解馋，我可能会告诉他：纯属怀旧。因为长久不跟一群更年轻的年轻人挤在一起抢麻辣串，乍一抢有点儿不好意思——麻辣烫爱好者的队伍正在年轻化，老同志得有点儿老同志的样子。不过如果碰巧你也有此俗好，那咱们大哥不笑二哥，我会跟你说：走，来几串；可解馋，可怀旧，也可以放开肚皮当晚饭吃；我请客。

2012-7-9，知春里

回万柳的路上挂满灯笼

从北大西南门出来,已是傍晚时分。硅谷附近的灯全亮了,楼上的,高高在上地偶尔亮出一小块白光,再上面,就是围着楼体的一圈霓虹灯了。有点冷,戴着手套的手指头冷得发疼。自行车还得骑,在车辆清冷的来往中我听到了风声经过指头。领子竖起来,脖子缩着,海淀桥下长风浩荡,我觉得自己是被风吹到了红灯的另一边。然后就看见了一串大红灯笼,接着又是一串。

先是"华安肥牛",一家开张不久的火锅店,古典的建筑门面一片红通,门檐下垂下一溜大红灯笼。灯泡在灯笼里发出温暖的光。作为墙壁的玻璃也红了,连同里面面对面坐着的男男女女都是红的,红的衣服,红的脸,隔着热气蒸腾的火锅,火锅的香味在冷空气里谨慎地飘散出来,香味也是暖人的红。接着是"韩都假日烧烤",一家舶来的烧烤店,门面平整阔大,招牌上一串抢眼的韩语,我不认识,但是那东西现在很时髦,怪模怪样的我都见过。若是上面再画几个穿朝鲜服的少女最好,恰好灯笼就在她们下面,看起来是那些乖巧的异国少女在不懈地为北京照明。她们的灯笼和"华安肥牛"一样,可惜我囊中羞涩,辜负她们挑灯的热情了。

再往前走又是火锅店,"蜀味浓",又是飘香的火锅味和红灯笼,一派过大年的吉祥景象。连同再走几步的"白家大宅门",也是一家饭店,也是两个大灯笼。灯笼更大,这家店要经过"大宅门"进去,里面是长长的庭院,再深入进去才是厅堂和包间。听说的。我从没进去过,据说门里消费很高,没有几千块钱出不来。我信,就冲门口站着的两排着清宫服饰的丫头和护卫也不能不信。一边足有五六个吧,女孩凤冠霞帔,五彩地迎宾,客人来了就欠下身子道万福,甩一条长长的丝巾。还有几个瘦削的护卫,拖着假辫子,头目的手里还拿着一个对讲机,比当年皇帝的近卫军首领还要风光。进进出出的都是些肚大腰圆的人,公车或者私车挤满了旁边的车位。我在那里看到过并排的三辆加长轿车。还说灯笼,两个大的,巨大的,挂在门楼底下,在风里沉稳地摇晃。

晚上骑自行车总感觉速度很快,看几眼,这些灯笼就过去了。下面的一段街景清凉萧索,不再有饭店、火锅、烧烤了,有的只是清真寺、"博雅堂盲人按摩"、中关村人才市场,然后是八一中学、保险公司、银行、写字楼,然后是十字路口。我要直走,所以被红灯拦住了。夜晚的十字路口像个风口,所有骑自行车的人都缩着脑袋,一脸茫然的归家表情。我回的不是家,是集体宿舍,很多人叽叽喳喳地住在一起。最热闹的时候是几个人凑在一起,议论着到哪一家大馆子隔三岔五地吃上一顿,说来说去都是那几家,"大宅门"、"韩都烧烤"。说了也就说了，说完了也就完了，各自睡了，下次接着再说。

过了红灯，只剩下一片灯光，街道边的路灯、马路上的车灯、楼房里的日光灯。我想灯笼差不多都在海淀桥附近挂完了。可是走到人大西门附近，又是一片灯笼。"盛唐饭店"，门口好像还蹲着两个石狮子。灯笼挂起来，有点耀武扬威的盛唐味儿。另一边是"顺峰山庄"，门面其貌不扬，却听说中央电视台的某著名导演在里面请客，一次花了三十万，看来还是不能单看一张脸就望文生义。也是灯笼，没有最大，只有更大。在冬天的夜晚，屋檐下挂只大红灯笼比门口站着一个漂亮小姐还要温暖，而且催人奋进。

拐过苏州桥，是一条变窄了的路，更像是一条巷子。两边都是大大小小的饭店、火锅店、小超市、商店。再往前走就是我们的公寓宿舍楼。这一段路我很熟。两边也挂了不少灯笼，小是小了点，总还是有的，还有简陋的霓虹灯。这些灯笼就不说了，我和同学、朋友经常来这里下馆子，价廉物美，填饱肚子的同时也能体会到一点奢侈的乐趣。

就这么走过来了，把冷都给忘了。再忍忍，前面就是宿舍了，房间里有暖气。也不错。

2004-1-3，北大万柳

冬天、雪和伟大的北京城

现在冬天,昨天傍晚北京开始飘小雪,不知道一夜是否马不停蹄,早上起来但见天地皆白。这是我喜欢的景象,雪天里北京让我觉得安静,少了喧嚣和戾气;若是雪再大点,似乎能听见雪地里隐隐升起歌声,漂流着喜气却又苍凉的调子。四时的北京,雪天是我最喜欢它的时候。早饭后去现代文学馆,我去站牌下等公交车。大大小小的车经过马路,雪变成黑水被挤到马路边,漆黑的路面腾起缥缈的蒸汽。我喜欢雪,但不喜欢化雪,当它成了水,世界看上去更脏。车在脏和不脏之间向前走,路两边建筑、树木上积压着白雪,路面是黑的,油亮亮的黑,车上四环时,我陡然觉得我在经由黑进入白,世界有了层次。或者说,北京突然有了巨大的层次,由黑和白建立出来,隔着雾气遮蔽的车窗我前所未有地看见一个立体的北京。

无数的人都在说北京的辽阔和幽深,说它楼宇之间的陷阱和峡谷,我只感到了它的大。迂阔的大,平面的大,即使夜幕垂帘华灯尽上,我也觉得错综复杂的霓虹色只是涂在表面,是水上的油花子。夏秋里的北京还有点看头,绿也能绿得起来,黄倒很纯正,银杏叶落简直如黄金铺地;但天冷了只有僵硬和干白,上下里外一个色,楼是竖起来的马路,路是躺下来的高楼,目光上下移动的频率快了你都可能转向。那叫一个平,平面的平。平的东西总让人觉得轻,如果轻,那就沉不下来,还谈什么伟大。所以,我不明白那么多人缩着脖子转过几条马路就宣称:哦,伟大的北京城。

但在这个化雪的早上,北京的大地陡然黑起来,黑夜和石头一般的沉稳凝重;白雪覆盖的一排排高楼竖起来,像仪仗队那样都站直了。白和黑因为单纯而有了气势和力量,北京的浮泛、浅薄和轻佻不见了,我觉得仿佛穿行在彼得堡、耶路撒冷或者伊斯坦布尔。在故宫、长安街和颐和园这些标志性的符号之外,我在一段平淡无奇的大街上头一次感到了这个城市的伟大——不涉及历史和象征,只用目光去感受和判断。

如此判定一个城市是否伟大显得很没有思想,你要这么认为我也很赞同。不过我还是想把这个来之不易的判断说出来——从我第一次听说这个城市,已经过了三十年,我在此寄身也有八年;多少教科书和道听途说都不能让我在猛一抬头时认定这是个伟大的城市,我的个人意义上的伟大城市,它必须适合于用黑白画的方式表现出来;不过这个冬天的早上,因为一场雪,在944路公交车上,在驶抵芍药居那一站之前,我觉得我看见了一个伟大的北京城。既简单又复杂,所以我决定把它说出来。

墙外看北大

在北大念了几年书,便被目为北大人,走到哪都要被问,你们北大如何如何。经常弄得我有点蒙,得理一下头绪才敢挺身接招。不是我不想跟母校扯上关系,而是,我思路通常不在"我们北大"这个理直气壮的频道上,我要调频确认之后,才能回到一个北大人的语境里。去年,某出版人想出一本北大历年先贤和后进的文章合集,邀我写序;确知来意,我赶紧三级跳往后撤,如此序文,小子安敢。该出版商强以为意:北大的书念了,北大的课听了,北大的食堂轮流吃了个遍,在小说里也把北大写了一回又一回,那肯定是知根知底了;有一说一即可,就从了吧。我不得不告诉他,北大之大,岂是任谁提笔都能写的?再者,我真不敢说就弄明白了北大,这十年,我都在北大的外围转圈子。

此事确切:十年我都在北大外面转。

念书时住在北京西郊的万柳研究生公寓,距离北大十里路。去燕园的班车少,等起来烦,我习惯骑一辆破自行车咣当咣当独自去来。去要二十分钟,来也要二十分钟,去来之间总得做点准备活动，去完来后再平心静气，花掉的时间一个钟头也不止，所以没课我不往学校跑，总在课前课后进图书馆，借上一大堆书，抱了回宿舍读。研究生的课程也没那么多，集体活动我能躲就躲，在宿舍待久了，竟觉得校园里是个例行公事的陌生地方。北大的念书生涯差不多就这么若即若离地结束了。入学前我也曾有宏大抱负，立志在读书期间将北大看个底朝天，边角旮旯都不放过，未名湖每天绕上一圈走。毕业后检点了一下，发现只在入学之初走了几趟未名湖，其后的缘湖漫步都是做陪客：亲戚朋友来北大，湖光塔影是必看的景观，只好硬着头皮当主人，一通瞎摆活儿。不管你说得如何不靠谱，亲朋好友都信以为真，你是北大人嘛。他们哪里知道，我过的基本是北大的墙外生活。

前些天有个德国记者采访，问题之一是：在北京，我最喜欢去哪个地方休闲和散步。该记者显然希望我说出京城某个振聋发聩的名胜，那些地方才有他们喜闻乐见的"中国式景观"。很遗憾，我说，我最喜欢去的是北大。这答案让我自己都吃了一惊：毕业后我去北大的频率更高了。很多时候好像的确如此：饭后出门，头脑里想着正在写作的小说，沿中关村大街乱走，走着走着一抬头，迎面是北大的校门。

说顺嘴是个问题，走顺腿也是个问题。我不得不上心。回头一看，哦，照空间距离算，毕业后我倒是离北大更近了。这些年像贫困的蚂蚁一样不断搬家，从一个小房子换租到另一个小房子，直到现在有了属于自己的书房；几次搬迁，最远处离北大步行也就二十分钟。念书时自行车二十分钟，现在晃晃悠悠走到北大,也二十分钟。几个住处,以北大为圆心在兜圈子。由此我推断,母校的影响大约就在于此:要么规约你平生的志业,要么是让你一辈子都在努力缩短和她的距离,哪怕仅仅是空间距离。很可能双管齐下。

以我从事的文学论,与所学专业实在再对口不过了。写作是个罕有的排他性职业。据我所知,写作日久年深后,绝大多数作家都会逐渐丧失舍此之外的诸般谋生能力,离了写作真的会饿死。若无意外,这辈子大概我也只能干这个了。不管这个说法是否矫情,我都必须承认,我的写作背后站着一个"北大"。事实上毕业有年,我一直在频繁地出入北大,每周一次到五院中文系的当代文学教研室,参与一个研究课题的讨论;这课题本身也在时刻提醒我,你与北大和文学脱不了关系。很可能正是因为多年来的写作和专业研究,培养了我两条腿的惯性,抬脚就往北大走;所以,它们要缩短与北大的距离,哪怕仅仅是空间距离。

但我依然感觉是在北大的墙外转圈子。一度我以为是源于"半路出家",缺少充分的认同感。刚进北大时就听闻一个"出身论":只有本科即就读北大的学生才算根正苗红的"北大人"。这天赋的资格,我等半路出家的研究生只能靠边站,我们血统不纯,顶多就是个半主半宾。假如说北大的本科生称北大为"母校",我们只能称她为"继母校"。你都没有资格全身心地爱这个母亲。也因此,我的很多"继子"同学在本科出身北大的同学面前,很少说"我们北大",而是"你们北大","你们北大"如何如何。这跟别人看我时有点像。可是我认真想了一下，还是觉得我与北大实在没有"继"式的生分，我也不认为自己就是个寄人篱下的二等公民——那么，究竟是什么让我在对北大敬重和景仰之余，墙外之感多年来徘徊不去？

因为北大之大。北大很大，不唯面积广大，也因其历史悠久，还因其大师林立。清华大学前校长梅贻琦先生说："所谓大学者，非谓有大楼之谓也，有大师之谓也。"当你想到百年来群贤毕至、典范云集，一个多世纪的大师们奔走或悠游于湖畔、塔前和红楼内外，当你念及那些堪称思想、学问和变革的创造者与发动机的前辈，那真是要生出博大的敬畏。不知道别人如何想，反正我刚进北大时，想当然地以为老先生们就该身材健硕伟岸，须仰视才见，要么就是仙风道骨，超拔脱俗。但拜见了诸先生，真是大跌眼镜：严家炎、谢冕、洪子诚三位先生，都是矮个子的小老头；钱理群先生也不高，还是个弥勒佛一样笑眯眯的胖子。头一次看见几位老先生在五院的松树底下聊天，任别人怎么言之凿凿地指认，我都不信。怎么能长成这样，没理由啊。后来我好像还跟洪老师和钱老师说过这事，他们就笑。这还仅是中文系现当代文学专业的老先生，要是放眼整个北大的先生们，不知道该敬畏到哪个地步了。

鉴于他们的皇皇学问，鉴于对他们为人与为学的敬畏，我总为自己的简陋惭愧和胆怯，觉得立于门外的姿态更适合我。我的确做过几次颇具象征意味的梦，梦见自己站在五院的门楼外抬不起脚，五院的门槛很高，院子里师友们在侃侃辩难。如果门外的姿态于我适宜，那墙外之感也就水到渠成了。

还因为北大不仅是个学术问题，更是一个社会问题。在中国，大概没有任何一所大学像北大这样，毁誉参半，被寄予厚望的同时又饱受指摘，动辄要划入社会问题的范畴来讨论。哪怕是纯粹的学术动静，出了北大的围墙就成了社会问题。当然，这是北大的传统之一，也是北大的荣光。五四以降，北大就与天下和世道人心缠绕在一起。不管她在今天被如何责难和矮化，她的民主、自由之精神依然在所有关心北大的人口舌之间相传——这恰恰说明北大秉承的民主、自由以及北大本身之于当代中国的不可或缺。人们对一个更美好的社会、对一种更美好的品质、对一个更美好的大学的想往，一百多年来从未断绝。

时间有了加速度

二十五岁开始,时间突然有了加速度,很多想好的事情都来不及做。而在二十四岁时,我还觉得时光晃晃悠悠,什么事都可以容我一一道来。那时候我待在一个小城里教书,运河从城市穿过,我向一群和我年纪相当的学生讲授美学和写作,下了课一个人躲在宿舍里闷头写小说。我希望有一天能到外面看看,出走的念头大风一样鼓舞着,让我对将来充满莫名其妙的希望。希望里可能有什么,不知道,也不必知道,只一个抽象的信念就足以让一个二十出头的年轻人浑身生出使不完的劲儿。二十四岁这一年我来到北京,生活跟过去形成一个尖锐的转折,我把行李箱放在这个叫北京的城市上,想,一切从现在开始。我的确这么想,什么事情都来得及,新年新气象,且看我一一做来。

我没来过北京,对北京也没什么概念,想象里的北京和"我爱北京天安门"联系在一起,与所有的中国人一样,歌曲、影视和媒体在我们内心里成功地建构了一个金光闪闪的宏大的专有名词;还和道听途说中的首都联系在一起,我老家的很多年轻人都在北京混饭吃，我们称之为"跑北京的"，他们率先发了财，他们带回来无数真伪难辨的遥远的细节，在这些细节里，金光闪闪的颜色时常要暗下来，或者比金光闪闪更耀眼；此外就是北大、清华等高校，这是所有经过高考的人暗藏在心中的圣地，而我考的是北大中文系的研究生，这朝圣般的旅程；当然，更为重要的理由在这里：它能让我出来看看。我憋坏了，迫不及待要到世界上看看。

没看过北京，没在它的某条街道上喝过一杯水，这个城市对我依然是抽象的。但我觉得我们是亲人，我们会一点点熟悉起来的。

所以考研成绩下来之后，我第一次来北京，紧张得几近煎熬。不是为面试和教授们的发问紧张，而是担心被淘汰，因为在此前近二十年的考试中，我很少有哪次能够提前胜券在握。考不取，意味着通往世界的一扇巨门对我关闭，而我当时通往世界的机会似乎极为稀少。那些天好像正赶上沙尘暴，风大，我穿得不多，积攒的一点信心和体温很快被吹没了。尘沙满天，很多人把头脸裹在纱巾里穿过马路，像一群奇怪的阿拉伯人。我在北大的校园里转了很多圈，尤其是未名湖边，旮旮旯旯我都踩了一遍，心情相当悲壮，要是考不上，不知道猴年马月才能来第二趟。踩一脚少一脚。美丽的湖光和塔影，宏大庄严的学府气派，那些视北大生活为平常的自由的北大学生，简直没天理。但他们的确很刺激人，我咬牙切齿地想，要是能来念书，这未名湖我每天都来转转，来日方长，做什么事我都来得及。

这第一次，我对北京的印象并不好。楼很高，灰头土脸的；马路干白迂阔，车堵得嗓子眼儿疼；公交车绕的弯子过多，来去的站牌不对称，我把车坐错了好几次；天安门没有想象中的高大。需要一场大雨，把这个城市的灰尘洗掉，我想象中的北京的繁华应当是鲜亮的。但我喜欢北大和未名湖。

九月份进了北大。一直到毕业，环湖漫步不超过十次，其中大部分还是陪朋友参观。可见，即便时间允许你随心所欲，你还是有很多事情干不成。当然，在这里我要说的不是什么能干成什么干不成，我要说的是时间突然在我二十五岁之后有了加速度的事。

2002年秋天，报完到我住进万泉河边的万柳北大研究生公寓。那里有几千号研究生，我的窗户面对西山。我一直感觉不清它的准确方向，但窗户里既然嵌着连绵的西山，那一定是朝西了，夏天下午的阳光照进来，地板烤得仿佛随时会燃烧。冬天很好，我乐意坐在阳光底下看书、写东西。我对2002年的印象、乃至整个万柳生活的印象，总避不开那把廉价的电脑椅子。从硅谷买的，六十块钱，我深陷其中过了三年。看书、写论文和小说、上网、看电影、发呆，椅子里的生活占据了时间的绝大部分。刚来北京，除了看书上课写作我无所事事，对写作似乎有长远的规划，我想时间足够宽裕和漫长，一切都来得及。我不逼着自己干活，除非为了在某个时间前必须干完什么事，我才会加班加点。万柳距离北大十里路，没课我不去学校，生活主要在宿舍区展开。

到了第二年，我二十五岁，有一天发现自己竟然忙起来了。看书上课写作之外，有了很多朋友和外面的生活，而且，我需要零散地赚点钱来买书和补贴生活。除了北大，除了万柳我还需要去其他地方，要去的地方越来越多；从这件事跑到那件事上，由这个人见到那个人；然后是我有意识地想认识一下北京，我要去看看；所有的事情加起来，不用掐指，时间不够了。列好的读书计划开始拖延，从图书馆借来的书经常因为逾期要交罚款。经常要把时间切割成很多碎片，每一片单独命名，相应地决定坐车还是骑车，看这本书还是那本书，写这篇东西还是那篇东西。也许是因为跟世界的联系开始多了，认识的朋友也多了，刚来北京我只认识老师和同学，现在相互嘱托的事情也多了，想法时刻在变，阅读的胃口也在变，成了杂食动物，各种书籍多得必须堆到床上去。

这样的生活一直延续到现在，没有止步的迹象。工作之后的生活远比待在学校里复杂，下了班我常感到疲惫。大概我生就是见不得繁乱的人，大概我所认为的繁复在别人不过等闲，但对我，头绪一多我会不知所措。我一直绝望地羡慕一心可以二用、三用乃至很多用的人，我不行，我把通往世界的那扇门打开，岂料外面风大，鱼贯而入，吹乱了我的生活。手表的指针转速和我身体里的指针转速步调不同，我的计划有点跟不上，很多事情还没有做完，一个声音就告诉你：时间到。另一个声音又响起：时间开始了。

朋友们说，这是通病。在北京都得小跑着生活，慢了就要受指针的罪，那家伙比刀锋利，拦腰撞上咔嚓一下人就废了。他们的比喻真切生动，可我希望时间慢下来，生活简单些，让我从容地做好每一件想做的事。我开始怀念过去工作过的小城，慢悠悠的运河水流的节奏，我骑着单车在水边巷子里穿梭，几百年的老房子静立两旁，没有人催你；而不是现在这样，你要赶在红灯之前冲过路口，你要跟上大部队的节奏，慢了背后就喇叭齐鸣。你需要一天一天计算着过，精确到小时和分钟，还要提防那些突发事件，它们会把你空白的时间填满，把你制定的计划推翻。也正是在这个意义上，我不得不让自己的想法逐渐务实，不是什么事情都能来得及做，也不是什么事情都值得去做。这，不好也好，好也不好。二十五岁以后的北京生活，我被迫一只眼睛看路，一只眼睛看手表。

四个住处一个家

在北京六年多我住过五个地方,除了现在我端坐其中敲键盘的家,之前四个我更习惯依次称之为"宿舍""小屋""芙蓉里"和"海淀南路"。

宿舍在万柳学生公寓,北京的西北角。2002年我来报到,出租车司机绕了半天才找到一个尘土飞扬的大工地,马路修了半截,很多年轻人拎着行李在一幢巨大的楼前出入。司机说,只能是这里。那时候海淀区政府和公安局还是一片荒地,中关村三小尚无踪影,康桥水郡、万城华府等高档社区的地基上散布着低矮破旧的平房,工人们走在尘土里。完全是都市里的乡村。这样的北京我有点接受不了,太不像样了。当时我对"都市化"的想象还停留在小城镇阶段,以为这个地段要繁华起来,那是"雄关漫道真如铁,而今迈步从头越"。但只几年过去,不变的就只是公寓西边的昆玉河河水在流,忽如一夜春风,高楼从大地上长出来,半空里是楼房,地上挤满了人和车,成了都市里的都市。那时候我不知道楼房是都市的先遣队,它们开到哪里,"都市化"便会立马将周围占领。

与宿舍隔一条马路的是万泉新新家园，还有一个我忘了名字的高档住宅区，据说住着柳传志等人。当时的房价每平米八千，我们同学都觉得贵得离谱，现在据说已经好几个八千了。老同学聚会说起来，拧胳膊拍大腿地后悔，要是当年咬咬牙跺跺脚买上一两套，哥们今天就是好几百万的富翁了。可是，哥们当年在哪呢，买双拖鞋都得挑最便宜的。

过了昆玉河是远大路，我站在西向的窗前看河对岸金源购物中心一寸寸建起来。传说是亚洲最大的超市，我就奇怪，如此庞大的超市有多少东西可卖呢？觉得建得挺花哨，周身用了很多种颜色的瓷砖。建成了，我和同学瘪着口袋去参观，哪里是什么超市，空间分门别类无数块，卖什么的都有，当然都是高档的，小吃的价钱也相当可观。建造之初附近的有钱人没现在多，生意颇有点冷清，小吃店的师傅和服务员趴在餐桌上打瞌睡。前两天我又去，厕所里人流都不断，才几年啊，日子就好过成这样。吃过晚饭我常去里面的纸老虎书店，翻完这本书再翻那本，肚子里消化得差不多了就打道回府。除了打折，坚决不买书。

另一个散步地点是昆玉河边，沿着水走身心通泰。尤其夏天，看水看船看人坐在河边的大排档里喝冰镇的啤酒。酒我没兴趣，羡慕的是黄昏降临时他们所有的安宁的时光。即便现在，一到夏天，置身琐碎喧嚣的生活里时，我都时时有去昆玉河边坐一坐的冲动。端一杯冰镇的扎啤，看世界以椅子为圆心慢慢地向四周静下来，你们疲于奔命地跑，我希望世界慢下来，慢下来。河边要建成北京的大氧吧，一直有此传闻。我不知道大氧吧到底是个什么样子，纳闷的是万柳之地柳树甚少，昆玉河边倒还有几棵像样的，马路两边的全是瘦骨嶙峋，比手指头粗不了多少。现在应该好一点，因为柳树长得快，起码三五年之后，那些营养不良的小柳条至少看起来像柳树了。

大部分时间我都待在宿舍，3区534室。去一趟北大很麻烦，公交332支线兼作校车，早去晚归的人很多，挤不上正常。后来校车多了点，课又少了，更不需要去学校了。现在想起来，我好像一年到头都坐在那把廉价的电脑椅子里。食堂在楼下，打了饭上来吃，如果没有别的事，找不到理由离开那把椅子。闹"SARS"的时候封校，停课，我在宿舍里结结实实坐了近两个月。疯狂地下载电影看，隔壁的一个同学据说那段时间看了一百多部。那段与世隔绝的时光是我的好日子，看完电影我开始写长篇小说《午夜之门》的第一部《石码头》，断断续续又写了其他几个小说。能有大块时间来写作，我感到幸福。这一天是你自己的，这一天你可以只干一件事。当时的北京前所未有的清静，马路上人烟稀少，公交车空空荡荡地开，救护车的叫声让人心惊肉跳。我们每天量两次体温，傍晚在楼下领取一袋校医院煎制的中药，喝下去为了抵御病毒。晚上我们会三两个人结伴散步，在空荡荡的马路上空荡荡地走。

这是我在北京最安静的日子。马路上的空，和2008年春节有点像。因为买了房子，欠一屁股债，加上回去的车票紧张，2008年的春节我决定在北京过。这也是我头一次在远离家乡的地方过年，夜晚爆竹和焰火此起彼伏，我从网上断断续续地看春节晚会，感到了被遗弃的凄凉。大年初一走到中关村大街上,半天看不见一辆车,其冷清让我想起"SARS"。但那时候的冷清和恐慌要全北京人乃至全国人民来承担,所以我感到的是安静;而现在的冷清只有我一个人守着,我觉得凄凉。我一直不喜欢"京漂"这个说法,但那几天我强烈地意识到自己在"漂"着,晃晃荡荡,和一个可靠的背景失去了联系。

第二个住处"小屋",在北大,未名湖畔的镜春园,那个大院子住过嘉庆皇帝的四公主,门前有两棵大槐树。大门从清朝以来就在腐朽,朱漆剥落,但仅从残木和斗拱的规格也不难想象当年的富贵繁华。院子里有柿子树,深秋时主人用剪刀和长竹竿打柿子,底下有人拿布兜子接应,我在旁边看。红彤彤的柿子很诚恳,叶子落尽只有果实挂在枝头。我租的房子嘉庆皇帝的四公主从没见过,她不会想到仅靠砖头、楼板和石棉瓦就能搭建起一间五平米的小房子,而且租金每月要八百元人民币。这间房子建在院子里,单砖跑墙,屋顶倾斜,冬冷夏热。我住进去的时候是秋天,室外温度适宜,进了小屋就寒气逼人。房东住在高大的房子里,当年四公主裙裾在其中贴着地面舞动,可以设想房间里一定四季如春,所以房东迟迟不烧暖气。而我在小屋里从中秋就盼望暖气进来。整个秋天我都住在里面,直到冬天,那是我在北京待过的最冷的房间。

但是我喜欢未名湖,能枕湖而居,就算附庸风雅,冷一点也值;虽然没有践行当初的宏愿,每天环湖漫游。清冷的早上我去湖边读英语,看起来很像个勤奋的学生。晚上去图书馆或者自修室,十点左右沿湖边回小屋。有一个节日晚上,博雅塔装点上彩灯,湖面上漂荡很多纸船,我忘了那是什么日子,只记住了那晚未名湖幽艳鬼魅,有别一番意味。那段时间我学习认真,除了日记和功课,别的东西不写。我憋着,准备忙过这阵子再动手,写小说也写散文,散文的题目都想好了:未名湖、小屋和整个秋天。但终于没写出来。所以,湖边的小住留给我的,风雅、寒冷、外语和一些不高兴的事之外,就是一篇想象中的散文。我在那里住了不到三个月。

毕业后租的第一处房子在芙蓉里,六楼,两年,从楼梯的窗户可以看见楼下的万泉河公园。租这里的主要原因是它靠近北大,我可以去北大的食堂吃饭。多年来我都无比热爱食堂,因为有消毒餐具,吃完饭连碗都不要洗。我可以就近去图书馆看书,去大讲堂看电影和演出,去听平常难得见到的大学者的讲座,可以去中文系继续参加师生们的讨论。这是两室一厅的房子,与一个做书的朋友合租,共用厨房和卫生间。我跟房东说,我们都没什么钱,价钱别整得太高。事实也如此,那时候很穷,逛书店尽量不带钱。现在我还怀念那地方,周围有很多书店,是我晚饭后散步的好去处。北大里面的书店,旁边海淀体育馆里的第三波书店,公园边上的采薇阁旧书店,还有海淀桥边上的巨大的中关村图书大厦,我住的第二年,第三极书局也开张了。一周里所有书店都可以轮上一遍。

这房子的另一个好处是,过了马路就是公园,适宜散步、乘凉和晒太阳,夏天晚上每周末还能看两场露天电影。穿着拖鞋夹在松散的观众里,我恍惚回到多年前的乡村,而露天电影即便在乡村,也绝迹多年了。公园角落里装备了各种健身器材,每天晚上都要开展一场轰轰烈烈的群众健身运动,以老太太居多。她们健身的时候，旁边经常蹲着阿狗阿猫，宠物比子孙更忠实于这些老人。我一直很想荡西北角的那架秋千，但一跑到那里就发现上面坐着两个小孩。作为叔叔，我不能跟他们抢，我就接着跑两圈，然后出了公园去采薇阁。我在好几个小说里写到这个公园，重点是喷泉广场边的很多块大石头，乍一看很有点像英格兰巨石阵。喷泉我记不得是否看见开放过，倒是有很多运动爱好者在上面练习轮滑。公园里从来少不了情侣，他们当然躲在小山包的后面或者树丛里，至于躲进去干什么，我没好意思看。

住在这里我觉得身在民间。周围有很多老房子和老住户，有大批的外来房客和民工，我可以在去西苑早市买菜的路上看见各色人等，办假证的，卖盗版光盘的，假古董贩子，小商小贩，在北大旁听的外地青年，一条裤腿长一条裤腿短的民工。到了晚上，他们会聚在承泽园门口的麻辣烫和烤串摊子前解决晚饭，满满当当的热闹的烟火气。我很喜欢那种过日子的感觉，喜欢看他们坐在小板凳上，大口喝酒大块吃肉和烧饼，然后爽快地大喜大悲大声笑骂。我也常常凑上去吃两串麻辣烫和烤肉。我写过一些关于他们的小说，很多人觉得不可思议，照理说他们与我的工作和生活不沾边。

为什么就不能沾边？离开北大，下了班，我还得过日子，身边生活的就是这么一帮普通人。这个世界上这些人毫无疑问是大多数，我不是中产阶级，也没法小资，高官和巨富都不靠，也不住高尚社区，出门碰见的只能是他们。你不能因为他们是办假证的、卖盗版碟的就对他们另眼相看，他们也是普通人，可能比你我都正常，不过是职业貌似有点古怪而已。要说为害社会，哪个贪官和奸商不比他们罪孽深重？我也从没把他们当成什么"底层人物"来写，在我看来他们就是一个个"人"，有我的亲朋也有我的好友，跟他们聊天我没有心理负担，也不必藏着掖着，他们比我还好说话。在北京，宾馆、酒吧、夜总会和高尚社区是一个人间，很多人围着个麻辣烫的摊子也是一个人间，热气腾腾的烟火人间。我写他们，因为我在其中；我写他们，因为他们在我身边。我不想替他们诉苦，也不要为他们哭穷，我只是想实实在在地把他们写出来而已。

在芙蓉里，读书时的那台杂牌台式电脑和廉价电脑椅继续跟随我战斗。这里是北京市海淀区，我的关于北京的小说中，大部分故事都发生在这里。我在小说里不断重复这个地名，海淀，芙蓉里，当然还有北大、西苑、苏州街和中关村大街，等等。我一直住在海淀区，相对于朝阳区、宣武区、东城区和西城区，我对这地方更熟悉一些。2006年我写了一个中篇叫《跑步穿过中关村》，写的时候我住在芙蓉里，写完了，我搬到了中关村。

海淀南路2号楼6门，五楼的一个两居室。租金不低，但相对于这一带的市价，已经很便宜了。北京最好的大学、中学和小学都在周围，租房的学生和家长排长了队，价钱就直往上跑。站在窗前我能看见人大附中的学生在校园里走动，看见他们在操场上打篮球。在所有的运动中，篮球是我最喜欢的项目，来北京之后，已经几年没摸过篮球了。我想这下好了，可以每天傍晚去附中打球。女房东北大中文系毕业，高我若干级的师姐，为了感谢能在激烈的竞争中租下这套房子，我给师姐送了本小说集。

下楼出门左拐就是中关村大街，我对这条街充满了莫名其妙的好感。每次想起这个名字，我就觉得会有源源不断的故事可以讲。我要在靠近中关村大街的地方好好地讲几个好故事。两居，意味着可以拿出一个房间来作书房，如此美好，我把打好包的书解开，一排排摆进书橱。我喜欢看见成排的书上架，三天两头往书店跑大概就跟这个奇怪的爱好有关。现在回头数点，已经记不起来在海淀南路的一年里写了多少东西，不多，但也不会太少，有几个故事我还是比较满意的。我开始有了"生活"的感觉。一个家需要的所有东西这里都有，除了电视，我已经好多年没有看电视的习惯了。在我的感觉中，"家"和"生活"息息相关，但我还是不习惯称这租来的房子为"家"，我在"生活"，在"海淀南路"。下了班，朋友聚会结束，他们理直气壮地回"家"，我说，我回"海淀南路"。就像住在芙蓉里时，我说我回"芙蓉里"。区别于作为"宿舍"的万柳公寓和湖边小屋，"芙蓉里"和"海淀南路"的定义介于"宿舍"和"家"之间。其中艰难而又漫长的过渡，已经标示了我在北京生活的深入。

2007年年末和2008年上半年，我经常站在海淀南路的窗户边往东南看，越过人大附中的教学楼可以看到中关村大街边上的一幢居民楼，我新买的房子在其中的某一层。小区的地址上要写"中关村大街××号"，我在一点点靠近这条街。装修、采买家具，琐碎的细节如此烦人，不过我提醒自己耐心点，再耐心点，一个真正的"家"在慢慢长成。我按照我的设想去布局房子，把家具的尺寸精确到厘米，比较地板颜色最细微的差别。好了，一个第一眼看上去让我想哭的破旧的房子的壳，变成了温润丰满的家，我想要的一切这里都有，或者即将出现，我的手经过墙壁、家具和阳台上的双层玻璃，觉得身体里某个飘荡的东西慢慢落地。我不再需要在每年的七月份为下一个住处发愁，不需要再去网上、房屋租赁公司和朋友那里打听，哪里适合做我临时的窝。

还在为租房发愁的朋友质问我，拿什么买的房子？我说，在北京这地方，穷人买房子要的不是钱，而是胆量，只要你敢借债。我东拼西凑，背高高的债，我想来日方长，有足够长的时间去一分分地还。我不想整天为一个窝伤脑筋，不想因为过段时间还要搬家，就让一大堆书和其他的物品委曲求全地待在上次搬家就打好的包里，此刻码放在墙角或者床底下——而为了找一本书，我常常要把所有地方都搜查一遍，拿到手时阅读的兴致已经没了。在我自己的家里，我要让每件东西都待在它该待的位置上。想到它时，头一歪，在那儿呢。所以我定做了六个书橱，让它们一直高到屋顶，被缚的普罗米修斯们全都解放，一一归位。

房子装修好，晾着跑味的那段时间，我和家人每天从海淀南路往新房子里运书，蚂蚁搬家似的，运一点摆放一点。看见书橱里日渐充实起来，我背着手在书房里转来转去，这是我的房子，我的家，看这一排排的书，我觉得自己像个有学问的老地主。老地主们一天三次来到自己田头，跟我一样想，看，这一顷顷的地，这茂盛的庄稼，全他妈是我的，今天我想吃米就吃米，明天想吃粗粮了，咱就改吃山芋和高粱。这日子很好。比进书店看那成山成海的自我叫卖的喧嚣货物感觉要好得多，在自己家里，我从书橱里抽出的每一本书都是我想看的。

然后我搬家，从"海淀南路"搬到了"家"里。三十岁这年，我有了稳定的卧室、书房、厨房、洗手间和生活，不用担心催缴房租的电话，不需要再看房东恩赐般的脸，我可以改装和修正家里的所有东西，包括我的生活。

此心不安处是吾乡

这一切听起来如此曲折和完美，仿佛我已经在中国的首都扎下了根，仿佛我是一个极其恋家的好男人。我也常这么问自己，而一问我就知道露了馅。我把自己以物理的形式安顿下来，这只是一个可以稍事停顿的逗号，意味着一篇驳杂的文章才刚刚开始。

除了故乡，北京是我目前待得最久的地方。在我想也许我得在这里生活之前，生活已经开始了，海淀、北大、硅谷、中关村、蔚秀园、承泽园、芙蓉里、天安门，有一天我无意中回头，发现它们正排队进入我的小说。最早的一个北京小说，《啊，北京》，我没有任何关于"北京"的野心，甚至都缺少要写一个北京故事的明确意识。它是我在北京大街上走过之后，自然而然留下的足迹。生活主动找上了门。我在念书，不上课的时候窝在万柳学生公寓的那间分不清方向的宿舍里。北京生活对我很抽象，故事来源于朋友和虚构。我想象如果我和他们一起走在那条路上，一起见到某个人一起做某件事，我会如何。我只能把他们放到我熟悉的地方，我的地盘上我才能做主。然后是《三人行》《西夏》《我们在北京相遇》等,我知道我在写北京了。《跑步穿过中关村》《天上人间》《把脸落下》《逆时针》和《居延》都是以后的事了。

能写,就得好好写。我想象可能发生的故事,可能有的感受和发现。这个时候,我于北京,很大程度上符合那句绕口令似的术语:缺席的在场,或者在场的缺席。学院与切实的北京某种程度上是隔绝的。我的感受和发现纯属虚拟,没有经过实实在在的生活来证明。2005年毕业,大夏天我一头扎进北京火热的现场。楼房像庄稼一排排长出来,宽阔僵硬的马路,让人绝望的塞车,匆忙、喧嚣、浮躁、浩浩荡荡、乌泱乌泱、高科技、五方杂处的巨大玻璃城。我有点蒙。这些场景我在小说里想象过很多次,但那只是纸上谈兵,远远没能想周全,更没有想明白。没吃到梨子,永远不会知道真正的味道是什么。一个愣头青,下嘴发现梨子不是甜的。他早知道不可能是甜的,但甜是唯一的,不甜却有无以计数之多。我只能从细节入手,一个个分辨个中三昧。

身份。这不是你从哪里来的问题,而是:你是谁?在过去,我可以理直气壮地告诉任何人,我是学生,我是老师,有案可稽。身份证、档案、学生证、教师证,每一个硬硬的都在,它确认你是你,这地方你可以合法自在地活下去。但现在,北京要求你这个外来人拿出户口、编制,证明你有可靠的来源和归属。一种机制在要求,机制里的人也在要求,拿出来吧,给你自由。如果你拿不出来,你只能不自由。从抽象的到具体的,大家看你的眼神就不对。好心人担心大家都有时你没有会伤害你；不那么懂得尊重别人的人，会在撒酒疯时指责你算哪根葱，一边凉快去。

我不知道北京是不是全中国最需要身份的地方，我也不知道那张纸竟如此重要，反正很多时候我被它搞得很烦。我决定买房子时，有关机构跟我说，外来人员必须捏着暂住证才能办手续。我屁颠屁颠去办暂住证。这个派出所不行又跑那个派出所，这里不办必须到那里办，这个时段不行必须下个时段，材料不齐今天办不了，今天不行因为还有十分钟我们就要下班了，明天早上来拿吧。为了这个暂住证我跑了五趟。制度化当然是好事，但是当它成为不停地向你证明你不是你的时候，就相当不可爱了。

很多朋友已经在受此困扰时，我待在学校里念书。我知道身份对他们的重要性，也理解寄人篱下和流浪的甘苦。当我原封不动地一一领受，才知道先前的理解和体贴只能是隔靴搔痒。这种事没法总结和概要，必须贴着皮肤一寸寸地触摸和刮擦，才能真切体味到渗进骨头缝里的那种怪兮兮的感觉。

身份。依然是：你是谁？这回是你与北京的关系问题。现实身份确证的琐碎细节烦了我好一阵子，好在我没有顾影自怜的癖好，习惯了就视若等闲。生活能玩出多少花样？该做的做，不该做的遵纪守法听通知，随他去吧。但我依然为身份焦虑。弗洛伊德说，人的精神焦虑可以分为现实焦虑、神经焦虑和道德焦虑三种类型。我搞不清一个人没事就茫然算哪一个类型。这感觉是我坐在公交车上穿过北京和站在天桥上看北京时的基本状态。

很茫然，那么多人，只能用"乌泱乌泱"来形容，这个词里有种黑暗和绝望的东西在，我怎么就孤零零一个人躲在一辆车里。人周围是人，车周围是车，车和人的周围是人和车，是无数的高楼和房间，房间里有更多的人。一个人深陷重围，完全可以忽略不计，是一滴水落在大海里。在天桥上看得更清楚，尤其是上下班高峰，你看见无数辆车排列整齐，行驶缓慢至于不动，这个巨大的停车场中突然少了一辆车、一个人，你知道吗？这个世界知道吗？他为什么要待在这个地方？北京。你，我，我们为了什么要待在这里？北京。人之渺小，车之渺小，拿块橡皮轻轻一擦，碰巧一阵风来，干干净净地没了。我站在天桥上常常觉得荒谬又悲哀。咱们都是谁啊？我觉得自己很陌生，北京很陌生，这个世界也很陌生。

在这样一个地方，你是谁。像一枚钉子，随便就被深埋掉；要么可以轻轻拔掉，你盯着它看，它就放大，孤零零地放大，如同一座摩天大厦，外在于这个城市，随时可以消失。这就是我一直感觉到的，我外在于北京，跟单位、编制、户口、社会关系等统统无关，只和自己有关。这种"外在"孤独、寒冷，让我心生不安。

的确，在北京我常常不安。

可是，有让我心安的地方吗？心安得让我有扎下根的踏实和宽慰？好像也没有。即便故乡，苏北的那个小城和乡村，我也逐渐心有不安。我在一天天远离那里，熟悉的人陌生了，旧时的田园和地貌不见了，像生在我身上的血管一样的后河都被填平了。故乡仿佛进入了另一种陌生的生活轨道。我回去，如入异地；料想很多人看我，也是不识的异乡人。待在家里，偶尔也会没着没落，父辈祖辈的故事听起来都远在梦里。我不知道哪个地方出了问题。

所以我想，我写了北京，也许仅仅因为我在这里生活，我心有不安。因为我要写，所以就潜下心来认真挖掘它的与众不同处，它和每一个碰巧生活在这里的人的关系，多年来它被赋予的意义对生活者的压迫和成全，一个城市与人的关系，其实也就是一个人与世界的关系。北京的确是个独特的城市，有中南海、天安门、故宫、长城和十三陵，有北大和清华，有中关村和硅谷，有"京漂"、外来人口和已经结束的奥运会。

如果我碰巧生活在上海、广州，或者香港、纽约和耶路撒冷，时间久了，我想我的写作也会与它们发生关系，即使我可能在哪儿都很难有生根发芽之感。这可能是常态，在哪里你都无法落实。唯其如此，此心不安处，非吾乡者亦吾乡。只能如此。

2009-1-17，知春里

生活在楼上

工作一年,我搬了两次家。从二楼搬到三楼,又从三楼搬到五楼。在别人,这屡屡的乔迁满可以尝尝步步高升的喜悦,对我却生出了层层积累的悲哀。不是住宿条件每搬愈下,而是觉得自己总是住不逢地,找到了个好地方后,脑袋里又出毛病了,享不了这福。

先前住的是老三楼的二楼,刚进去时就窃喜,全学校就我住的地方最妙。北向的大窗户正对着师陶园,要景有景,要人有人,伸伸脑袋就可以看到年迈的夫妇和年少的情侣在园中漫步。尤其是春暖花开时,花柳满园,绿荫成廊,其闲适,其温情,让我临园羡慕不已。可是好景不长,这个背阴的小房间就显示了它的地理特性。长风浩荡,透过永远也关不严实的大窗户长驱直入,房间里立刻冷了下来。我想这寒风是从西伯利亚来的,越过低矮平旷的师院操场和师陶园上空,旗帜一样夜夜入户。我成了那个冬天第一个感冒的人,然后开始咳嗽,一直咳了三个月,直到冬天结束。整个冬天房间里冷得像地狱,想看看阳光是什么样子都得到别人房间里去。我挂了两层厚厚的窗帘，周围用图钉钉死，直到来年四月才把窗帘拉开。这时春天已经来到好长时间了。因为这间房子，我尽可以大言不惭地说，我是第一个迎来冬天，又是最后一个看到春天的人。冬前与春后，我的日历总是与这个世界有着一个奇怪的时差。

天暖起来，我要搬家了，搬到老三楼另一头的三楼。谢天谢地，是个向阳的房间，我要把错过的阳光给赚回来。为了让早晨的阳光一丝不落地全照进来，晚上睡前我都不拉窗帘。大概是因为什么厄尔尼诺现象，天气变得不正常，春天越来越短，打个哈欠就过去了。然后夏天到了。我买不起空调，所以我对这个夏天印象极为深刻。老三楼的确是老，三楼是最高处，楼顶的防晒层早被晒没了，我理所当然地成了直接受害人。夏天跑到我的小房间里来了。里面空气黏稠，闷热无比，像一个方方正正的高压锅，电扇也热，扇出的风火气十足。我轻易不回宿舍，回去了立刻关上门，脱到不能见人的程度，还是热。我开始深刻地怀念先前的二楼，在这样的天气里，我宁愿患一场凉凉爽爽的感冒。

夏天刚刚进行到一半，接上面的通知，我又要搬家了。搬到28栋的五楼。说实话，我对这第二个向阳的房间很满意。六楼在上头顶着，有两个太阳我也不怕。门窗都打开，高高的穿堂风吹过，很适合在清晨时分睡一个高质量的回笼觉。蚊子也不多，连蚊帐都不要挂。好的环境就该好好利用，我及时地坐到了书桌前。看了一会儿书累了，伸出脑袋往楼下看，糟了，问题来了。

从读大学时起，我就克服不掉一往高处站就深沉的毛病。

那时候常在四楼上课，我总是挑一个靠窗的位子坐下，有事没事往楼下瞟。很多人在楼下走动，从动作你看不出他们在想什么。也许什么都没想，我自作多情又悲天悯人地认为，如果什么都不想那该多可怕，像个机器甩动被称作零部件的胳膊和腿。而偏偏有那么多人都是这样走路，都是无法表现他们思想地一蹦一跳地向前挪动。顺着这条思路往下走，想到了贾平凹引用方言对人的命名：走虫。人就是一条走虫。人只是一条虫子。悲哀立刻漫上心头。小时候喜欢看蚂蚁上树，觉得好玩。后来看到一堆蚂蚁聚集在一个苹果上不停地跑动，做着自以为伟大无比的事业。用一根小树枝轻轻一拨，无数的小东西跌落下来，晕头转向地折腾一阵又原路爬上去，再拨一下，又下来了，再折腾再上去，如此反复。我开始敬佩这些小西西弗斯们的顽强，也开始痛恨自己的残忍和无聊，但更深切的是体会到了一种无助的悲哀。地球也不过是一个苹果，承载了亿万计的人类，而这些人如何不是一只只蚂蚁？如果也有一根小树枝类的东西横扫一下地球这个苹果，我们大约连做一回西西弗斯的机会都没有了。蚂蚁掉下来还可以落到地上，人掉下来落到哪里？蚂蚁从苹果上的消失只是暂时的消失，而人一旦消失，将是永远不会再现了。人是走虫，却是连走虫都不如。

　　我喜欢登高望远，却怯于登高看人。站在马路上空的天桥上我不敢朝下看，看了让人难过。来来往往的行人和车辆在奔赴各自的生活，我知道所有的行程都有他们的目的，可是我无法克服为他们节外生枝地想一想。我想在川流不息的人群中是否会突然倒下一个，如果倒下了将会怎样？一个人在无以计数的人群里像一堆蚂蚁里的一个，消失了，不会有人知道，也不会产生什么惊动天地的影响。即使是在某一瞬间出了轰轰烈烈的车祸，他也会迅速被车辆载走，或死或生，三分钟之后没人知道。因为三分钟之后又是新的一群在奔走，没有人知道刚刚的车祸和一条生命的消失，路上的血迹也被无数双脚踩淡踩稀以至不见。我这么想时常把个体孤离于人群，抽象出来，感觉他是这地球上唯一的活物，孤独寂寞地立于地球之上，身体和生命都悬在半空，周围是死一样的静和无边的荒凉。那是怎样一种痛彻肌髓的孤寂。然而我站在高处盯住的那个人并没有出任何问题，她横穿马路没有遭遇车祸，她从一辆车里优雅地出来，又优雅地用裙裾将自己渡到马路的另一边，优雅地伸手招呼出租，优雅地上车，在进入小车之前对半空中优雅地挥了挥手，她一定不是在对我打招呼，然后汽车优雅地离去，融入无数辆相同的小车里。

　　庸人自扰。我很清楚，但不得不扮演着庸人的角色，继续自扰下去。这就是毛病，站在五楼的窗前我再一次浮想联翩。一个人在楼下走动，他是否察觉到自己的无助和寂寞？是否意识到有一双冰冷的热眼在高处注视着他？注视他不带丝毫感情色彩的物质化运动。也许他志得意满，刚从丰盛的宴会上回来，因为肚子里的酒肉太多而不得不安步当车以助消化。或者是思考某个大命题累了，出来散散心。可是我不知道，我只知道他是一个走虫，这种缓慢的位移只是一次偶然性存在的结果之一。他在走，走得我心里长满了荒草。

　　朋友曾戏说我的神经衰弱完全是咎由自取，谁让你操那么多的心？别人一天三餐哪顿吃你喝你的了？想想也是，如果吃我喝我的不但我要饿死，他们势必也要饿死。我只能说，都是这楼住的，高度产生心理问题，以后攒足了钱买房子，只买一楼的，我就贴着地面生活，见人也只见一米八以上的，可以仰着脸跟他说话。

夕阳将尽，我还在喋喋不休我的楼上生活。同事喊我下去打篮球，就差我凑个数。经他提醒，我才发觉头痛得厉害，看来真得运动运动调节我衰弱的神经了。下楼的时候我突然想，如果有人在楼上向下看，一定会看到我的奔跑，与其他人争夺一个圆圆的东西，比苹果大不少，比地球小很多，重不足一斤。

十短章

1. 卖馄饨的女人

　　第一次发现卖馄饨的女人如此漂亮，丢失的帽子让她的头发垂到肩上。招揽客人的时候保持恒定的微笑，用粗糙的手去收拾馄饨和调料，两条细小的白胳膊在沸水上动，动，又动。微笑着面对一锅水，把一系列的动作做得极其日常，照着生活本来的样子。生活就是这样，对什么都露出心平气和的微笑。她的样子让你觉得，世界上有地震的说法纯属谣传，即使有，她也可以成为人类唯一的防震床。我敢肯定，那个时候她是地球上最美的女人。为了她，我必须把剩下的几个馄饨吃下去。

2. 初雪

　　我不喜欢初雪这个词，但它简洁，北京昨晚下了雪。十点左右透过玻璃看外面，路灯的光晕里乱雪纷扬，已经很有几分冬天的样子了。地上也看得见白了。今天一早起来，室外明净，差强人意一点的，几乎是白茫茫一片大地真干净了。整个世界都安静了，被雪压着。树影斑驳，雪也斑驳，马路上行人和车辆无声无息地行驶，打开窗户，清冷的冬天闯进来，我抱着胳膊哆嗦了一下。然后看见了远处的西山。从来没有如此清晰地发现西山，山的高度变得明确，我看见了它的皮肤，空气里放了一个清凉的放大镜。有雪的地方清白，没雪的地方灰黑，坑坑洼洼都看见了。能见度真好，一个山头连着一个山头，向世界的两头透迤而去。前些天去西山八大处，骑了一个多小时的自行车，很有点望山跑死马的味，现在拉开窗户就到了山前。有点不公平。雪还是有点小，我喜欢大雪如被，喜欢燕山雪花大如席，要下就痛痛快快地来一场，把世界深埋起来，雪底下尽是无边无际的沉静，抖擞耳朵仔细听，能听见大地的心跳和呼吸，那才好。小时候一个人也喜欢在雪地里跑，现在不行了，两三个人都玩不起来，不想动了，走走还可以，如果雪大点，穿上厚衣服躺在雪上倒不错。隆然高炕，大被同眠，只要不冻死，做一个冬眠的人也不错。瞎想着，听见机动车突突突地从楼下经过，冒着黑烟，轮子经过路面，留下两道黑漆漆的伤口，又硬又长。雪在车轮底下终于停了，阳光也升起来，世界由白变成鲜亮的黄。近处的楼房和树木清楚了，西山却模糊了，一下子走得很远。

3. 一滴水怎样才能接近梦想

阴雨天里我总是有些悲观和遐想，没来由的心沉，像今天，北京下了一场散漫的小雨，灰暗的，下午五点的时候就把天下黑了。我坐在电脑前，什么事也做不了，不想看书，不想写东西。想干什么我也不知道。脑子里一会儿跳出一个莫名其妙的念头。比如刚才，我给朋友发了一个短信，说我突然想结婚了，想在一个温暖的屋檐下安安静静地过日子，卑微平和地活下去。我想看着蹒跚的孩子张开两只小手，小嘴总是关不严实，没长清楚的牙齿和口水一起显露出来，白白的，胖胖的，眉毛和眼睛相依着微笑。我觉得这样一个毫无思想的小东西应该是我的希望，他慢慢地走，步子逐渐扎实，就走到了我，走过了我，我把没走过的路都交给他，而我在黄昏时分的阳光里看着他的背影泪流满面。

这无异于一场梦话，像老人被太阳晒昏了的疯话。而我还年轻。

在这种天气里，我总能想到很多东西，自己的，家里的，别人的，窗户外的黑暗的天地里的。都有点忧世伤生了，这很不好。人那么小，越走越远，成了一个小黑点接着消失。什么都没留下。不知道他们要走到哪里，我也不知道自己要走到哪里。他们想要什么我不知道，他们走的时候在想些什么我也不知道，就像窗外落下的一滴水，我不知道它怎样才能接近自己的梦想。这一滴水，包括他们，自然也包括我。

4. 重读杜拉斯

昨天花了一个晚上重读了杜拉斯的《情人》，依然新鲜怡人。不记得上次是什么时候读的,应该没有这一次的领会。杜拉斯的语言和风格必须是有了一定的阅历、基础和心境才能看出其中的妙处来的。安静,散淡,忧伤,又不乏刺痛人心的东西。小说有点散,说散其实是针对一般的小说主要遵循故事的逻辑来说的。绝大多数的小说都不得不循着故事的逻辑展开,能看到小说里面一条绷紧了的故事的主线。非如此作家不能放心。的确如此,在故事的强大逻辑力量里面写作,让人心安,而一旦游离出去,大约心里就没什么底了。这也是一个高超的能力,让小说散而不散。这是我一直考虑和隐隐担忧的,我竟有些害怕尝试去写一个散淡的小说。杜拉斯的这个小说多出斜逸的旁笔,整个小说有条或隐或现的主线,并不复杂,但是枝枝蔓蔓丰满了它,也使之深刻。加上她明亮的淡灰色的笔,小说就十分可观了。这样的小说应该出自一个女人之手,午后的阳光里,淡淡的风,穿着睡衣的女人慵懒的自语,有些絮叨,但认真起来又非常精练,原因是她经历过了,在心中存放了很多年,每一个细节都已经被咀嚼过,淘汰了渣滓,包括图摹这一细节和一点小心情的文字。好的小说需要沉淀,然后删减,才能成就出一段发亮的小说。怀念一桩爱情,忧伤一点,散漫一点,美好的回忆纷至沓来,没法串成一根紧凑的项链,就做一个忧伤的紫葡萄水果拼盘。

杜拉斯的文字好,王道乾翻译得也好,除了那个经典的开头,我在第七十二页读到了一个美不胜收的句子,这个句子激起了我阅读杜拉斯其他小说的欲望:

"她笑得多么好,像黄金一样,死去的人也能被唤醒,谁能听懂小孩的笑语，就能用笑唤醒谁。"

这个句子里站着一个修炼成功的杜拉斯，什么都有。

5. 一年到头

和往年一样，在一年的最后一天我从来都高兴不起来。不为什么，其实每天下来都很难让人有什么高兴起来的。今天和别的日子一样，所以也就没有理由一定非要赶在一年的最后一天笑起来。往年在这个时候，总要检点一下一年来的生活，收成、匮乏、经验、教训，再有一两个希望什么的。总结完了，希望完了，不知道自己忘没忘记，或者是否在来年的生活中及时地想起来，都记不起来了。应该用处不大，因为一年一年还是老样子，很多想法竟然原封不动地继承到现在了，可见并没有想象里的长进。如此，今年不想也罢，零点时和零点之前不会有区别的。时间就那么轻而易举地跳了过去，咔嚓一下，即使声音再大，我也是听不见的。往年也争着在这个晚上向各处的亲友打电话祝福，搞得电话公司乱成一团，线路淤阻，总是打不通，打不通还打，坚持不懈地一遍遍拨号，忙得一头子劲。打完了就像完成任务一样。今年这个任务不想去做了。我所惦念的人，总会长久地放在心里，也不在这一时半刻。转眼就忘了的，电话打爆了也还是要忘，留不住的。记住记不住的，都放在心里，别人不知道，我也不一定知道。就这样。各自有礼，各人为安。

6. 王小妮的《很大风》

在我看来，《很大风》是2004年最好的中篇小说之一。在当下作家约好了似的"向下走"的时候，王小妮在努力"向上走"，而且走得相当漂亮。首先是语言，在诗歌中锤炼出来的语言质朴本色，在硬净简明和绵润通达之中，渗透了作家一贯的人文关怀和独立的知识分子气质，显示出一种当下作家少有的高洁格调和追求。仅此，就足以让一大半越走越低的作家汗颜。此外是小说中的发现和寄托。小说行文自由放松，采用散点叙述的方式拉出三条线，把时间还原成了一个平面，让已经安稳舒适的有闲阶级的专职太太、正在奔赴成功的个体小老板和为了温饱的农民工三个阶层的生活，在一场紊乱的台风前后撞到了一块儿。原本孤立、卑微、动荡的个体生活，便呈现出了社会和人心整体上的"乱象"。这个现代大都市最重要的症候，王小妮抓住了。但对王小妮来说这还远远不够，她要对这"乱象"发言。从小说表面看，文字是零度的，似乎苦难、苟且、无聊和死亡都不能让作家动以颜色，但恰恰是这种冷静的叙述，显示了王小妮深广博大的悲悯和忧患，这种悲悯和忧患通过一种高度的节制表达出来，说在不说之中，因为隐忍而更具力量。同时她拒绝了单一的道德主义姿态，使得小说更加宽大和开放，意蕴丰厚而向上。就整个小说而言，前面两小节稍显松散和清淡，但越发精彩的后半部分足以让人忽略此前的挑剔，瑜之大，瑕不能伤也。《很大风》无疑是一部抱负高远的精品，它为小说所能具有的艺术魅力和作家所能具有的精神魅力提供了双重佐证。

7. 在路上：跟着白杨回家

相同的房屋，相同的树，这条路我经过很多次了。那些房子和它们的主人与往年一样，在高速路下，冬天的薄雾笼罩，含混的生活，车窗外的野地皱紧了脸。这样的情景我见过多少次了？已经成了与生俱来的图像一直在眼前。北方常见的建筑，低矮的瓦房，红砖，红的瓦，灰的瓦，白的雪。残雪落在屋顶上，门前的枯草上也留着一两堆，一两条狗对着过往的车辆做着样子咬，有穿围裙的女人出来吆喝，也是做着样子，手里拿着笤帚，头脑里还想着别的事。一家是这样，另一家也是这样，其实家家都是这样。所有的人家都是一个家。每一年我离开家，或者回到家，看到的也是这样的村庄，母亲站在门前，看的不是过往的车辆和人，而是我，背着一个大背包的儿子。

云是灰的，因为厚重显得天都垂下来了，低矮地盖在屋顶上。旁边的人说可能还有雪下。有就下，冬天不下雪干嘛。接近天的是树，散乱地生长的白杨树，一不留心它们就长那么高。我家那里也有这样的白杨树，春天里随便折一段杨树枝往湿土里一插，哪一天如果你又转回来了，站在你面前的就是一棵树。第一个冬天的风大，它就长弯了；要是风小，它就是直的，像个营养不良的乡村少年。那时候我也营养不良，从一棵树上爬到另外一棵树，捉点什么，藏点什么，折点什么，坐在高处莫名其妙地大喊大叫。好玩的是，那时候我还不知道这些白杨树竟然这么高。

读大学的秋天离家出远门，和父亲坐在一辆破旧的大客车里，车在乡间土路上颠簸，晃荡来晃荡去，周围的人都睡了我还醒着。不管是出远门还是读大学，都多少让我兴奋。车走在树荫里，我把脑袋伸出窗外，看到异乡的白杨树都高高大大，比我家里的那些挺拔多了。我开始胡乱感叹起来，月亮是不是外边的圆我不知道，这白杨树我是见着了，比我们那里的高。很有点奇怪，因为那地方的玉米都矮小，和我们那里的茁壮根本不能相比。偏偏是杨树占尽了风头。我跟父亲说，这里的杨树都很高。父亲说，都一样，我们家里的杨树也高，只是你没上心。父亲说，途经的这里是个穷地方，看看田里的玉米就知道了，土薄，连只老鼠怕都喂不胖。我还是觉得那里的白杨树高，当然也看出它们的营养不良的少年面孔，甚至营养更差，只知道勒紧裤带长个头了。读大学的第一个寒假回家，我特意留心了一下故乡的白杨树，父亲说的没错，一样的瘦，一样的高。

现在还是那些白杨树，沿着高速公路两边一路站下去，和风一样高瘦。一个村庄过去，又一个村庄，家家户户散落在野地里。这些村庄都像我的村庄，这些门户都像我的家。跟着这些白杨树一直往前走，在一条路的某个拐弯处，有一扇门独独是为我开的，门前站着远望的亲人，那就是我的家。

8. 在世界身后向前走

  故乡终于有了变化，这多好。多少年了，我以为故乡的村庄被世界扔掉了。整个世界都在往前跑，我老家却停住了，安静地留在苏北的一块野地上，看不到它的眉毛在笑，只看见皱纹在一条条生长，一年多出一条。现在好了，正如父亲感慨的，它在变，变得人心都不安稳了。这不是坏事，人心不安稳恰恰表明它在变，一天比一天不安稳，就会一天一个样。

  从乌龙河往家走，在后河的堤上我突然找不到家了。后河变了，堤被推平，泥土冲进了河里，小时候我洗澡摸鱼的地方水干了，原来的堤岸摊平了自己，覆盖了后河。工程还在进行，推土机喘着粗气在干活，一只大手把这个小世界抹平了。他们说，后河成了死水汪，平了也好，腾出几百亩地哪，干什么不好。春节的几天我抽空就去看推土，旁边总聚有很多人，袖着手臂也在看。父亲说，多少年没有这么大的动静了。还说，中心路也要修，筑成水泥的，宽宽的街道，路边是水泥水渠，雨天的水不会留在路面上。我又跑去看了，原来占据路边的小店铺都拆掉了，水渠也修了一半，看得出它们继续延伸的趋势。我从路这头走到那头，一阵阵陌生让我喜悦，我的村庄就这么突然苏醒了，好像是一夜之间它就活了。

  也许它一直在变，只是我没看见。不只是看得见的变才叫变。也许它多少年了都在努力去变，也一直在变，可是它的变是那么卑微，只有它自己知道，变得多么辛苦，变是多么辛苦。而我没看见，我只是一个游子，一年回家两次，一次比一次时间短，加起来也不过半个月的时间。我能看见什么。那么小，在广大的野地和世界里，它的动作再大也不过是静止。它的缓慢让我以为它早已停滞了，僵死了。我不知道它的努力和辛苦，直到有一天我看见了它即将面目全非，找不到回家的路。我总是用外面放大过的眼光来打量自己的村庄，希望它跟上世界的奔跑速度，恰恰忘了，它其实远离世界，从一家人到两家人，到三家人，逐渐生长壮大在野地上的。它的速度不是整个世界的速度，而是一个人的速度，两个人的速度，一个村庄的人的速度。这个速度是慢的，要袖着双手的寒冷中的人用脚一步一步走出来。他们走在推土机之前，却不能不落在推土机之后，但是，我终于看到了他们在走。这多好。

9. 小说家可以是上帝

在通常的印象里，好小说对作家来说是非法的，它要跳出你的预设，要溢出，因为人物和故事有自己的逻辑。就像托尔斯泰的安娜·卡列琳娜，小说结尾时，完全变成了另外一个人。另外一个安娜肯定比老托动笔之前的那个安娜要动人，要自然和符合人性，她水到渠成地成为了自己。鉴于此，很多批评家和老作家都语重心长地告诫新作者：别想得太清楚，主观意志不能太强大，要贴着人物写。

说得非常对。但是马尔克斯不这么干，他要准确，乃至精确，在《一桩事先张扬的凶杀案》里，他手执罗盘，精确地操控着小说的航向。他自己说："……我所希望写的东西百分之百地、准确无误地达到了。"这话要不是出自大师之口，肯定会招致一片骂声。文学不是科学，卷尺、量杯和数字对它是无效的。但是马尔克斯坚持用此类工具写出了《凶杀案》，你不得不承认，它依然是小说，而且是最牛的小说。马尔克斯在这个小说里证明了，作家可以是上帝。

掌控力之强首先在结构。这个小说里充满了环形，大环套着小环。从整个小说来看，是大环。开头就写圣地亚哥·纳赛尔的死。他在被杀死的那天早上五点半起床，然后出门，最后从外面回来时，在家门口被杀死。显然是一个封闭的环形结构。而小说的细部，依然采用环形的小结构，从某一处开始讲，且走且退，倒叙中又有前进，绕了一圈情节又回到出发点。如此一个个环形往下推，最后成就了一个大的环形。对作家来说，故事往往并不难讲，难的是处理好讲故事的结构。一个匠心独运的环形结构已经是不容易了，马尔克斯还整出了比奥运五环还多的环，实在是让人惊叹。

此外是巧合的运用。巧合在现代小说里其实已经是个忌讳了，它往往意味着匠气和作家的偷懒，好的小说要依赖情节和逻辑的必然性展开，而不是命悬一线在巧合上。马尔克斯不管，拼命地在小说里使用巧合。他就是要证明巧合是如何导致一桩大家事先都知道的凶杀的发生，证明巧合在这里就是不可避免，如同宿命和规律。他做到了，依仗对每一个巧合的掌控，以及对通篇无数的巧合的精确谋划。

此小说说明，小说的可能性之一也会源于精确。只要你足够精确,力量足够大,上帝将与我们同在。

10. 在战争和史诗面前转一个身

花两天时间看《灰色的灵魂》,值。

不记得之前是否看过克洛岱尔的小说,印象里他好像是年轻一代小说家中,新小说的代表,1962年生。从这本小说来看,这个基本上是现实主义的路子。当然也不是完全和新小说没关系,相反在结构上还是玩了一点花哨。新小说的幽灵一定在其中出现。这可能就是我在阅读中,看了后面忘了前面的原因。也有可能是我这两天头脑不好使,老记不住东西,一想前面的情节就像在做梦,飘着把握不定的迷雾。但基本可以断定的是,这小说绝非传统的现实主义,也不会是新小说的样板。故事其实不复杂,但就是绕,简单得让你觉得绕。其中必有诡异的幽灵出没。

《灰色的灵魂》中写二战,但又避开了正面的战争。克洛岱尔不打算"正面强攻"硝烟、子弹和血肉模糊的场面,而是拐回头扎进人群里。对他来说,人的身体、信仰、情感、灵魂才是前线,而真正的战场是小说的后方。所以小说中不时出现的隆隆炮声只是背景和画外音,拉开幕布,我们看到的是一群人。

克洛岱尔没经历过战争,是否因为他缺少此类经验,才讨巧地绕开战场?如此猜测多少有点小人之心。可能有这个原因。要是我我就坦然承认。但我想说的不是这个,不是指责他讨了巧，恰恰是想羡慕和夸赞一下：他找到了一条上好的道路，而这也是小说家真正该干的事。

描写战争从来就不应该成为作家的任务，他们的对象是人，或者说，是人和世界的关系，是对这个关系中已存的揭示、未知的勘探、可能的生发。切口可以不大，但进入之后必要幽深、辽远，把微妙处摊开，将激烈处呈现。

克洛岱尔的目的大约也在这里。他精致、纯粹和幽深，但不是特别粗粝和开阔，如果说史诗必须是庞大、粗犷、浩浩荡荡的寓言和神话，那么可以说，他在史诗面前也转了个身。

少一枚硬币

刚刚暖和过来的天又突然变冷了,对这样突如其来的天气我总是不知所措,然后会没来由地难过。偏偏下午又接二连三要开好几个会,全都没什么意思,感觉生命就这么一天天地被打发掉了。三个会之后逃了出去,一个人到书店转了一圈。满眼的诗书心还是空落落的,就想着到大街上走走。

马路上宽敞,大风从容地从南到北刮过,刚换下棉袄的人都缩着脖子,年轻的女孩抖着穿裙子的小腿。真的冷,傍晚之前末日般的凄凉的冷。我和其他行人一样,只顾着走自己的路。路边有一个小女孩,十岁左右的样子,有些脏,但蓬乱刘海下面的大眼睛晶晶闪亮。她在怯生生地左右观看。我以为是一个迷路的孩子,或是在等待来寻找她的父母。还没来得及想其他的,她就迎着我谨慎地走过来,突然抓住了我的衣角,另一只手伸到我前面。走在大街上突然被一个陌生人抓住,在我还是头一回。我本能地拂开她的手,一时间心里充满了恐惧。在我拂出那只手的同时,一下子醒悟,她在向我要钱,她是一个小的乞丐。所有走过去的行人都朝我这边看，看到了那个女孩抓住了我的衣角，看到了我甩出去的那只手。第一次没拂掉，我又慌了，一连串地挥动胳膊，我感觉到了手击打到她的力量。拂去后，我紧跑了几步，把她甩到了后面。

我在复杂的尚不清晰的想法里只走了几步，路边冲上来一个男孩，脸和帽子都脏兮兮的，一只小手远远地向我伸了过来。在我惊慌地逃开之前，我仅仅想到了，这个六七岁的男孩大概是刚刚那个女孩的弟弟，因为他们有一样明亮和胆怯的眼睛，也有一样野蛮和迅猛的纠缠人的手段。几秒钟前的经验提醒了我，我仅一次就拨开了抓住我衣角的脏手，还险些把他闪倒。整个过程中，我只在头脑里闪动了两个清晰的念头：他又是一个小乞丐；我要逃。是的，我清晰地意识到，必须逃，因为我恐惧。

我不知道为什么害怕这两个孩子，其实不仅仅是他们姐弟俩，所有在路边乞讨的人我都害怕。那几个钱对我算不了什么，但我每次遇到他们都要远远地避开，甚至不惜拐个弯绕道走。我害怕看到他们，瘫在地上，跪在地上，迎上前来乞讨，或者抓住你的衣服不放。他们让我想起很多人，比如现在这两个孩子，让我想起我的姐姐和我，想起读中学时那段相依扶持的生活。

直到走出很远我才回过头，我看到那对姐弟（我愿意把他们想象为姐弟）站在原地愣了一会儿，又转身去抓别人的衣角了。很多人都在看我，或者看那两个孩子，然后昂首挺胸地从他们身边走过。那些人的气势让小乞丐望而生畏，不敢伸出他们的脏手。天很冷，我不得不把领子竖起来。我为什么要怕他们呢？我不是在一首诗里对自己说过么，"给每个乞丐一枚硬币，把眼睛拿在手里，把穷人放在心上"？

我看见的脸

有一天上午,我打开书桌最下面的一个抽屉,发现了那些脸。脸在照片上、书页中、图像上,一张上有一张脸。都是面部特写,五官、皮肉、毛发甚至一个小疙瘩和一颗痣都精致细微,完整地泄露了主人的秘密。一共三百五十二张。我把这些不同颜色、新旧不一的脸摊开在地板上,争取不让任何两个人相互遮蔽。他们占据了房间里所有的空地,然后延伸到与别人合租的房间的走道上。摆完后,一回头,我发现一大半眼睛都直盯着我。那感觉不知道你是否能想象,惊怵、壮观,像一个太空归来的宇航员突然置身烟火世界,像一个久旷的旅人猛地看见了众生的人间。只是他们都沉默,黑压压地沉默,不是他们不会叫喊,而是集体将声音压在了平面的嗓子后面。

好,老实交代,我有收藏脸的喜好。在打开抽屉之前,在把他们像世界地图一样铺展开之前,我都没有明确意识到,竟然收藏了这么多脸。我随即打开电脑,在一个叫"我们"的文件夹里,找到了另外五百七十六张脸,我竟然给它们编了号。最后一张是"No.576"。毫无疑问,这个名单还会继续变长。

这些电子图片一部分是从网络上下载的，更多的是我用数码相机拍下来之后存储在"我们"文件夹里的。那时候是上午十一点二十六分，接下来的七个半小时，除了拿一次面包当午饭、倒三杯茶、去两趟厕所，晚饭之前我就没出过屋，我把所有的脸都认真看了一遍。

不必评价我的摄影技术有多好或多赖，也不必臧否我选取图片的眼光有多高和多浅，因为我无一例外地认为那些脸都丰富鲜明深义饱满。鉴于图片众多，我只向你描述三十到四十岁之间的脸，如果你碰巧在这个年龄，请告诉我，他们是老还是年轻，他们是不是他们：

1. 被拍的时候他碰巧油光满面。根据经验，这油光是隔夜的，否则很难分布得如此均匀，而偏偏在嘴巴周围油光稀少，肯定被擦过。他也许刷过牙，或者吃过早餐，早起之后他对这张脸唯一的处理就是擦了一下嘴巴。我看见他的时候是早上七点半，第一拨上班的人挤在地铁里。还可以推断出他是个胖子，起码脸上的肉结实，事实也是如此，在呼吸的间隙他会咂吧一两下嘴，或者下意识地扯扯嘴角，脸上的横肉就出来了。照片的清晰度比较好，他的脸往斜上方扬起，他的半个黑眼圈、渗出油来的粗大毛孔，还有半开的嘴清晰地进入了镜头。因为抽烟，每两颗牙齿之间都有一道黑垢。这个男人的喉结在被定格的一瞬间正在上升，我听见他发出受了惊吓一般的呼噜声，然后我闻到一股既不雅又不洁的陈腐的气息扑面而来。他在站着做梦，抓着地铁扶手，身体随着地铁轻微摇晃。

2. 这张年轻女人的照片很怪异，一直到锁骨你都看不见衣服，当然，照片里的女人到锁骨处为止。她的皮肤很好，白皙细嫩，如果你往她身体的其他部位联想，乃至想到整个裸体，你的联想都不算离谱，因为被拍下这张照片时，她的确是全裸，鞋袜都没穿。她正在大街上裸奔。关于裸奔你一定会为她设计很多条理由，但现在不必猜，她刚从超市里出来，为了证明自己清白，没有像店员诬陷的那样偷了东西，两分钟前她愤怒地脱光衣服，你们看，哪个地方藏了东西？她像身体一样清白。你可以想见那是一具漂亮的身体。她没有在大庭广众之下重新穿好衣服，而是愤怒地出了超市的大门，在她迈开大步冲上马路的时候，脸上的愤怒和屈辱不见了。她跑起来，像飞入高空的鸟一样自由地伸展和跃动四肢，脱掉衣服如同抖掉尘埃、卸掉盔甲，如同出离红尘升入仙境，无羁无绊，仿佛终于解脱，她的脸上是发泄和自由的欢欣。我无法向你描述一张自由的脸是什么样子，请想象一下最平静的睡眠，此刻她做到了。后来我看到报道，这个年轻女人是一个孩子的母亲，她的生活不比我们每一个人更好，也不比我们每一个人更坏。

3. 嫖客半遮着脸，用一只眼偷偷打量摄像机。这是一张影像资料的截图。三七开的分头在左边的鬓角支棱起来，象征了他的惊惶。为什么通常的嫖客脸上都要挂满了肉？为什么这样的男人通常都会有一个下垂的眼袋？的确只有一个，另外一个被手捂住了。他的黑眼仁歪向一边，他在寻找和躲闪，嘴角像猎物掉进陷阱那样不自然地抽搐。他把一件女人的红绿相间的衣服搭在光溜溜的肥厚肩膀上。有几根黑硬的鼻毛从没捂住的鼻孔里伸出来。

4. 这是个妓女的侧面照。据我推测，遮住半个脸惊慌失措的那个男人不是她的客人，因为她的背景墙壁是淡黄色的墙纸，而那个男人身后是白墙。她的衣着不多，像淑女一样端坐，这从她挺直且稍稍后倾的脖颈可以看出；她平视，像淑女一样夹着香烟的右手放在嘴边，烟雾升腾，如王维的大漠孤烟一样笔直。她的脸上也有王维的长河落日一样平静的表情，为了生活她什么都不在乎，甚至不去点掉鼻翼上的一颗黑痣，不去用厚粉底遮住腮上一颗泛红的小疙瘩。她没有嫖客那样的身家和地位，只有临危时的努力镇定，装也得装出来，她还年轻，在任何时候都不能失掉丧家之犬的尊严。

5. 他的脸从无数张含混的面孔中清晰地浮现出来。这是冬天下午的北京十字路口，骑自行车的和行人一起等绿灯亮起来。我在路对面和他们一样等那旷日持久的红灯熄灭，我把相机举起来，看都没看就摁了快门，他便鬼使神差地从人群里像浮雕一样凸出来。他咬着右边的下嘴唇，坐在自行车上单脚撑地，风吹乱他头发，看不出原来的发型。如果不是因为咬嘴唇导致肌肉收缩，就是风吹歪了他的脸：五官在右半边脸上急剧地皱到一起。头发是干的，脸也是干的，水分被风吹走，吹来的是尘土，所以他的头发泛白脸泛黄。两只眼没有看镜头，哪儿都没看，处于茫然的散光状态，也许他哪里都不想看。如果此刻他思考某个问题，可以肯定，他在想的那件事跟红绿灯、交通，甚至北京这个城市没有丝毫关系。

6. 该房地产商非常有名，因为他有钱，因为他总能把房子卖出绝大多数人都难以接受的价钱。现在他在主席台上发言，嘴靠着麦克风，胳膊肘支在台上，右手在太阳穴附近形成一个兰花指。他的讲稿我在网上拜读过，他说，现在中国的房子根本不算贵，如果你认为贵，那是因为你穷，穷还买什么房子呢？反过来说，房价如果真高，那也是消费者抬起来的，你们出不了这个价，我们的房子卖给谁呢？水涨船高嘛，你们是水。现在所有的房子都卖出去了，甚至还不够卖，可见房价并不高。他的长相改变了我们对富人的想象。现在只有穷人才喜欢胖，富人都在努力成为瘦子，他成功了。他像房价一样高，像高价的钢筋一样瘦，脸瘦削，在任何时候都精神抖擞，怎么看都不像四十岁的人。照片上的该商人目光尖锐，看着我们都看不见的某个虚无地方的闪耀的黄金，两根眉毛在连接处打了一个死结。他的咬肌很发达，传说他吃多少都不长肉，没有双下巴和大肚腩，后脖子上更不会有槽头肉。嘴大吃四方，咬肌发达的人注定要发财，而他甚至讲话时，咬肌都像兔子一样一遍遍跳出来。

7. 大夫的脸大，因为头发稀少。早上他曾用吹风机让头发蓬起来，但大半天过去了，头发挺不住，集体趴了下来。趴下来也不乱，趴得整整齐齐，在该在的位置。作为三十六岁的脸，他保持了男人在这个年龄应有的尊严，线条清晰，干净清爽，有来苏水的气质。我很想看看他的手指，在我的印象里，大夫的手指多硬且净，尤其指甲，每天用酒精棉球擦拭数次。当然我看不见他的胸口以下。这是一张斜侧的脸，他只是一转身，看见了专家门诊挂号处排出了漫长的队伍，像一只断了脊椎骨的蜈蚣。他在微笑，眼神里有转瞬即逝的满足和厌倦。离他最近的一个排队的病人正在数钱，不知道摄影师用了什么高招，人民币的影子出现在大夫的脸上，就像倒映在玻璃上一样影影绰绰。但是千真万确，他白净宽大的腮帮子上的确是几张百元大钞的影子。

8. 见过她至少五次，如果没记错，第六次时拍下了她。在中关村大街的天桥上，我把镜头向下，缓慢移动，她抱着孩子走进镜头。这个办假证的女人，也可能是卖盗版光盘的，照我对女人年龄不靠谱的估量，也就三十出头，孩子还在吃奶。有一次我经过中关村大街，看见她只是稍转了一下身子，背对马路坐在花坛墙上撩起了衣服，露出了肥白的乳房，把孩子的小脑袋摁了上去。记不得那是多久以前了，她扎着马尾辫。现在抱着的孩子已经会跑，因为要什么没得到而急得哇哇大哭，用方言在骂她。她把孩子抱起来，愤怒让脸上多了皱纹和戾气，头发也乱了，她打孩子乱抓乱挠的小手。这个女人我不会记错，她的眉毛浓得像两根墨条，从没修过眉，因为怒气水洇了墨，眉毛糊成了一团黑。如果当时我的镜头继续向下，你就会看到她的肚子又大了起来，至少七个月。

9. 用右手食指揉太阳穴的男人是个青年作家，患了偏头痛，戴黑框眼镜，姿势很像拿枪要自杀的知识分子。过去他不戴眼镜，因为常年住地下室，光线不好，电脑和书页上的字又太小，镜片的度数越来越高。他还有颈椎和腰椎的毛病，久坐、不运动和长期孤独地手淫导致轻度前列腺炎。但他长了一张诚恳的脸，即使现在表情痛苦他也算得上是个帅小伙子，他当然没有结婚，连女朋友都没有，没有女孩喜欢住地下室的男人。揉脑袋的时候他想到了一个同学，三十二岁就升到了副局，他对副局没有概念，只知道这个级别的官儿上班有车接送。在刚刚过去的两年一度的同学聚会上，他琢磨过对方的脸，他确信在同学的左脸上看见了清廉和希望，而在右脸上，看见的是惊恐和腐败。至于他自己，多年来他一直把苦难想象成诗歌，半夜被冻醒的某个晚上，他偶尔也会怀疑自己是不是一个虚伪的作家，因为他不能像跟家人信誓旦旦地保证的那样，断定苦难一定就会变成诗。

10. 我把两张照片同时摆到你面前，同一个人的脸，一张拍于白天，一张拍于夜晚。我不能告诉你她的名字，她是我的一个朋友，也为不吓着你。当然，看过照片你可能会发现根本不可怕，反倒很迷人。我说迷人不是指她的长相，而是表情。五官清朗、面容确信的这一张，拍于晚上十一点半，她已经睡了，然后悄无声息地起床。她像别人在白天那样准确地知道自己要干什么。她在房间里翻检，坐下抽烟，思考问题，写日记，她经过任何障碍物都能轻松地跳过或者绕开。对，她的确在梦游。她梦游时如此清醒，生活井井有条。另一张拍于正午十一点半，窗外的阳光很好，这一点你从照片上也能看到。她一脸迷茫，神情倦怠，似睡非睡，似乎歪倒就可以睡着，但此刻她的确清醒着，真正意义上的那种清醒。她的茫然、倦怠是因为正受梦游的折磨，她不怕梦游本身，而是没法完整地找到梦游的痕迹，她为不能重返昨夜的梦游现场焦虑。所以，她清醒时更像在梦游。我跟她说：你的任务就是夜里做梦，白天找梦。她说：这有什么不好。

11. 我说：可以拍照吗？他说：施主请便。在他转身的一瞬间，我按了快门。那一瞬间他看了一眼那口八百多年的古钟，据说是镇寺之宝，钟也在照片里。他长了一颗适合剃光头的脑袋，圆圆溜溜的，看上去只有二十五六岁。听庙里的小和尚讲，他医术高明、学问精深，每天为百姓义诊之余，闭门研究医术和佛法。如果天圆地方之类的面相之学可靠，他就该是最宅心仁厚的和尚。那张脸上尽是优点，亲和、明朗、脱俗，五官长得也恰切，怎么夸都不为过，我这个俗人有那么一会儿都替他可惜了，这么好的一个小伙子在这山里深居简出。当然这想法要深刻反省。但我仔细看过照片，还是在他看古钟的眼神里发现了邈远苍茫的东西，宽阔悠长，那东西叫什么，我说不清楚。某日一个师兄，早就留校做了老师，看到这张照片，说：他是某某，医学院的，他们同级，因为一腔抱负和激情遭遇灭顶之灾，绝望之下，毕业后出了家，飘然一杖天南行。师兄还说，高僧其实大我八岁。

12. 那人长得很像大学者哈贝马斯，鼻子和嘴距离过近。这个长相适宜作漫画，只要一直往下画一个气势汹汹的鼻子，直到它被嘴巴硬生生地拦住。你不能要求一个人的嘴巴无节制地妥协，最后长到下巴上。他在法庭上唯一的一句话就是：我不能无节制地妥协。所以，他拿菜刀砍了那个每周都要上门收保护费的家伙。他就是个卖熟食的，煮点牛肚和五香猪头肉，再加上老婆拌的几样凉菜在街头卖。挣的钱都不够交保护费的。他去街道告，去派出所告，没用，那家伙上头有人，有一天还带人调戏了他老婆。天下的糟心事都一样，天下的坏人也都一样，为了防止老婆被糟蹋，他想起那句老话，软的怕硬的，硬的怕不要命的。他把切肉刀指向对方。但是对方瞧不上他，就你？有种往这里砍。那家伙在自己脖子上比画了一下。他的刀就怯怯地过去了。他只想吓吓他，给自己壮壮胆，但是那家伙没躲。刀很快，猪骨头都是一刀就开。那家伙的脖子上好像在放焰火，场面很壮观。砍了就砍了，他反倒不怕了。所以，他在法庭上理直气壮地说：我不能无节制地妥协。他说得很文气，眉宇间英气勃发。他永远不会知道世界上还有一个人叫哈贝马斯。被枪决之前，他且喜且忧，难过的是，把老婆一个人扔下了；喜的是，老婆再也不会受那混蛋的害了。

13. 据说这是一张IT精英的脸。如果在此类人的脸上的确能看到各种数字和符号，那我得说，我没法断定他的职业。我能断定他另外一个职业，准父亲；如果不出意料，在几分钟之内他将升任为货真价实的父亲。他在产房门前走动时被拍下来，表情焦虑：一张脸被神奇地分为两半，也许连他自己都不知道，左边的脸往左集中，右边的脸往右集中；他一定看见了相机，因为右眼在往这边看，右耳朵也侧向这边，与此同时，左眼盯着产房的紧闭的门，左耳向产房的方向竖起来；嘴上叼着一根没有点着的烟。烟已经被揉皱了，兜里的那盒烟至少跟了他一个月，一根都没少；现在他一定要抽一根，没有火也要叼上，除此之外他找不到别的事情能够驱除紧张和恐惧。他一直在走道里来回走动，像雪天里被追赶的狼。他把衣服领子竖起来，以防更大的冷风吹进身体里。几年前老婆做手术，他在家属等候区就是这感受，觉得身上冷。手心、脚心、后背、腋窝、大腿根处还有屁股和腰部之间，出了至少半斤冷汗，大热天他就是觉得冷。现在他依然冷，但心里有底，所有的检查都没问题，他甚至知道是男孩还是女孩，相熟的大夫告诉他，不会有任何差错，就等着做一个健康可爱的孩子的爹吧。我没有描述照片上他将升任父亲的激动和幸福，因为这张照片拍完后，他一定会两拳相击跺一下脚，在心里喊一声矫情而又通俗的"谢天谢地"，因为他听见了孩子嘹亮的啼哭。

14. 他坐在轮椅上，背后是砖红色的塑胶跑道。此刻他正在转动轮圈，因为咬肌从两腮上凸出来；他刚坐上轮椅不久，因为在平坦的跑道上转动轮圈也让他汗流满面。这是黄昏，锻炼的好时候，很多年轻人从他身边跑过。要感谢那个好天气，无须调光我就拍到了理想中的色彩。他的脸黑红亮泽，像某种温暖的金属，宽阔的鼻子留下阴影，每一颗细小的汗珠子里都有半落的夕阳，云霞铺展在脸上的油光里。我没有他的来历，现在是他的结果，之一。如果你还想知道更多关于他的消息，那么一切都不会出乎你意料，比如悲伤、绝望，比如奋发、图强，比如茫然和得过且过，比如，即使明天刮风下雨，他也打算来这里练习轮椅。他知道从此只能用轮子来走路；他在想，我要时刻提醒自己：我也正值好的年华。

15. 摄影师的脸。符合我们对艺术家的基本靠谱的想象，我说的是眼神，有种纯粹的光，盯着虚无处也若有所思，如同在研究众生。但这一刻他的心情未必好，看了那么多脸会不会恶心？他拍人，一天要留下很多人的表情。他对"定格"这个词一直纠结，留下来，刹那静止，是死亡还是不朽？他自然地拍，也人工地拍，这要看客人的要求。如果人工地拍，他要指导，提出意见和建议，告诉他们什么时候该笑什么时候不该笑，笑该如何笑，不笑该如何不笑，怎样把最恰当的表情留在快门按下的那一瞬间的语境里。他常常觉得他其实是在指导别人怎样生活。但是今天，他把这几年的肖像照拿出来，按时间顺序排列好，沏上茶点了烟——检视，惊恐地发现，这就是他自己的生活，他在这些客人的脸上完整地看到了几年来自己的表情。这是他放下茶、烟和照片后，仿如灵魂出窍的一瞬。

与此同时，我，正在写这篇文章的人，在这些脸上也发现了自己的生活。我在为他们回忆和想象时，也是在为自己回忆和想象，他们是我，我是他们。当初我为存储这些脸的文件夹取名"我们"，意在"他们"就是"我们"，现在才明白，不仅是"我们"，还是"我"，是我。

沙小单的投掷生活

见沙小单是在冬天。十二月第二个星期六下了一场大雪,到第三个星期六,平地上雪消失了,屋顶上的雪变成水和蒸气,杨牧约九个朋友去爬香山,这其中,有我和沙小单夫妇。这名字我看不出男女。在香山脚下的停车场碰头时,杨牧喊落在最后的两个人:小单。正在石头剪刀布的一对年轻男女同时转过脑袋,女的扎着马尾巴,举着胜利的石头跺脚叫杨牧。

——杨哥,小单他输了!

——愿赌服输。穿绿色哥伦比亚冲锋衣的小伙子说,吃的喝的我全背。

他就是沙小单,一身专业爬山的行头,半道上向我比画他的手杖,绝对牛逼,一千多呢。和冲锋衣一样的颜色,轻巧、坚固,看上去的确比我临时找到的一根枯树枝牛逼。他是某文化公司的副总,如果不说年龄,你会以为他大学刚毕业。沙小单生于1979年,四川南充人,普通话说急了麻辣味的方言尾巴就翘起来了。难以相信他只比我小一岁,以我在冬天里的香山长相,我觉得咱们是两代人。他老婆贺羽,比他小十天。在

"70后"里,他们俩殿后。在杨牧招呼的这个临时登山队里,他们俩也排在最后。山上背阴处还有雪,在灰褐色山体和枯枝败叶之间,雪养人眼目。我跟杨牧说,有雪的地方是沙小单他们,没雪处是咱们。杨牧拍拍自己的脸,谁让咱们整天风吹日晒呢。

——杨哥,老就说老,别拿皮糙当沧桑。

——小单,给你哥留点面子会死人啊?

——好吧,就留点给你继续风吹日晒吧。

都是生意人,做陶瓷说不过做文化的。杨牧生意做得很大,属于三年不开张、开张吃三年的那一路,当然现在他天天开张;但斗嘴一向不在行,从小就这样。我们走的是后山野路,登山的都这么干。只有观光旅游才走正门,买票,照箭头指示的路标往上爬。现在到了半山腰,大野路分出两条崎岖陡峭的小野路,最前面的人停下来,等杨牧说话。两条野路都有人走。一队自行车爱好者从山下骑上来,一个个小腿肚子上的肌肉像石头雕出来的,很难相信他们就在乱石丛中一蹦一跳地骑上来。他们兵分两路,磕头虫一样跳着跳着就不见了。杨牧指了一下左。

——杨哥,往右更好。沙小单说,左边我走过,不好玩。

——右边我也走过。杨牧抹掉胖脑袋上的汗,更不好玩。

——那你们石头剪刀布。贺羽建议。

——什么石头剪刀布,来正规的。亮家伙!沙小单把背包放下,从最外面的兜里摸出一把色子来,每一个都有一块东坡肉那么大。他挑出一个,来,杨哥,谁先掷出左右听谁的。

那色子六个面上都印了字，隶书：上、下、左、右、前、后。沙小单先来，"上"；杨牧掷出个"后"。沙小单继续，"前"；杨牧，"左"。

——听杨哥的，左！

——是听色子的。杨牧纠正他。

我跟杨牧咕哝，他不是要向右么？再说，靠这个来指方向，等于望天打卦，说好听是有娱乐精神；难听点，就是幼稚和无聊。杨牧笑笑，小单好这口，他靠这个过日子。他们认识三年多，知根知底，所以杨牧乐于奉陪。以我对杨牧的了解，换个人，他才不跟你过这个家家。他是生下来就老了的那种人，活该到处得当大哥，你要逼着他活泼点儿，你会看见他笑比哭还难看。那好吧，咱们老杨都"娱乐"了——集体向左。

他的色子那一天差不多都用了一遍。

我们到山顶是正午，十三个自行车爱好者占了松树底下的石桌在吃午饭。爬山如同穿越四季：山下是冬天，北京冬天应有的样子；走热了进入春天，盘踞在枯树枝上的小风偶尔擦着脸过去，真觉得花要开了；越往上走汗越多，沙小单脱得只剩下最里面的短袖T恤，要是有个湖就好了，跳进去游一圈再上来那才叫爽。我也汗流满面，秋衣和皮肤好像长到了一起，长又没长好，动哪里都不清爽，裆部成了世界上最小的桑拿间；到山顶停住，风没来由就大起来，像被凉抹布突然擦了身体，大家都打了个哆嗦，天高地迥，北京城在脚底下没完没了地铺展开去，天凉好个秋啊；再吹一会儿风，冬天回来了，我们把能穿的衣服全穿上。

除了那几棵松树底下，山顶哪个地方都拉风；如果把野餐的塑料布铺地上，坐下来会冰掉屁股，没准风卷起塑料布连一堆吃喝都扔到山下去；我们需要那几张石桌子中的至少一张。杨牧代表我们去和自行车爱好者交涉，无果。他们不跟你谈，蛮横得像他们小腿肚子上的肌肉。谁先来就是谁的，晚一步是你命不好。这事也不是做生意，杨牧职业上的谈判技巧不好使。沙小单跟过来，掏出一个色子在最像老大的那个家伙面前抛上去接住，再抛上去再接住。

——大哥，来两把？

——赌大小？那哥们斜着眼，爱理不理。

——赌"留下"还是"离开"。

——为什么要和你赌？旁边一个戴眼镜的自行车爱好者发现这完全是个陷阱。

——大哥，人活一辈子不冒点险有啥意思？就爬上来，吃完了，下去？你不嫌无聊？

那哥们把眼光矫正好，吐一口痰，赌就赌。把一张石桌清空，两个人开始掷色子。那色子六面分别印着"留下""离开""半小时""一小时""随心所欲""随遇而安"。沙小单就是有枣没枣打一竿，但他在掷出"一小时""随心所欲"之后掷出"留下"。

他们腾出一张桌子给我们。事实上大家相安无事，自行车爱好者们也爱好掷色子，有几个甚至把自己的吃食也拿到我们桌上来入伙，一边吃一边掷。沙小单把所有色子都拿出来，各取所需。一拨一拨，三两个脑袋扎到一个色子上，不管上面写的什么字，都可以赌着玩。那些色子的确也五花八门，什么内容都有，包括"结婚""离婚""跪搓衣板""做爱""打飞机""找小姐"。我敢断定，任何一个不知道色子有此功用的人都会发现自己的想象力跟不上，那些色子像地球一样转起来，当它们停下，人类的一切事情都可以在六面体上找到对应和答案，它们可以用最简单明了的方式告诉你，你该干什么；如果你顺着这个思路往下想，你就会知道你是谁。这么说是不是抬举了色子？不过在逻辑上我的推理是完全成立的。反正香山顶上群情激奋，旁观者和掷色子的人一起大呼小叫。这玩意儿如此深得人心，把这一块平坦的地方弄成了一个海拔最高的露天大赌场。

赢了的喝酒，因为酒不多，只有两瓶二锅头；因为风太大天太冷，女士们都想借酒暖暖身子了。但吃食不少，谁输了谁必须吃，浪费了可惜。吃饱喝足，自行车爱好者们下山了，剩下我们纯洁的革命队伍，照以往团队的规矩，娱乐两小时再回去。

众所周知的节目：真心话，大冒险。你选"真心话"就说真心话，问你啥你就得照实回答啥，不准虚美也不许隐恶；要选"大冒险"那你就得扛到底，让你去和一头骡子亲嘴也不能退缩；说到底，哪一个都不好对付。半数以上的人拿不定主意。沙小单说这好办，摸出纸笔和透明胶带，写了"真心话"和"大冒险"贴到一个色子上，轮着掷，听天由命。

游戏很刺激，一不小心就涉及隐私和男女之事。人就那么点事，兴趣就那么一小块，转来转去又转回来了。要你说"真心话"：有几个男朋友，有几个女朋友，跟几个人干过坏事，这辈子最无耻的一件事是什么，结婚后有外遇没有，是不是吃着碗里看着锅里，啥时候第一次告别童男童女，等等。"大冒险"就更有现场感了：去亲一下那棵松树，三十秒内跑到第五棵松树前再跑回来，抱一下靠你最近的一个异性，对离你最远的异性说"我爱你"或"我不爱你"，等等。我选"大冒险"，没能抱上女孩子，被要求抱着杨牧绕场三周，他肚子太大，我胳膊差点没揽住他的腰。沙小单是"真心话"：交代一下搞定贺羽的全过程。

——很简单，沙小单对发问的证券交易所的操盘手老潘说，哥哥你的趣味为什么就不能再高一点呢？不过今天还是要满足你，贺羽，我可兜底了啊。

——老夫老妻了，随便说。贺羽手一挥，一定要彻底满足老潘。

——两个字就可以打发：色子。沙小单摸出一个色子，就这个东西。两年前我和朋友去K歌，朋友的朋友又请了朋友，中间有贺羽。有个环节要情歌对唱，男男女女都放不开，朋友建议掷色子，点数最小的两个配对，配成一对后，再找两个点数最小的配，以此类推。我跟贺羽第一轮就速配成功。她唱王菲的歌极好，我喜欢王菲。唱完了，离开"麦乐迪"时我向她要手机号，她还犹豫。我说这样，掷色子，我转出个六点你就得给，如何？你想想，我只有六分之一的几率。杨哥，给根烟抽，就"中南海"。我真就弄出个六点来。接下来是什么，贺羽？

——你请我吃饭。

——对,第二天我约她吃饭。吃完了约下一次,她不爽快,我说那咱们掷色子,机会均等。临时让服务员借了个色子,你猜得没错,我掷出一点,说好了这次以小为大,又成了。到第三次,我干脆带了颗色子,我知道还用得上。点儿背,没约上下一次的。但我可以约再下一次啊。又掷,还不成。掷到第四次,也就是说,半个月后我才可以请她吃饭。半个月就半个月吧,好歹是请到了。然后?然后我学乖了,六分之一的几率挺伤人。不能要几率,如果要,那也得对半开吧,所以我就自制了一个色子,三面写"吃",三面写"不吃"。我不作假,我让你看见公平。时间久了,次数多了,吃到我可以当面问:做我女朋友,可以吗?

　　我们问,贺羽怎么说?

　　——我说,看你的本事,掷出个六点我就答应。

　　——我就真掷出了个六点。没办法,天意。当晚她就跟我去了我的小屋。

　　那后来呢?比如结婚,比如家务分配,比如家庭重大决策。

　　——色子。沙小单把十来个色子转得哗哗响,我们家它当家。考虑是否结婚之前,我们定制了一个色子,上面印了六个词:结婚、同居、分居、分手、小别、断交。你不知道可以定制?你可能很少上网,起码不常去"淘宝网",那里什么都有。你可以跟老板定制任何内容的色子。你看看这些,都是我们定制的,想要啥样有啥样。定制"做贼"和"不做贼"都行。没几个钱,这东西还能值几个钱。我们约定各掷六次,取相同数最多的那个决定。没错,"结婚"。我和贺羽各掷出两次。

他们就结了婚。家务分配也靠色子决定。他们有专用色子：做饭、洗衣、洗碗、买菜、擦地、闲着。每天早上睁开眼，两个人先把脑袋凑在一起掷色子，"做饭"的做饭，"洗碗"的洗碗，"闲着"的今天就当老爷。相当公平。不仅于此，生活中需要决定事情，他们能靠色子就靠色子，因为有些事情靠理智去决定的确有些为难，谁都会患得患失，谁都曾前怕狼后怕虎，那就让第三只手来一锤定音。两个人一起掷，决定是共同做出的，好与赖谁都没法抱怨。比如春节回哪头父母家过年，对两个独生子女来说，每年都是大问题，也是色子说了算。专用色子上写：沙家、贺家、沙贺、贺沙、旅游、北京。"沙家""贺家"不必解释；"旅游"是两人出去玩；"北京"就两头都不去，在北京过年；"沙贺"指年前去沙家年后去贺家；"贺沙"则反之。他们已经提前掷好了，去贺羽家。决定之后的问题该谁解决谁解决，你负有对此决定的解释权。

很显然，他们已经把投掷生活推广到日常生活的各个角落，和我们一起爬山，那些色子就习惯性地蹦了出来。你得承认色子具有某种权威，因为前提是你愿意让它来决定，沙小单说得好：愿赌服输。那天磨磨蹭蹭下了山，已经下午五点多，冷得大家都想来一顿火锅。每个人都主动要求请客，反倒把结账的问题弄复杂了。沙小单掏出色子，取出常备的纸笔和胶带开始制造上帝。六个面，三面写"买单"，三面写"白吃"。掷出"买单"的人买单，有一个算一个。这方法好，穷人富人都赞成。老潘和农业科学院的一个哥们儿中奖，平摊了饭钱。

到这里，叙述得告一段落。我并非要给你唠唠叨叨讲个一马平川的故事,我想说的是沙小单。请注意,他生于1979年。

你当然会说,生于哪一年其实不重要,有没有娱乐精神、能否放旷洒脱跟人有关系。庄子生得早,早到了公元前,他照样鼓盆而歌;鲁迅其生也迟,整天忧世伤生,你见他在哪张照片上笑过;还有你自己,专栏作者初平阳,你生于1978年,好像也没几笔历史可言,可看你的文字,怎么一不留神就苦大仇深呢?我得说,你的反驳相当有道理。只是我又想,沙小单的投掷生活仅仅就是个娱乐精神吗?偶尔那么一两次,或者在生活中无关痛痒地闹着玩一玩,那是娱乐,一旦他把色子尊为上帝,坚持"两个凡是",那可能就得上升到世界观和人生观的高度。我知道此二"观"皆是宏伟的大词,不宜滥用,但眼下我实在想不出更恰当的修辞了。他放手让色子主持他们的生活。

他信任色子。这说明他信任色子的游戏规则,信任它在更大的范围里的公正性。这个信任建基于对长久的生活流中的几率的信任?我不知道,这是个数学问题,而沙小单对数学好像兴趣不大,念书期间所有与数字有关的科目都是他的软肋。他不是赌徒,他在拿出色子时从来不是抱着一个赌徒的投机心态,他只是让它指明道路,他相信它。他生于20世纪70年代的最后一年。有一天我对沙小单陡生兴趣时,临时做了个问卷去问一大堆"70后"的兄弟姐妹们。发放三十六份,回收有效问卷三十二份。

问卷:你能否接受生活中一半以上的决定采取严肃的掷色子的方式获得?如果不能,能够接受的百分比是多少？原因可以说明也可以不说明。

除了问题，我没有附加任何说明，我希望朋友们能在最平常、最朴素的心态下说出自己的答案。三十二个人，无一例外答：不能。能够接受的最高百分比是百分之二十。整体上看，年龄越大的朋友百分比越小，他们相信谨慎、内敛和理性。他们在附言中声称，他们必须对自己、他人和这个世界负责任。还有一个哥们儿不客气地回复我：兄弟，脑子进海水了吧？

这就很有意思了。当然也可能一点意思都没有，掷色子不过是沙小单一个人偏僻的爱好，没准是他脑子进水了呢，海水。个案，与世无关。我还是给沙小单打了电话，想听听当事人的说法。

——最近可好？

—— 一般。出了点儿大事。

——色子弄出来的？

——算是吧。跟贺羽离了，我们俩各掷六次，结果不谋而合。

——这种事你也相信色子？

——哥，这种事上还有比色子更可靠的么？

我不打算再问了，挂了电话。不管以什么方式，作为朋友和兄长，我都真诚地祝他和贺羽一切都好。我喜欢他们俩那股劲儿。

2011-1-28，知春里

四个词

尘土飞扬

有一天我去写我的故乡,不知道该如何落笔,我找不到一条通往故乡的路。但是一想到路,我立刻知道该怎么写了,很多年前,的确有一条土路从野地里伸向我的村庄,厚厚的黄土堆积,一辆车或者一阵风过去,都要卷起漫天黄土,那是什么?"尘土飞扬"!是的,尘土飞扬。我从一条尘土飞扬的土路顺利抵达故乡。

多么美好和动听的四个字:尘,土,飞,扬。即使拆开了看都赏心悦目,而且有质感,抓一把前两个字能捏出细碎的声音来,好啊,朴素得像一首诗。我真要感谢那造词的人了。这种混沌、坚硬而又纯美苍凉的乡村氛围,让我想起了福克纳和马尔克斯。我以为,还没有谁能把这四个字用得比他们俩更好。

可以想象一下美国南方的乡村,那片黑人备受歧视和压迫的土地,那个在故事中名叫约克纳帕塔法县的地方,充满了焦躁、野蛮和暴力,但谁又能说那不是一个至情至性至人的地方?至情至性至人,还有至情至性至人的泥土,多少年来一层层堆积在四通八达的乡村土路上,一辆马车来了,你能在它身后看到尘土像阔大的旗帜一样从大地上飘扬起来,久久不去。一个年迈的黑奴走来,赤裸的脚板之下,也会掀起面粉一样细腻的泥土,如果一直走下去,泥土将追随他一生。在那条土路上,一个人就是一个人类,一辆马车就是古往今来数不清的所有军队。泥土中的人类的生活就是这个样子,离远了看让人想哭。

还可以想象一下加勒比海沿岸刚刚进化的土地。烈日当空,空气像胶水一样黏稠,古老的拉美土著从神话般的吊床上下来,双脚踏入滚烫的泥土中。一个文静的小伙子来到陌生的小镇,见到了名叫安托尼奥·伊萨贝尔的神父,他相信有神父的地方一定有旅店。显而易见,他们要经过一段以乡村为背景的土路。在他们生活的世界里,一个女孩抓着床单飞上天,一个功名显赫的将军退休在家做起了小金鱼,一个男人为了爱情到八十岁还独身,一个族长式的君主让无数的母牛在他的宫殿里乱跑。显而易见,他们也要经过一段以乡村为背景的土路。而这条太阳炙烤下的土路,一只火鸡跑过去,也要溅起长久不息的尘土。他们在神奇的土地上站定,转过身,嘴唇干裂,目光懵懂,身后的尘土把他们包围,自成一个魔幻的现实世界。

我把这四个字用毛笔写好,压在书桌的玻璃板下,低头就能看到。看到了就神往不已,这其中,包含了多少对苍生的爱啊。我分明看到了尘土从遥远的地方升起，甚至闻到了太阳下焦糊的泥土味。这种感觉如此强烈，我忍不住一遍遍地重写，写飞扬的尘土，写尘土里生活的人们：

"巷子里照例是经年的黄土在堆积，陷着去年的深深的车辙和牛蹄印。旱久了便尘土飞扬，有大群大群赤脚的男人女人和小孩从中间走过……在没有月亮的夜晚到田里收割庄稼。"（小说《一个侏儒的死》）

泪流满面

一直认为这个词夸张矫情，很少用它，直到有一天我因某件事哭得不可遏抑，我才相信，一个人是可以泪流满面的。我也把它写在玻璃板下，时时盯着它看，看久了，竟逐渐确信，没有比它更真诚和感人的词了。

一个人悲痛的时候当然可以泪流满面，但是当你用"泪流满面"去形容他的无比悲痛时，你会发现，这个词放在这地方总是有些不踏实，因为除去悲痛之外，似乎它还另有深广的意韵。我常常会想象一个长须飘飘的老和尚走进民间，他看到了太多的民间疾苦，为之叹息，为之泪满双眼，但他没有泪流满面。直到有一天遇到一个和阿猫阿狗在一起玩耍的痴呆老人，或是看到了一个对着太阳傻笑的健康粉嫩的婴儿，他止不住泪流满面了。我在想，为什么偏偏是一个老和尚呢？为什么偏偏遇到的是不知生与死的老人和纯净的孩子呢？

因为他满怀既出世又入世的大悲悯和大感动。对切切实实的苦难，我们无能为力，能做的只是哀民生之多艰。而滑稽以至可笑的生之现状才真正让我们痛心，他们完全可以摆脱尴尬无奈的局面很好地生活下去，可是他们对此无动于衷，老和尚悲而又悯，他们为什么不能活得自然从容些呢？天地有大悲，悲而可悯，我们哀其不幸又怒其不争，既然当局者迷，只好轮到旁观的人心沉到最深处，泪流满面了。还有那降生之初的婴孩，有什么会比他更纯净和美好的呢？他拥有高昂的生的起点和悠远平坦地活着的前途，他的小手会一天天长大，培植出绿叶和花果，他会用汗水滋润大地，会在夜晚与麦子交谈。他像初升的太阳一样是人间的大美，大美无言，我们的感动只有一条出路：真诚善良的人们，泪流满面吧。

如果我们真诚善良并学会了悲悯和感动，我们就是那还俗的僧人，不需要那部飘飘洒洒的胡子，只需要一双平视大地的眼睛。有一天，读到雷平阳的散文《我的身体在旅行——山岗与一座桥》中的一段文字，为之感动不已：

"有一回，雪白的燕麦收割之前，我曾看到一群人在燕麦地里捉奸，被捉的人泪流满面，我也泪流满面。"

是啊，泪流满面。多动人的一个词。

春暖花开

因为海子，我才喜欢上这个词的。知道海子的人都会记得他的那首名叫《面朝大海，春暖花开》的诗，它一直被论断为海子最优秀的诗歌之一。而我认为，这是他最好的诗。听一听,海子在诗中说:"——面朝大海,春暖花开。"

我常常把它和海子的另一首诗《日记》相比较。在《日记》中,海子写道:"姐姐,今夜我不关心人类,我只想你。"这是一首悲伤的诗,从头到尾飘荡着沉静的忧伤。我们想象,在一辆途经德令哈的火车上坐着一个少年,长发蓬乱,浓眉和眼睛纠缠不清,新生的胡须疲惫不堪。从他的眼睛里我们不难看出,他想尽情地哭。这是孤独的异乡旅途,世界在火车之外,人类的忧患在火车之外,他在别人的目光之外漂泊,火车将带他去一个没有尽头的地方。茫然而又恐惧,只能在心里呼唤一个远在天边的亲人,那个像母亲一样疼爱自己的姐姐。我想,诗中寻求精神救援的少年是个真正的人,只有这样纯洁无瑕的人,才会在横穿茫茫戈壁时为了姐姐而抛弃人类。一次次地诵读"姐姐,今夜我不关心人类,我只想你",我竟把自己也置身于同一种天涯孤旅,以至泪满双眼。

如果说《日记》体现的是一种人性的力量,那么我说,《面朝大海,春暖花开》体现了一种神性的力量。这神不是无所不能的神,而是人性极端平和完美之后至于具备了神一样的禀赋:让世界太平美好,祥和与善良成了人类自立的手段,多好——"从明天起,做一个幸福的人/喂马、劈柴,周游世界/从明天起,关心粮食和蔬菜","陌生人,我也为你祝福/愿你有一个灿烂的前程/愿你有情人终成眷属/愿你在尘世获得幸福"。把眼睛拿在手里,把穷人放在心上。"我只愿面朝大海,春暖花开。"诗中的海子变成了一个快乐的人,在他的眼里,世界充满清澈的阳光。他不打算拯救人类,因为人类已经被丰沛的爱所提升；他也不再发出戈壁滩上的呼喊，因为人人都将成为勤劳的农夫，喂马，劈柴，然后周游世界，给每一条河每一座山取一个温暖的名字，为所有人祝福，并告诉他们我们的幸福。在无比和谐的生活中，人不像神还会像什么？

面朝大海，春暖花开。美好温暖的人间世像辽阔的天空向远处展开，天地间一片灿灿阳光。叶也绿了，花也开了，生活喜气洋洋。我因此而喜欢这个词。

有一天午觉起来，总觉得和往常有些异样，但一时半会儿又找不到原因，就穿着拖鞋来到阳台上。楼下的网球场上有学生在打网球，穿着运动短裤和背心，一边挥动拍子一边用胳膊擦汗。他们竟然是这身装束！我终于发现是哪个地方不对劲了，原来春天已经来到了。阳光很好，风也暖和，从楼下走过的人也在高声议论，他们的笑声告诉我，他们对春天的到来十分满意。我伏在阳台上看着这些人，我相信自己一直在微笑，因为我感到了从未有过的快乐与平和。我想到了"春暖花开"这个词，然后想起了海子的诗。喂马，劈柴，周游世界，春天来了，花也要开了。

暮色四合

我想，我骨子里头是悲观的，这影响到我对词汇的感受和选择。比如现在，我从燕园回万柳，到人大西门时，陡然觉得心沉下来，沉得不堪重负，似乎感到整个人置放在自行车上的重量。我一下子想到一个词：暮色四合。

就是这个词，接着我看到了它。天色将晚，这是四月初北京的黄昏，天灰灰的，风也是灰的，暮色从四面升起来。四合。暮色如浪，卷起来，像饺子皮开始兜住馅，把世界包起来。车在走，人也在走，我却觉得周围静下来，只有黄昏的声音，暮色四合的声音，精致琐细地响起来，声音是沙哑的。这让我莫名地难过。我总是这样，在黄昏时，太阳落尽的时候会难过，像丢了东西，心里空荡荡的。好像有所希望，有所留恋，也有所茫然和恐惧。

多少年了，我在黄昏时分离开一个地方，或者是到达一个地方，总高兴不起来，只是忧伤，莫名其妙的忧伤，常常会生出想回家的念头。我从一个城市到另一个城市，从城市到家，每一个假期开始的黄昏，和每一个离家的黄昏，我都看到了暮色四合。整个人沉重地静下来，仿佛看不到路，没地方可去；仿佛身边的人都走光了，只剩下了我一个。这种时候我就会想起野地，看不到人影听不到狗咬的一大片土，上面有草，有庄稼，有芦苇和河流，还有孤零零的我一个人。

少年的时候我在乡村，黄昏时多半还在野地里。摸鱼，偷瓜，割草，放牛，收庄稼，到田里找正在插秧的母亲，为躲避父亲的巴掌而逃窜，或者是没来由地游荡，就在野地里遇到了黄昏。暮色从喧嚣的芦苇荡里浮上来，雾一样，后来知道掺了水的墨在宣纸上洇开来就是那样。风拉弯所有芦苇的腰，庄稼和大地也在风里起伏，越来越暗，越来越黑，野地里动荡起来。不知怎么的，所有人都被灰暗的风吹跑了，就剩下了我。

我开始害怕，开始想哭，开始拎着篮子赤脚追前面看不见的人，开始往母亲干活的田头跑，开始抽着牛背往家跑。不知是怕把家丢了，还是怕把自己丢了。就觉得身体敞开了，风吹进来，沙哑地响，有点安详，也有点凉。

暮色，四合，迟早是要把一个人包起来，包住后保藏起来，或者包扎好扔掉。一天将尽，都将逝去和失去，好的光景，坏的光景，喜的忧的，哭的笑的，都没有了。留下来只是一个越来越小越低的天，心可能会宽敞，也会悲凉地沉下去，可你不能看得远，也不能听得清，那些花花绿绿的灯光和你没关系，你就是一个人，站在哪里就在哪里，一下子从地球上突出出来，孤立出来，像一根草，瘦瘦地站着。当年沈从文大约就是这样站着，在北京的那些暮色四合的黄昏里，他从故宫博物院出来，一个人站在午门的城楼上。他看到了暮色四合，夜晚来到了北京城。然后他开始往家走。不知道他跑没跑过。

我跑，我不喜欢站着不动。就像现在，我骑着自行车拼命跑，朝万柳跑。感觉怪怪的，暮色四合，要么想家，要么无家可归。

惧酒者说

提起酒,我有一肚子悲愤的话要说。这个世界被简化成了一个个局,不上饭桌干不成事,不端杯子我们的感情就表达不出来;凡局必有酒,凡酒必要喝,凡喝必要淋漓痛快,往醉里整,不醉不归。在这些大大小小的公局和私局上,我基本上都是那个最胆怯的人,上桌之前目光就开始犹疑飘忽,希望别人看不见我,容我有三五分钟大碗吃饭大块吃肉,然后抹抹嘴提前溜掉,免得遭遇当头棒喝:倒满!干掉!听了我就头皮发麻。有时候我也在想,喝了又怎样?喝醉了又能咋地?也的确如此这般豪放了很多次,结果千篇一律:先吐掉,再倒下。吐得翻江倒海涕泗横流的时候,我总会利用残存的那点智力感到悲伤,这么多的粮食,这么好的酒浆,喝下去就为了吐出来?这个问题常常来不及想清楚,一歪头就睡过去。醒来后脑勺有一个点尖锐地疼,像揳了根锈蚀的钉子。不过那会儿感觉要好点,有劫后余生的庆幸,那么一场大酒,我竟然喝过来了。起码最近几年是这样,每下了一个局,不管躲没躲掉,我都觉得是打了场胜仗。

我当然不想在酒桌上被人不齿，我也希望三碗五碗、三瓶五瓶地跟朋友们干下去。滚滚长江东逝水，酒花淘尽英雄，那山河岁月的气派，想想都觉得自己不是个庸人。我梦见过自己左手一瓶北京二锅头，右手一瓶红星二锅头，三下五除二，一桌子人迅速放倒，来，兄弟们，别急，喝完了再倒下！可我还是见到酒就怕。几年前我把这恐惧归为酒量不行，为争取进步，上了桌我努力地喝。先天不足后天补，我就不信功夫能负有心人。种了瓜豆都没得到，酒量没长进，还老出笑话。有一回喝多了去洗手间吐，吐完了坐在马桶盖上说啥也不起来，我跟人说，我就爱坐马桶盖。不想动，浑身懒洋洋的，就觉得马桶盖就是世界上最舒服的地方。又一次陪朋友见他未来的老丈人，老人家公安出身，酒量深不可测，为了给朋友挣面子，我豪情顿生频频举杯，酒至半途，我说我得去沙发上坐坐，这楼上好像有地震。歪到沙发上就睡着了，醒来发现那准翁婿两人还在喝。这事被别的朋友知道，深刻地取笑了我一把，人家的老丈人，你倒挺卖力！

敬业地练了两年，酒量没起来，胆子练下去了。见到酒头就大，只要不让我喝酒，喝辣椒水都行。我常这么说，要不咱们来点辣椒水？反正我能吃辣，你不让我吃我都生你的气。大家都明白不是人人都有能力嗜一口辣，但就是不明白喝酒也得靠能力，有人天生可以把酒当水喝，有人你给他琼浆玉液他再舍不得，喝下去也得吐出来。善饮者总以为酒是好东西，怎么会有人不愿喝呢？这种错误我过去也常犯，比如我经常纳闷，不能吃辣，人活着还有什么乐趣呢？好在我没强迫人的爱好，大家尽可以挑高兴的吃，你俗你就大荤，你雅你就大素。可是喝酒不这样，约定俗成了，不喝酒表明你情不到礼不周，不喝酒表明你心不正意不诚，不喝酒还表明你工作不到位。领导就不高兴，朋友就不开心，多大的事，喝了会死人啊？可是，为什么要向死而喝呢？这也是我一直想不通的一个深奥道理。但显然，它在咱们九百六十万平方公里上是畅行无阻的。既然我参不透，人家也不屑跟你解释，看见我就只好绕着走。

我说：你看，一杯酒下去我都红成了龙虾，不喝了吧。

人家说：脸红的都能喝，酒精散得快。

我说：你看，喝了酒我浑身发冷，酒后寒。

人家说：冷更要喝酒啊，再来一杯。

我说：你看，我都牺牲色相掀起衣服亮出肚皮给你们看，酒精过敏把我弄得整个人花里胡哨，这肚皮红白相间，不像电路板起码也像幅中国地形图吧。

人家说：还差二两，要祖国江山一片红。

我说：再喝就白渐多红渐少，那就反动了。

人家说：反动是你的事，跟我们无关。

我还想再说，舌头拉不动了，一股腐朽的东西自丹田上涌，我得先找洗手间去，吐完了舌头才能醒过来。

一度别人教我个好办法，看见酒就说自己在封山育林，准备造人。刚开始还真管点用，下一代的事不能闹着玩，我可以待在一边环保地喝茶，喝豆浆和牛奶。后来，用多了也不灵，老朋友嘴一撇，战线拉得挺长啊，没媳妇时你就开始封，原始森林怕也没你长得茂盛。要造人？那更得喝，省得你儿子跟你一样，端个杯酒跟端手雷似的。反正所有借口最后都会被破解掉，现在只剩最后一招：开车。

  酒后驾车十二分全光的规则出来以后，料想很多和我一样患了酒精恐惧症的人都会跳着脚欢呼，还是法治社会好啊。我也准备欢呼，尽管眼下还买不起车，不过买车对我来说，总比把酒量练大更靠谱一点。买不起奔驰我买宝马，买不起宝马我买奥迪、别克、丰田、本田，这些都买不起，QQ也行，只要开它还需要驾照。等我也有了车，不管大局小局，就算局在自家小区里，我也开车去，看谁好意思让我喝酒。

自己去买火车票

要过年了,火车票又成了大事。关于买票难最近看到两个段子,照录如下:

1. 公交车在离北京西站还有三站路时停下,司机提醒车里乘客,要买火车票的同志请下车了,在此排队。

2. 你要是爱一个人,就帮他买火车票;恨一个人,就让他去买火车票。

后一个段子表达方式不新鲜,但有了第一个段子垫底,再想想春运如灾难当头,那人山人海、大海捞针一样壮观的买票场面,可以发现,爱和恨以车票作比还是很有表现力的;假如你就在北京站和北京西站的现场,你一定会深刻体会到何为爱之深,何为恨之切。

——你看出来了,我要说的不是关于苦大仇深的火车票,而是爱与恨,是爱情。

这是门大学问,我来说肯定说不清楚。这也是我朋友的评价:男人哪懂什么叫爱情,我这朋友是女的,一个可爱的五岁男孩的妈,讲起爱情来很有一套。我把以上段子夹缠在爱情理论里介绍给她,她颇为不屑,反问一句:如果既爱又恨怎么办?是啊,我一下子就晕了,这火车票该谁负责呢?正确答案是,她手一挥,说,自己去买。

我们都知道她有一段可歌可泣的爱情故事,起码在外人看来是如此,从开始到现在,一直遵循两个传统的美学原则:郎才女貌,忠贞不渝。若干年前,她还在南方某城市念大学,和高一个年级的师兄谈上了恋爱。该师兄很是优秀,招到这样的学生就是为了留校用的,但他心有旁骛,不为留校所动,立志要到北京干一番大事业,就来了。赴京之前依依惜别的深情,相约女朋友毕业之后立马北上,让有情人终成眷属。前半年鸿雁传书,音问缠绵,邮政和电信系统都给他们弄烦了;到后半年,强度总算降了下来,恢复到正常人的水平。但这个强度对他们来说,至少对我这朋友来说,差了不少火候,她敏感地意识到,北边可能有了敌情。这是大事,她买了车票就去了北京(那时候没到春运,排了队基本都能买到票,尤其是卧铺,更多人只能买得起硬座和站票)。师兄有点疲惫,面对质疑低下头,长发遮住仓皇迷离的眼镜,师兄说:"一个人奋斗,有点儿孤单。"

我朋友看着那颗颓废的脑袋越垂越低,原谅了他,说:"去给我买火车票!"

车票不难买,就是火车站有点远。作为惩罚,不许在代售点买。

我朋友毕业之后,放弃了本校的保研机会,拿着毕业证到了北京。她就想,能让师兄少孤单一天就少孤单一天,都不容易。郎才女貌，其乐融融，师兄不再孤单了。就是这时候我认识了他们俩。在朋友圈里他们堪称恩爱的典范，怎么看怎么顺眼，师兄的事业像绑定了火箭，一日千里地往上跑。作为公司副总，师兄要交际和应酬，年轻有为，才华横溢，而且里里外外都很关心人，状态非常好，朋友们一有难处他就像及时雨宋江一样出现："要火车票？没问题，我找人帮你买。"

他们过了几年好日子，在我们看来就是神仙眷侣。你没法想象还有再好的了。常在河边走，师兄免不了要湿回鞋。有一天，一个陌生的女人给我朋友打来电话，上来第一句就雷人："你是某某老婆吗？你得把老公让给我。"我朋友刚生完孩子，正在想办法节食、锻炼，以图早日恢复师兄喜欢的魔鬼身材，接完电话觉得自己虚弱得不行，仿佛节食和锻炼过了头。

"你们多久了？"我朋友问。

"跟你没关系。"对方说，"你该干的就是退位。"

孩子在摇篮里哭。我朋友眼泪啪嗒啪嗒往下掉，直到把孩子和自己一起摇到不哭了才说："你让他亲自跟我说。"

事情的结果是，师兄没和她就这个话题说过一个字。一看见孩子她就觉得心里长出了乱糟糟的灌木，此时此刻，此情此景，如果没有爱，如果没有这孩子，她会怎样？这个复杂纠结的心理活动她没有告诉我。限于此文篇幅，她决定把细节跳过去。经过几天的连续失眠，她决意一声不吭，因为她想不出既爱又恨的解决办法。她一声不吭地去做任何事情，包括过去一直做的，也包括很久没做过的；不再每天晚上到了十点就打电话问他什么时候回来，不再告诉他明天她要去哪里要干什么，她把他们的关系搞得像合租的房客。她把他晾在一边。凭她的观察，师兄的脸上已经逐渐现出被晾着的空白表情，尽管他努力制造各种表情，那空白还是越来越大。

有一天我朋友决定回娘家，抱着孩子去北京站排队买了车票。那天不是春运，但买票的队伍在售票窗口还是甩出了很远。她抱着孩子，胳膊都快累脱臼了。回到家看到师兄的脸像张麻将牌里的白皮。

"去哪儿了？"

"买火车票。"

"为什么不坐飞机？"

"想坐火车。"

"那你可以跟我说。让保姆去也行啊。还带着孩子！"

"我乐意。"

对话简短。

她在娘家过了半个月，师兄从北京赶过来了，那张脸已经从白皮变成了五饼，红通通地有了内容。这次他把头抬起来，说："老婆，回家吧。都过去了。"

所以，到现在，我们看到的依然是两个美好的成语：郎才女貌，忠贞不渝。

2011-1-23，知春里

一半是海水，一半是火焰

朋友聚会，席间说起金庸小说里的人物。年轻女士说，我喜欢杨过，那一只痴情的空袖子，酷毙了。中年女士说，我看好那郭靖，结了婚才发现这种人最可靠。我也喜欢金庸，碰巧也喜欢杨过和郭大侠，只可惜我是男人，不能设想自己跟哪一个过一辈子更合适。又想在这个话题深入拓展开去，便广泛征集众女士意见。结果显示：年龄大一点的喜欢郭靖者居多；小一点的无比热爱杨过和乔峰；只有个别喜欢插科打诨的更小女生说，其实跟段誉和韦小宝谈谈恋爱也不错；没有一个女同胞说我喜欢段正淳和慕容复。

这只是个即兴问答，从中提炼出科学的论断或为不妥，不过细细推究好像还挺有点意思。其一，在爱情观上，我们往往能从金庸的小说里获取例证，他老人家庞杂的武侠巨著里充满了情爱秘籍。其二，喜欢杨过和乔峰的女士，而立和不惑之间者甚众。这一拨人，就是我们通常所谓的70后。限于经验，别的年龄段暂且按下不表，单说和我同处一个年龄段的这群杨过和乔峰爱好者。

在所有的"某某观"里，我相信这些"观"都是被建构出来的，而且很难一成不变。改变是必然的，席间迥然不同的爱情观已经说明问题，某女士在十年前的确是经常看见杨过骑着白马穿过她的梦境，但是十年后，她觉得靠着郭靖憨厚瓷实的肩膀心里更踏实。我也基本可以断定，那些打算和韦小宝、段誉玩玩恋爱的小丫头，谈婚论嫁的时候如果没有怪异的爱好，会一脚把爵爷和大理国的小皇帝踢出备选老公的大名单。他们在正大的婚姻面前，还是偏僻了点，也嫩了点。

那么，建构是如何形成的？首先是阅读，文学作品和影视剧。《红楼梦》《少年维特之烦恼》《霍乱时期的爱情》《围城》《家》，舒婷的《致橡树》和《神女峰》，还有金庸和琼瑶的小说，等等，这些作品里的爱情大概奠定了我们这一代人爱情观的底色，不管认同与否，在我们接触爱情这种陌生事物之前，它们告诉你，是这么一回事。喜欢哪个就盯着哪个看。不过，真正决定你的爱情观的是：生活告诉你。绝知此事要躬行。不仅是你的性格、年龄，还有一个社会潮流和大环境。你身在其中，被自己和人流裹挟着往前走，你慢慢地知道该憧憬个啥需要个啥。比如我，纸上的爱情见过了成千上万，但百分之九十以上依然抽象，形同虚设，在更年轻的时候也许内心里狂野过，在想象中下了无数次决心要飞蛾扑火一样去争取一两秒钟的惊天动地的爱情，等一脑门子的血压降下来，就对自己嘿嘿一笑，我要的好像不是爱情，而是一个惊天动地的造型。

我们常常会被爱情的造型迷惑——它不是一个"观"。

"观"是个长久的需要和相对稳定的价值判断。也许在这个意义上理解70后的杨过和乔峰式的爱情更及物一点。

不能排除这一代人过几年会改弦更张,像热爱郭靖的人一样认为那只空袖子和乔峰飘零的观念爱情不过是个空泛的情调和姿态。但是,在这个年龄段上,空袖子的浪漫是要的,如果四十岁之前就强迫自己把所有理想一一落地,那也是挺可怕的。爱情观本身就要高蹈一点,务虚一点,若是年纪轻轻就务实成婚姻观,后半辈子可怎么过。你也许已经看出来了,我对杨过和乔峰很有好感,或者说,我比较认同这一类型的爱情想象。

你想,他们忠贞不渝,一个甩了十六年的空袖子等待老婆,几乎站成了望妻石;一个再无所爱准备孤独以终老,思之让人落泪——这世上还有几个痴情至冥顽不化的人?然后,他们亦正亦邪,正时正得心怀天下敢为黎民担当,处江湖之远却得以万人仰敬;邪又邪得气象宏伟,沧桑而不乖戾,作秀都作得自然妥帖舒服到你心坎里。有个性,说明他们有激情,活生生的可感触可追逐,他们是百分之七十的人加上百分之三十的神的合成品。既满足了而立之年脚踏实地的实干期待,又充分鼓舞了不惑之前人生中那一部分神采飞扬的浪漫跳跃;以务实为主,济之必要的务虚,虚实相生,宽阔、果决、柔韧、丰厚、沧桑又有弹性,人生无憾矣。

所以,爱情观这东西还真不能一概而论,本身也没有高下之分,五十步笑不了百步,走了百步也别回头羡慕五十。你需要什么,你可能需要什么,你能够认同和接受什么,在你说出它之前，天时地利人和已经给了答案。

——对70后，人生也罢，爱情也罢，一半是海水，一半是火焰，才美不胜收。

2009-3-1，知春里

我的三十岁

二十岁时想三十岁，那真叫遥想，觉得时光浩渺，一切都来得及。给根足够长的杠杆，我真能把地球撬起来。现在三十岁过了，连根杆儿都没摸到。但二十岁时的确真诚地认为三十岁是个小儿科，一切将水到渠成，上帝把所有东西都放在二十九岁的路头上等着，你要做的就是走到那儿，把它们一个个捡起来。我怀疑到了四十开外，回头看三十岁，可能也同感：三十岁其实也小儿科；甚至会奇怪，就那么一点儿破事，当初竟然没能搞定，你为此惭愧。这两头的想法你都不能说它错，很可能到了奔五的年龄，我也好了疮疤忘了疼地这么想，但是眼下，正值而立的现场，我得说，这个年龄不好过。很可能此生最难过的就是这一段。

一说日子难过就像在哭穷和诉苦。我不喜欢，但也不觉得哭穷和诉苦就是什么大毛病，没穷谁愿意哭？没苦谁想诉？如果日子真不好过，哭诉一下有益身心健康，都不容易。尤其这个年龄，"成家立业"。我经常想，老祖宗的智慧其实很残酷，就这么一个成语，成了无数后来者的行动准则和考核标准。据我所知，一到这个岁数很多人就焦虑，不是因为年华逝水，不是因为出现了皱纹和一两根白头发，而是担心达不了标。成和立，不容你赖赖巴巴、磨磨蹭蹭。

我念书念到二十七岁，如果接着往下读，三十岁时还将坐在教室里。无论从哪个角度讲，这都很难说是"立业"。到了三十岁还不能挣点钱孝敬父母补贴家用，反倒还得继续"啃老"，反正我听了脸上有点挂不住。当然，你可以说，念完都博士了，还怕立不了业？真不好说。硕士满街走，博士多如狗，没准还没有本科生值钱。我同学本科毕业后，上海某中学追着要他，他不去，要念研究生，念完了，发现所有的坑都蹲满了，他想再去那中学，人家不要了。业之难立，固然在于把一个业正大堂皇地立起来不容易，还在于，就像我那同学一样，有可能过了这个村就没有这个店了，一不小心就蹉跎了。

业再难立，说到底是一个人的事，本钱过硬，使使劲也就站起来了。成家事关两人，不能含糊。"家"是"豕"字上加个宝盖，相当于说，养头猪也得要个圈，总得有个屋顶吧。我敢肯定，这个屋顶对全中国百分之九十九的年轻人都是个灾难。鉴于它是全民之痛，这个穷我就不替同龄人哭了，这个苦我也不代他们诉了。我只说我自己。在三十岁这一年，我买了房子，使用面积只有五十平米，首付之外，还背了八十万的各种类型的公债和私债。没事的时候我会在房间里转悠，一个人纳闷，这20世纪80年代建造的小房子，究竟用的什么材料，竟然卖出了这个价？

——这还是过去的价，现在，每平米又长了两万。要不是因为成家还得让老婆住,我真想把它租出去,看别人每月如何大把大把地向我递钱。

单就成家立业一条,二十岁时就把"而立"想简单了。其实对很多人来说,成家立业也许没这么难——不是说他们头脑好使、挣钱容易,立业和生存都不成问题,而是说,他们更大的困境不在于此,而在自身的精神疑难。起码在我是这样。

三十岁开始,我陷入了一个前所未有的巨大迷魂阵,很多问题想不清楚。

过去的很多年里,待在学校,读书读得眼睛和脑子都直了,一厢情愿地把世界往简洁、纯粹和美好里想;出了校门一抬头,世界变了。这个变化固然突兀,但我成竹在胸,以为靠那点年轻的理论、率直和豪情就可以见招拆招,一一化解它们于无形。的确,那几年我就是这么干的,我相信一切皆可以往圆满的方向走,这个世界很快就能变回去,一切都将重归于清澈和条分缕析。我用两三年的时间来对抗,从来都是反省自己能力不济,从来都是确信世界最终是平的。但是,到了三十岁这一年,我绝望地发现,世界崎岖不平。我既接受了这个大家挂在嘴上的结论,又心有不甘;我想我也许能够理解这其中的逻辑,但事实上我从来都没有想清楚,也不愿想清楚,我还希望看见一个坦荡如砥的世界。

这"世界"是大的世界,也是小的世界,在我们脚下、头顶,也在我们身边和内心,所以,使用这个宏大的词并不表明我多高深。它只涉及我们看待世界和人的眼光,涉及责任、义务、理想、担当和欲望,关乎婚姻、家庭、事业、身份和人际关系。在一些根本性的问题看法上摇摆和不知所措时，我就会想，如果我现在已然奔五，或者七老八十了，我会怎么看。可能风轻云淡、视若等闲，也可能老而弥坚愈发激愤，但我想，那时候总会都想通了吧——知其如其所知，或者知其如其所知其不知。心无挂碍。但人不能跳出自己，适逢而立，我还得说，这段日子不好过，既在生存之意义上，也在存在之意义上。

2012-1-10，凌晨，中关村大街46号院

给儿子的信

巴顿：

　　现在你只有一岁零九个月，但你已经让我享受了三十个月的做父亲的幸福，你要接受我的感谢。从我知道你已经做好了来到这个世界的准备，从我第一次听见你在妈妈肚子里的胎心的震动，我就习惯了把自己称作一个"当爹的人"。我是如此珍守这个称谓，九百天里，一分钟都不曾忘记。我会抱你、亲你，在你睡着的时候把耳朵贴到你的小鼻子底下听你呼吸，以确认你和醒着的时候一样好好的；我会把你抱到镜子前，看你和我长得有多么的像，有生以来我从没有如此自豪自己的长相，世界上竟会有一个小东西长得我和一模一样，"像一个模子里刻出来的"——遗传的神奇让我深感作为父亲的荣耀。当然，当爹的幸福无原则地多：你哭，你笑，你闹，你发呆；你在梦里吧唧嘴，咯咯地笑出声来；你每天早上醒来第一声总是喊"爸爸"；你喜欢坐在爸爸的肚皮上骑大马，说"up, up, down"；你会穿着尿不湿偷偷地靠近爸爸，一屁股坐到我的脸上，然后坏坏地大笑——所有这些，都在深切地提醒我，因为有你，无论如何我不会是一个孤独的人。我小心翼翼地守着这些依赖，记下你第一次开口说的每一个字词，我出差尽量不超过一周，我担心在外时间久了，回到家你就不认识我了。

我对你有无尽的爱，跟每一个父亲对孩子的爱一样。我给你取小名叫巴顿，只是因为这个名字可爱、响亮，希望你硬实、快乐、磊落地成长，跟那个雄赳赳气昂昂的美国四星上将没关系。也许你必将经验波澜壮阔的人生，但是我最希望的事情却可能是，你做好一个健康快乐的普通人。让自己安于做一个普通人有多难，长大了你会知道。我没给你办满月，没搞周岁宴请，也没让你抓周。我担心过于仪式化，会让自己从此变得迷信，我不想在任何心理暗示的背景下，引导你沿别人的道路成长。我努力只在最朴素的意义上表达一个父亲对儿子的爱。我力求让自己，让你，让生活，顺其自然。

当然，如果说我还有什么隐秘的愿望，那就是希望你能喜欢上读书。不是为了让你成为一个"博学"的人，也不是为了让你当一个和爸爸一样的作家，而是要让你明白，世界上有无数种生活和人生，要从书本中获取足够的能力和平常心去做一个普通人。即使以后你有了天大的抱负，你也要以平常人的平常心去看待这抱负，不急功近利，不怨天尤人，不好高骛远，不志大才疏，你要为你的理想兢兢业业、踏踏实实地往前走。实现了固然可喜，失败了，也要坦然视之。就像爸爸现在这样，可以花好多年写一本书，仅仅因为我喜欢，多少年里努力去把它写好，至于能否写好，尽力之外的事情已经与你无关了。

儿子，爸爸本来是想写一封能让你笑出声来的信。虽然你有很多话还不会说，但我知道你都听得懂。你还不会走的时候，爸爸读诗、念故事、朗诵爸爸的小说给你听时，你躺在小床里一动不动，两眼瞪得溜圆，那时候你不说话爸爸就知道你都明白。可是这封信写着写着，我就让人厌烦地严肃起来，希望你不要烦，别转身就跑掉，看在我每次读书给你听都努力克服口音、务求字正腔圆的费力劲儿上，你要理解：可能所有认真的爱，归根结底都不会是儿戏。

好，我们继续说读书的事。我把家里旮旮旯旯的东西都瞅了一遍，最后发现，能作为成长的营养给你的，只有我的六大橱书。你要知足。这些都是爸爸多年来精挑细选留下的最好的书。这些书里有你成长所需要的几乎一切东西，包括你不可能再有的乡村。这个爸爸小时候有。出门就是野地，就是自然，就是麦田、草木、河流和牛羊成群，但是爸爸找不到几本书。我有梁头、墙角、床底下和抽屉里搜到的几本掐头去尾的小说，很多年后才知道它们是《艳阳天》《金光大道》和《小二黑结婚》。但是爸爸有乡村，有端着饭碗可以吃遍半个村庄的街坊邻居，有家里养的一头水牛、两只小狗、三只花猫和一群鸡、一群鸽子和一群兔子。现在这些你都没有，你看不见草生长，看不见玉米和稻麦拔节，你也看不见猫和狗一起守护两只鸡在草垛边寻食，看不见小牛想妈妈时也会掉眼泪；你能看见的是这个城市里，对门和隔壁一年到头关门上锁，看见同龄的孩子被父母和祖父母、外祖父母抱在怀里，手举起碰到一片树叶也得用消毒湿纸巾擦干净，看见满街的人都藏在车里，中关村大街像一条流动的钢铁河流，你看见一个老人坐在路边小声说话，路人都要躲着走。

你看到的爸爸都看到了；爸爸看到的，你没看到。那个时代过去了，你无须经历，但我希望你能看到。我的书橱里有。我可以把那些故事讲给你听，你长大了也可以自己读；你能看到的和你看不到的加起来，才是一个完整的世界。你可以从容地读完的每一本书都会善始善终，生活不会随便在前后的章节里失踪。爸爸希望那些书能让你成为一个健全的、自然的、可以俯仰天地之大、品察万类之盛的人。普通人必须依靠这些最基本的事实和真理才能心安地活着。

道理讲大了你听着会累，你才二十一个月，儿子，话说多了听着你也会烦。说个高兴的，爸爸决定6月6号再给你理一个阿福头，只在头顶上留一小圈头发。四月份给你理过，你很喜欢，逢人就指着头发说"爸爸"。你在镜子里也指过爸爸的头发，又指指自己的，让我也理你那发型。不行，爸爸要顶着阿福头出门，全世界都会笑疯的。爸爸只给你理，这样我看见你时，就像在照镜子，就当爸爸也理了一个只有你能看见的阿福头。你和爸爸长得如此之像，你是爸爸的好儿子。

三天后，你的第二个儿童节就到了。爸爸给你准备了一个小礼物；祝你节日快乐。

2013-5-29，广西北海

附几本书：

《草房子》，曹文轩著

《小王子》，圣-埃克苏佩里著

《瓦尔登湖》，梭罗著

《尼尔斯骑鹅历险记》，塞尔玛·拉格洛芙著

《爱的教育》，亚米契斯著

《夏洛的网》，E.B.怀特著

第三辑　行吟录

开往黑夜的火车

车过济南,透过窗帘浅浅的灯光就把我惊醒了。也不算惊醒,一直是眠浅,耳朵里的车轮声半个晚上都清晰地响着。我撩开窗帘,凌晨两点的济南站冷冷清清,没有见到下铺预言的那种拥挤,他说济南是个大站,上车的人常常要把车门给挤破。我看到几个乘客拎着包袱,摇摇摆摆地向车门走,瞌睡和等待把他们折磨坏了。火车安静地停在昏黄的灯光底下,像一个不喘气的动物,同样无精打采。车厢里也很安静,其他人都睡着了,对面的上铺在打呼噜,有那么一会儿我觉得是在家里。风卷起纸片和塑料袋在站台上飘,然后火车叹了一口气,动了。灯光向后走,黑夜又来了。窗外是缓慢移动的墨块,树也像山,远远近近,重重叠叠。我放下窗帘,躺下来,感觉重新漂在了夜里,像一片树叶漂在水上。

接下来连眠浅也没有了,我精神很好,像是在黑夜里突然睁开了眼。坐夜车我很少能正儿八经地睡点觉,要么趴在床上看窗外,要么躺在床上胡思乱想,至多是眠浅,好像是睡了,又好像没睡,翻一下身心里都明明白白。车轮耸动就在身底下,头脑里没来由地替它一尺一尺地向前丈量。在夜车上我心里很平静,可以说是平和,对失眠毫无恐惧,有种心安理得的家的感觉,安详地飘动的感觉。我常常觉得只有在夜车上,而且是躺着,才能真正感受到黑夜。

四肢伸展。大地也如此,火车在上面奔跑,听不见声音。黑夜此刻开始开放,像一块永远也铺展不到尽头的布匹,在火车前头远远地招引着,如同波浪被逐渐熨得平整。黑暗再次从大地上升起来,清爽地包容了一辆寂静穿行的火车。我躺在其中的一个角落里,平稳地浮起来。黑夜里的火车我只能想见它的头和一部分身子,没有尾巴,我看不见的后半个身子只是隐没在黑暗里,而不是断绝,它是不可断绝的。甚至我也想不到还有铁轨的存在,因为它像两条明亮的线,与黑夜和沉静的大地格格不入。那些阴影似的群山远远地避开。如果夜色不是浓黑,就让十几户矮小的房屋和院落来到路边,我能看见窗户里一点让人身子发暖的灯光,看不见人,或者只有人影在窗户纸上半梦半醒地晃动。我想象出了没来得及收拾的饭桌,他们的轻微而又散漫的脚步声,一条窝在筐子里无所事事的狗,还有他们平凡狭隘的生活。

这些安宁的感受和想象是在白天里无法得到的。我总觉得阳光底下的世界繁乱不堪,所有的东西都拥挤到你面前,把大地瓜分得七零八落,找不到一块可以安坐的地方。他们为什么都那么忙呢?他们就不能安静一下,让世界大起来?他们停不下来,一个比一个跑得快。

而在他们顾不上的地方,一辆火车整装待发,只等阳光和尘土落下去，在看不见的时间里。它从城市的边缘启动，一路都在扔掉那些忙来忙去的累赘，见到第一片野地时，夜晚开始降临，火车一头扎进去。耳朵突然安宁，世界大起来。

我就在这一辆辆傍晚开出的火车里，因为我不喜欢在白天坐车。它们从傍晚出发，开往黑夜。俄罗斯作家维·佩列文有部名叫《黄色箭头》的中篇小说，讲的是一辆名叫"黄色箭头"的火车再也停不下来，带着一火车的人永远奔跑下去，失去了终点。想逃离的人要么被扔出窗外，要么跳车摔死。当然这只是一个有关人类的寓言，作家想表达的是，世界有一天真的疯了我们该怎么办。我不知道人类该怎么办。我只是想，如果我就在这辆名叫"黄色箭头"的火车里，只要它永远行驶在夜里，我一定会是那个甘愿留在其中的人，因为对我来说，"黄色箭头"并没有把世界变小，恰恰相反，它让世界变得更大了。

韩事两段

2008-10-13，周一

　　昨天五点二十起床，坐地铁到三元桥，再转机场轻轨，不到七点到机场。困得要死，八点四十的飞机。起飞后就睡。一个小时二十分钟到韩国。从空中看韩国边缘，头一次有海岸线的感觉。海、海滩、零星的小岛，阳光剧烈，天空清明，岛上的树木被光线篡改成了黑色。漫长的海滩，水极浅，有小小的人在泥土和沙子里走。附近的岛上有红色屋顶的别墅，房屋前是车辆和闪闪发光的水池子。轮船穿过海水，小了很多号，船尾后拖着长长的水痕。

　　落地，在机场出了点麻烦。为了省事，我办的是旅游签证，出关时我在入境卡上写的是"外国语大学""开会"，我的蹩脚英文及时失灵，韩语也一句不会，怎么也没办法向工作人员解释。戴眼镜的女海关让我去旁边的一个办公室，那里有好多人大概和我遭遇相同。我的英语依然解释不了，幸好有我的小说韩语译者翻译家黄后男的电话，工作人员和她通了电话，放行了。之前排队等候过关时，旁边一个貌似日本的男人突然倒地，呼哧呼哧喘粗气，好像还打了一个很响的呼噜。然后很多人过来把他抬到办公室，医务人员治疗一下，拿着氧气罩被推走了。不知道什么病。

黄后男和她老公，还有中国留学生付接我，给我准备了电脑和手机。黄后男老公姓金，跆拳道教练，拿过全国比赛的金牌，现在在另外一个城市开馆授徒。漫长的路到外国语大学，他们称"外大"。午饭在外大门口的一个馆子里解决。脱鞋，进屋，盘腿坐在低矮的桌子前。很多道小菜，见过的没见过的传说中的泡菜，全染上红红的辣椒。火锅，里面有肉和鱼及其他。韩语里火锅叫"呷哺呷哺"。来韩之前别人说，多带点零食，在韩国吃不饱，他们的米饭碗的确很小。

住在外大里面教授楼818房间，从台式电脑上的收藏夹里看，这房间起码住过日本和台湾的学者，之前住的一定是个女士，地上偶见长发，被褥上还残存化妆品的香味。依然是脱鞋进屋。韩国人不怕冷，穿袜子或者赤脚走在地板上。十月中旬，穿凉鞋的很多，女孩子大部分把两条腿露出来，到了晚上，看得我发冷。他们说，冬天穿得依然很少。

晚上出门买牙刷牙膏和毛巾，我张不了嘴，看完价码就递上钱，我知道手里的钱足够。这就足够了，可以一声不吭，我只能一声不吭。三样东西花了大概七千韩元。黄后男在吃饭的馆子里给我留了钱，我去只要随便指一道饭菜就可以，吃完了拍屁股走人。只是我连这个也嫌麻烦，在周围几条街上逛了一圈就回房间泡她提前买的方便面了。夜晚的外大门口很像香港的庙街，挤挤挨挨的小门脸店铺，招牌和广告灯箱低矮地排列在空中，放眼望去霓虹闪烁，烟火气浓郁。远处能看见大半圆的月亮，首尔的空气很好，清澈得能找到很多星星，然后看见月亮底下一个红色的十字架。在外大周围，只半天时间我看见了三个树立在屋顶上的十字架，不知道是不是皆为教堂。

不懂本地语言是个大麻烦，进了两家书店，只是看装帧和插图，偶尔根据照片才知道该书的作者是谁。韩国的书做得相当漂亮，中国的绝大部分书与之相比都糙得像盗版。

冲着校门的外大中心路顶上，悬着好几个宣传条幅，其中一个关于我，一个中国作家的演讲：我的文学之路。演讲在明天上午，今天下午是关于我的长篇小说《午夜之门》的讨论。外大外国文学研究所所长李永求教授主持，黄后男翻译。文学沙龙的形式，参加的多是研究外国文学的老师和研究生。有中国留学生，有曾留学中国的韩国学生，现在是老师。我讲了历史、乌托邦和《午夜之门》。中国文学在韩国目前似乎不能让人乐观。韩国人口四千万，没有那么多人需要文学，更没有那么多人需要中国文学。

很多人一起去校外的馆子里吃饭，喝了几口韩国酒，听说叫覆盆子酒。韩酒度数低，常是十几二十几度，我喝不是因为度数不高，而是黄后男说，尝尝韩国酒。依然是一堆泡菜，各种各样的菜都能腌制，凉拌，原来韩国没有炒菜。要么就是烩菜，一堆东西放一起煮，像中国的砂锅和火锅。又想起火锅好玩的名字，呷哺呷哺。

中午李教授的两个学生陪同在校外"金刚山"吃饭，一个是湖北女孩鄢,来韩留学,一个是釜山人,学的是中国当代文学。我问韩国的女学生金,眼下中国文化的进口远远赶不上韩国文学向中国的输出。韩国的流行文化占据了大半个中国,哈韩,韩剧、金喜善、张东健、裴勇俊、李英爱、全智贤、张娜拉……据她说,金喜善和张娜拉等在韩国并没有在中国那样大的名气,韩国人比较认可的民族美女是李英爱。不知道是否如此。此外,松散肥大地堆在脚面上的牛仔裤在韩国现在已经过时了,的确,校园和大街上走动的年轻人穿的都是细腿的牛仔裤,女孩子更如此,如果不穿裙子,牛仔裤多半紧束住两腿,裤子基本上和腿一样细。在中国,肥大正在流行,时髦青年们的鞋面负担越来越重。餐馆里的女服务员是吉林延边人,来韩国九年了,老公和孩子都来了首尔,定居下来。很久不用中国话了,在飞机上看航空杂志有些汉字只能看着眼熟,不知道谁是谁了。而韩语,完全是来韩国之后才学的,现在说得和土著一样好,客人们进门她鞠躬说韩语你好,客人离开她鞠躬说韩语再见。我问她,这边收入高吗?她说高,比在延边高多了,所以不想回了。平头百姓的眼里只有生活,哪里的日子好过就到哪里过。

2008-10-14,周二

韩国快中国一个小时,时差不大,但因为担心该参加的活动,总要经常提醒自己,往前算一个小时。这是没法再简单的算术,每次加一的时候我依然觉得耗费脑筋,那种吃力有点像转向,看着太阳从东边升起,你还是感觉那是西。我的手表没调,坚决按照北京的标准走,不知道是不是它让我产生了时间感觉分裂症,以致睡前和醒来之时最先做的都是做一番简单但却沉重的推算,给国内打电话也得先想想这会儿他们可能在干什么。

上午演讲,《我的文学之路》。听众是中文系的研究生,都是韩国政府某部门直辖的一个什么人才组织的成员,这组织英文简称"BK21",直译是"头脑韩国21世纪",意译大概是"21世纪韩国的头脑",一个"高端"的名字。我是百无一用的书生,讲起来汗颜。

然后一个人出去走。还是不能走远,就在主干道两边的小巷子里瞎逛。这里地势高低起伏,楼房也因势赋形,缘山而建。巷子窄小,曲折回肠,没有章法。但住家们一定不会如我一样见识,他们的私家车弯弯绕绕上上下下开得甚欢,可见他们看这巷子还是规矩得很的。几乎一例是小别墅,装潢一家一个样,但几乎都是铁门,三层小楼,楼梯扶手盘旋而上,阳台上放着盆栽,半边山墙爬满绿色植物。也有穷人,低矮的房屋,沉静地低伏在巷子的尽头,这些屋子地势也低,藏在别墅之后只露出琉璃瓦的屋顶。我拍了一些照片,担心被视为侵入者,拍照像做小偷,瞻前顾后没有凶神恶煞才拿出相机。从校外回来,继续逛校园,果然如付娜仁所说,校园是开放的,没有围墙,从校园可以经过一个小楼梯上到高台,直达学校后面的普通居民区。中国的开放式大学只到围墙换成透风的铁栅栏止,如果真开放到外大这样,奥运会期间是没办法封校的。

晚上和黄后男一起吃晚饭，在外大门口一家日本快餐厅。如果只吃他们提供来的一份饭，真有点吃不饱，现在韩国时间晚上十一点一刻，我已经感到饥饿半小时了，还好有提前准备的小点心和方便面。晚饭后和黄后男去听课，先是哲学课，整节课只听懂两个名字，柏拉图和卢梭，韩语发音大差不离。然后是现代汉语翻译课，教授是山东人，很早就来到韩国，说一口标准的普通话，嗓音也好，可以做播音员。韩语说得我不知道是否也像汉语一样标准，但流利是肯定的，这我听得出来。

黄后男说，出版社希望能在韩文版书上印上我的手迹，我回来后就在白纸上抄了一段过去的话。序文一下子憋不出来，要等回国后再写了。

小博物馆之歌

在国内旅行几乎有了固定的程式,无非是到一个地方看看好景,吃吃好饭;高雅点的,听听戏,拜访几个名人;皆立此存照,然后打道回府,把吃的、看的、玩的与人津津乐道。到国外大抵也如此,不过常要多出一道:逛各种博物馆。很难想象到了巴黎不去趟卢浮宫,也很难相信在纽约转了几天想不起进大都会艺术博物馆,到了阿姆斯特丹不看看荷兰国立博物馆;就算附庸风雅一下也得去转一圈。我没跟过国外的旅行团,不太清楚游玩的细则,但据说如果没有特殊要求,博物馆多半要列为项目之一。理由非常简单:了解一个国家和城市,看一遍生活和艺术的老物件比多么舌绽莲花的导游解说都直观和有效。

这么简单的理由无须解释。即便从最功利的角度看,花一张门票钱就把人家几百上千年的好东西饱览一遍,无论如何也是笔一本万利的好买卖,何况有些博物馆连门票都免了。反正这买卖我喜欢做,到哪去先查该地博物馆的地址和开放时间,看完了再干别的。大都市的看,小城市的也看,最后连几十号人的小镇上的博物馆也看了。多少次看下来，反倒觉得那些声名显赫的大博物馆没啥可说的，它们的藏品举世皆知，人人都能如数家珍；倒是那些不起眼的小馆子，看起来别有风味，你想象不到的老古董正经八百地摆在那里。因为地方小，因为生活琐碎，历史在这样的小博物馆里变得如此家常和亲切，仿佛另有一个微观的历史学存活在这里。

某年秋，天降冷雨，我去美国中部的一个小镇上看稀奇。镇上居住着欧洲某地过来的移民，子孙依然保持着先民的古风，讲环保，坚决抵制工业化，能手工的绝不机械，他们喂马、劈柴、种植粮食和蔬菜，吃不了的拿出来在集市上卖，连同他们自制的手工艺品，他们把能见到的工业化的边角料都转化成艺术。那天我在集市上看到成堆的粮食、南瓜，和铁丝、钢片做成的小小的飞禽走兽。他们在雨中弹吉他唱歌。镇子很小，还不如中国一个像样的村子大，我在集市中间一扭头，看见一个博物馆。三间屋大，暖气充足，我完全是抱着取暖的形而下目的钻了进去。在当时，那是有生以来我见过的最小的博物馆，我想充分地暖和过来，不得不把每件藏品都看得很仔细。这三间房子完全纠正了我的宏大的"博物馆想象"。

这里和国家无关，和民族无关，和全球化更没关系，只和本镇的历史有关。从第一批来此定居的欧洲移民开始，他们的衣着、食物、生产工具、生活用品，他们的风俗、秩序，他们的照片，一百多年前的烟斗、挖耳勺、餐叉和打猎穿的露了脚指头的皮靴子，本镇的第一台印报机，镇上名门望族的详细家谱，并配以每一代人的画像和照片，本镇的发明家、画家、学问家及其作品，历次战争中本镇的烈士、英雄和照片，最古老的顶针和戒指，等等。分门别类。

我从没见过如此琐碎、细小、脱离宏大叙事的博物馆。我们想象中的博物馆首先要"博"，地方要大，存的东西也得大，要事关天下苍生，要关乎宇宙洪荒，否则都拿不出手，难为情。但这个小镇博物馆就胆敢堂皇地把一切"旧"东西摆出来——这就是我们的历史，我们这小镇多少年来就是这么一针一线地过来的。经过的就是历史，这是我们之"所从来"。我在盯着某张照片旁边的说明看，一个当地人过来，问我是否需要帮助，他对这里所有掌故都门儿清。他很自信，对我翘着大拇指。我没麻烦他，我知道他一定什么都知道。

几年后，我在故乡和朋友聊天，想起了这个人。我对他肃然起敬，这是个有"出处"的人。当时我和朋友说到故乡的物产和历史，我突然蒙了，我对故乡竟然知之如此之少，很多地方经不起别人的追问和推敲。即便有所涉猎的，也不过囫囵其大概，离深入和理解相距遥远。和那个人比，我在故乡成了一个没有"出处"的人。我离开故乡，飘在外面的世界上，从此也就断了和故乡连着的根。反过来说，我就是生老于故乡，就一定能成为有"出处"的人？未必，更大的可能是，我是个生活在故乡的"异乡人"。我很难像那个人一样翘起自信的大拇指——我们的历史风流云散，被日常生活消磨殆尽；我们没有什么博物馆，哪怕一间屋大的地方。

事实上，这几年我断断续续看了很多国外的小博物馆，小城市里的，小镇上的。东西未必有多好，有多古旧和微言大义，尤其像美国这样历史短少的国家，不少小镇仅有几十年历史，但他们愿意辟出一块地方，隆重地收藏、纪念和展示出来。几十年也是历史，几十年也得保存好来路和出处。

有一回和故乡主管文化的领导吃饭，我在饭桌无数次提到小博物馆，我想他肯定已经被我搞烦了，他一再说，再考虑考虑，再考虑考虑。事实很可能永远被"考虑"。因为"咱们泱泱大国，历史长得能让洋鬼子背过气去，弄间屋装那百十年的小玩意儿，谁好意思？犯不上"。

2011–11–27，知春里

教　堂

在美国我拍得最多的建筑是教堂，远远看见它们举上天空的十字架，我就把相机打开，一个都不放过。整理照片时发现，拍下的各类教堂数十座，如果不惮于摄影技术的简陋，可以考虑办一个教堂摄影展。我是无神论者，我喜欢教堂，喜欢它们的高瘦挺拔和清冷庄严，在我所见的美国建筑里，它们比芝加哥的西尔斯大厦与天空靠得更近。当西尔斯大厦的顶端在高处的某一点停住时，所有教堂的十字架继续上升，不论它们有多矮，垂直于天的那一端像一根根执拗的手指，一直指上去。

——我是无神论者，喜欢教堂。作为一种建筑，教堂最大限度地体现了民间纷繁复杂的建筑智慧，你很难看见两座长相雷同的教堂，一座一个样，它们极大地满足了我这个形式主义者的癖好；同时作为某种让我着迷的精神象征，它所负载的信仰的力量让我震惊。一座教堂也许只是一个美的形式，无数座教堂一起，就从形式变成了内容，既抽象又实在，就像看见千万人一起弯腰，祷告，向一个共同敬畏的神灵说，我将与人为善，我渴望安宁的来生。我一座接一座地看，源源不断，这是个充满基督教的国家，永远有你看不完的教堂。

在奥马哈，我拍下了五座教堂。但据说这个不到四十万人的城市里，教堂百座有余，可惜我不能总是把相机像钱包一样随身携带，所以对一闪而过的很多教堂只能扭回头狠狠地再看一眼。在奥马哈，有两座教堂每天必看。一个月里我从不同的角度给它们俩拍了无数张照片。

一座在我住的J教授和Y教授家的旁边，出门就能看见并列耸向天空的教堂双塔。这是座古老的教堂，高大雄浑，听说内部装饰极为华丽，必须借用"金碧辉煌"这样的汉语成语才能解释清楚。在J教授的介绍里，我总是想到凡尔赛宫和克林姆林宫，因为只有欧洲的宫殿才会有巨大的穹顶，有哥特式的窄门和坚韧的立柱。在故宫还叫紫禁城的时候，在皇帝和嫔妃们还活着的时候，奢华则奢华矣，那个空间却是平面的、向下的，别人指向天，我们指向地，我们要牢牢抓紧大地得到现世的权势和荣华才能放心。我一直想进教堂里看看，又怯于一个人进去，我总是看见它大门紧闭，而板着脸的巨大的门让我本能地感到神秘和恐惧。——这有道理又没道理，因为教堂本质在于宽容、接纳和施与，天国之门欢迎万方来朝。

也许正是源于这个神秘和恐惧，我总会想象如果我推门而入，那会是一个经典的电影镜头，一个忐忑的小偷进来了。无神论者也可以有恐惧，所以我宁愿不进去。我只把它放进镜头里，啪嗒一张，啪嗒又一张。

如果去克瑞顿大学，必定要经过大学的教堂。教堂始建于

1878年，根据这个古老的年头就可以想象它的雄伟和庄严。受一些三流影视剧的影响，我总有一个固执的错觉，就是这教堂依山面海，山在高山之巅，背后是万丈悬崖，中世纪的风擦着后脑勺呼啸而过。事实当然并非如此，这大学教堂只是处在一个高地上，两个塔尖直插云霄，因为高大，每次拍它我不得不仰拍，这更助长了它的傲岸，简直成了连接天地的唯一的路。这教堂必须要建得伟大，因为克瑞顿大学是教会大学，教堂是中心，所有的建筑和活动要围绕它展开，就像斯蒂文斯的那只著名的田纳西罐子，这是世界的原点。

克瑞顿的教堂门楣宽大，周围装饰浮雕，有天使在墙壁上飞。它是大学的中心，门前是学校的主干道，所有学校重大的事情多半要发生在这里。比如募捐、会餐，比如裸奔。

有几天我总能在教堂前面的喷泉旁边看见一顶帐篷，帐篷里坐着几个学生。今天坐这两个，明天又换成另外两个。我终于忍不住想问问他们为什么要把小帐篷搭到这个地方来，当时我和Y教授在一起，就请Y教授问一下。帐篷里的一个女孩说，他们在募捐帐篷，现在经济危机了，奥马哈一定有破了产的无家可归者，为了他们不至于露宿街头，所以同学们决定募捐帐篷。他们把帐篷搭在最显眼的位置上，募捐效果就会好一点。原来如此。

有个下午我从办公室出来，看见教堂附近挤满了人，人人拿着一个碟子。我弄不明白什么样的集体活动需要大家都端着饭碗边吃边干，问了才知道，这学期课程在今天结束了，明天就要复习迎考了，庆祝一下，所以食堂干脆把餐车推到室外，天大地大让同学们吃一顿自由餐。旁边的草坪上有乐队在演奏，黑人小伙子激情澎湃地敲着爵士鼓，一个男生在唱歌。他们的狂欢想来是为了庆祝学期结束，要是为了庆祝可以考试，那境界实在是太高了。

大概也是为了庆祝，有人第二天从教堂门前裸奔而过。

那会儿接近中午，我和J教授Y教授开车到学校，他们俩去学生活动中心参加个聚会，我一个人去亚洲世界中心的办公室。过马路的时候还在想是不是要把相机拿出来，过了马路我要去拍一尊圣母雕像，犹豫一下决定还是到了雕像前才拿相机。刚过马路，听见旁边嗷嗷怪叫，扭头看见两个白白胖胖的光身子从身后跑过来。两个小伙子头上裹着白T恤，只露出两只眼，张牙舞爪地裸奔，嘴里兴奋地直叫唤。白人的确是白，小鸡鸡都白，在身体前面甩来甩去。他们沿着教堂前面的大道一路跑下去，当时路上行人不少，很多女生哈哈大笑。我看到了西洋景，想必这裸奔对她们来说也是个西洋景。等我反应过来要去拿相机，裸奔英雄们已经跑到教堂前面了，而过了教堂地势开始降低，就只能看见他们裹得严严实实的脑袋了，然后脑袋也消失了。只有喊叫声经久不息。我沿着大道望过去，几乎所有人都原地不动，要么瞠目结舌，要么觉得好玩，像过节一样开心。可见即便在裸奔无罪的美国校园里，它也不会频繁到成为日常现象。

J教授和Y教授说，他们在克瑞顿这么多年了，也没撞上这种事。我开玩笑说，那是我运气好。裸奔经过教堂，这在道德家看来，完全可以上升为一个复杂的象征，没准最后可以证明出：世界已经完全乱了。但在克瑞顿的主干道上，等裸奔者消失，等瞠目结舌者五官归位，等过节一样开心者敛住笑容，他们继续走路、聊天、思考，没有人觉得有必要去看见比裸奔的过程更多的东西，裸奔事件到此结束，日常生活重新开始。教堂是教堂，裸奔是裸奔，裸奔经过教堂不过是裸奔经过教堂，而不会是其他什么更为严重的东西，不必要求他们写检讨或者留校察看。

每次驱车购物的路上都要经过一座教堂，很可能是奥马哈最大的一座，在一个小坡顶上。奥马哈没有山，但地势起伏，你从最低处往上看那教堂，它就在山上，规模极其巨大。出门即见的双塔教堂和克瑞顿教堂只是座教堂，进去就是那种不需要解释的厅堂，而这座教堂却是一大片建筑群，做礼拜的、办公的、后勤的、钟楼，各有其宽大的场所，周围是一大片树木、草坪和停车场。如果你不看它突出的尖顶和十字架，你会以为这是座巨大的庄园；如果枝叶再繁盛一点你看不见房屋，你会以为正经过一个路边公园。一点没有意外，这座教堂建筑华美，好像是出自某著名建筑设计师之手。

事实上，很多教堂都是著名建筑师设计出来的。在任何一个居住区里，教堂都毫无疑问是最重要的公共场所，房屋居所是自己的，你可以随便怎么整都行，教堂的建造却必须群策群力，所以经过一个个美国小镇时，我看见镇上的教堂几乎都是最好的建筑，材料是，造型也是，一个小镇的智慧都集中在这同一座建筑上。甚至地理位置也是最好的。对一个新兴的小镇，最先出现的建筑通常就是教堂，身体可以露宿野地，灵魂不行,他们必须先把主供奉在一个安全、舒适、正大的所在。他们在最具天时地利人和之处择定方位,所有人都把木头运过来,商讨,设计,叮叮当当一阵猛干,他们的耶稣基督在此落户了,然后他们以此为中心,紧密地团结在十字架周围。

Y教授有个精妙的比喻,对美国小镇来说,教堂有点像中国的居委会。的确如此,这是小镇最大的公共空间,大家来礼拜祈祷,开始前和结束后可以展开社交,大大小小的事情在出门之前就已经解决了。而政府的职能单位市政厅、镇政厅,往往小得可怜,我见过的很多小镇上很多管理部门只有一间小房子,要不是门前挂着"CITY HALL"的小牌子,你会以为这地方无为而治。当然它的确也不需要骇人听闻地巨大,它是个服务部门,市长镇长有的连工资都不拿,它不需要通过豪华巍峨的政府大楼来体现自己权威。在这一点上,也许小镇上的居民相信神来管理众生,比挺着大肚子的官员来管理更可靠一些。

我是个无神论者,不能切身地体会他们对主的虔诚和敬畏,但那虔诚和敬畏本身是我所喜欢的。我总以为,有虔诚和理想总比没有虔诚和理想要好,有敬畏总比没有敬畏要好。因为我们无所敬畏,所以肆无忌惮,要与天斗与地斗与人斗且其乐无穷,天和地和人有时候的确需要去斗一斗,但斗多了斗过头了,其结果证明的恰恰不是人的伟大,而是人的不堪和毁灭性。虔诚和敬畏不在一定要皈依某种宗教,它只是个信仰问题,比如,你也可以信仰最基本的善,由此你有了基本的善恶判断,也就有了必要规矩和准则。有规矩乃成方圆,这个世界在这个意义上才可能会更好。

在所有见过的教堂里，能拍下来的我尽量拍下来，如果相机打开得迟了，车行疾速一闪而过，那就只好遗憾了。最遗憾的是错过了南达科他州的一座小教堂，非常小，小得都算不上一间小房子，小得都容不下三个人同时站进去，在南达科他州印第安人保留区里的一片旷野上，在路边，一个陡峭的急转弯从教堂前面经过，等我看见它时，车子已经开始拐弯，当时天气不好，风和雨和黑云朵压在头顶，我不好意思让车停下来，只能最大限度地扭转脖子去多看几眼。实话实说，当时我感到震撼，不是因为它的小，而是因为它的存在。

自从白人带着枪炮和现代文明来到北美大陆，印第安人的生活就被迫越来越狭窄。他们遭到屠杀和驱赶，最后被从马上赶下来，他们当年纵横的整个北美大陆辽阔的疆域萎缩成了现在的印第安人保留区。他们不得不把坐惯了马背的屁股移到汽车上，他们很不开心。为了保留草原、山林、野牛、游牧、自由和自己的文化，印第安人与白人争斗了几百年之后，人口和土地同时急剧减少，现在他们像蒲公英一样分散在保留区的一个个角落里。我看见就是其中一朵或者两朵小蒲公英。离教堂不远有几间很小的旧房子，甚至还有一间学校，小得如同模型。

——我想说的是，即便如此，他们依然需要一个教堂，不管它有多小，但必须有。有和没有是完全不同的两码事。可以被驱赶，可以贫困，可以偏安一隅乃至与世隔绝，但精神依然要寻求安放，他们要保留住敬畏和通往天堂的路径。有希望和寄托才可以继续活下去。我想象如果小房子里的人同时出来做礼拜，不管几个人，也只能一个一个来。一个人进去，祈祷，完毕，出来后另一个再进去。如是，一个接着一个，仿佛轮回，在这片可以忽略时代的旷野上，岁月悠长，十字架永远垂直着问天。

2009-5-19，知春里

有个小镇叫沃尔

离开南达科他州的"坏土地",天就黑了。我们必须在最近的一个镇上住宿。我喜欢美国的小镇,小而精致。美国人口刚及三亿,国土面积比中国稍微少一点,平原面积又大,分摊到人头上,每个人都是地主。反过来计算,把人头分摊到土地上,那很有可能千里无鸡鸣。这就不难理解为什么沿途镇很少又很小了。但是这些镇子总会有哪个地方让你心动那么一下。

镇子叫沃尔。到1931年12月,这里只有三百二十六个人,七十八年后,我一大早起来在仅有的三条街上转了一圈,估计这地方人口到不了四位数。在中国的平原上随便找个村子就能把它比下去。但它看上去很有来头,小镇的宣传册上就这么说,本镇历史悠久,咱们有传统。美国人很在乎这个,历史,底蕴,文化,恨不得任何一个角落都弄出点说头来。不过沃尔镇的确有个相当有意思的传统,那就是多少年来行人过此地,喝冰水一概免费。

说来话必须长,要从1936年开始。这一年,沃尔杂货店的老板泰德,觉得生意做不下去了,前往坏土地和黄石公园等地的旅人和过路客都不愿停下来买东西，本地的农民生活又拮据，恨不得把嘴吊起来，所以该店门可罗雀。眼看着营业额渐趋为零，泰德急得嘴唇上直冒泡。尤其到了这一年夏天，天还热得要死，孤寂的大太阳让泰德老板有点绝望，考虑是不是该关门大吉了。七月里的一个星期天，一个被过往车辆吵得睡不着的伙计跟他抱怨，老板，你知道这帮人为什么开着车从我们路边没命地跑过吗？他们急着找点冰水降温解渴。然后伙计脑子里闪过一道金光，我有办法帮你拉客了。泰德脖子一下子伸长了，快，说说看。伙计说，咱们现在有冰也有水，为什么不搞个牌子挂到高速路口，上面写着：下一个街角拐弯……沃尔店，有汽水、啤酒……还有免费的冰水。

泰德死马当活马医，试了一下，果然奏效。老头老太太，姑娘小伙子，都打了一下方向盘拐过来了：请给一杯冰水。

人气上来了生意就好做了，再说谁好意思只闷头喝水不买点东西？小店的GDP就像坐了火箭，噌噌往上跑。老板尝到甜头，生意越做越大，就把"免费冰水"作为传统坚持了下来，接着普及到了整个沃尔镇。继起的店铺都来虚心学习，所以这地方很小，客流量却越来越大。免费的东西总是让人向往。我们到时，南来北往的车公路边已经停了不少，可见半个多世纪了生意一直很好。

第二天早上，我进了古老的沃尔杂货店吃早餐。那里已经不再是一个店了，而是扩大成了一个繁华的市场，很多家店铺在里面营业，吃喝玩乐都有，还有一间窄窄的小教堂，不到两张长条凳的宽度。我没开闪光灯拍了几张照，光线温暖，小教堂庄重安详,在两边卖旅游纪念品店的喧嚣里,空着所有的长条凳,等数钱数累了的人坐上来,等候上帝发落。

从门外还能看出1936年的模样,当年印第安人拴马的铁桩子还在,但里面显然已经是新世纪了,先进、时髦、琳琅满目,还有众多"中国造"的小商品,足够的全球化。岁月流逝,现在美国绝大多数餐馆里冰水都免费,不知道跟这家店是否有渊源。不过有一点可以肯定,沃尔镇已经成了标本、传奇和文化,对很多旅行者来说,他们绕道来此未必就为了打尖住宿,可能仅仅是想看一看,喝冰水不要钱的地方到底长啥样。市场里的老板们,半夜醒来想起开创出新的营销策略的前老板泰德和他的睡不着觉的伙计,应该会屡屡心怀感激吧。

我们住的旅馆的老板,一个白头发大个子的老头,也很有文化,听J教授说我是作家,从吧台后拿出两份报纸,指着上面他的照片和文章说:Me too(我也是)。该老头曾在越南打过仗,不过当的是通讯兵,没机会杀人和被人杀;现在开旅馆写文章。显然他对越战想法复杂,战后两次去越南,最近的一次在不久前,还找到了当年他的越南翻译,两人抚今追昔,重游了这个硝烟散尽的国家。说到越南,他摇头,一言难尽啊。他把报纸送给我们,希望我们拜读他写越南的文章。这两期报纸他一定收藏了不少,慷慨地送给所有感兴趣的人。假如每期仅存一份,他可能会装进镜框挂到墙上,美国人对此毫不避讳,有种天真的慷慨——公共的就要展览,他们希望你能分享他们的历史、文化、思想和快乐,甚至家族史都愿意端出来给你看。

早饭后我们离开,越战老兵出门送客:"下次再来,送我一本书啊。我也送你一本。"他对写书比开旅馆还有信心。

布朗维尔，以诗歌的名义

在美国只要看到小镇，我总要在心里迅速列出个等式：美国小镇＝中国小村。因为在中美的行政建制中，垫底分别是镇和村，而在中国，村之上才是镇。所以尽管我明白美国佬的镇和咱们的村完全不是一码事，还是忍不住要画等号，忍不住要比较，然后忍不住要惊奇一下，惊奇那些镇的小，和它们那种自觉的文化意识。

我待的那段时间里，适逢所在的大学的亚洲世界中心搞亚洲文化周，活动之一是参加布朗维尔镇的诗歌朗诵会，而该朗诵会又是布朗维尔镇的"酒、作家和歌唱的节日"系列活动之一。小镇常住人口只有一百四十八人，却有着牢固的文学传统，每年都有一个诗歌节。去的路上我就在心里打鼓，就算全镇人都划拉上，又能写出几首诗？我就不信他们也搞小靳庄诗歌运动？到了布朗维尔我才发现，一百四十八人里头，起码一半人跟诗有关。

朗诵会在一家书店的二楼举行，我们到得早，正赶上一个乐队在书店一楼的咖啡馆里演奏，乐手都是镇上的居民，两个阿姨和大妈级的歌手边弹吉他边唱。据说歌是她们自己写的，没准歌词就是诗。听歌的时候我把咖啡馆里的所有雕塑拍了一圈。雕塑家是小镇土著，其艺术极有特色，现在已经冲出布朗维尔走向全美了。全镇都以这个艺术家为自豪，在这家咖啡馆，全镇最大的文化艺术的公共空间里，为他和他的艺术作长期展览。由此看来，诗歌之外，一百四十八个人里还有一部分和音乐等其他艺术有关。

二楼摆了很多书架，有新书有旧书，旧书打折，一两个美元就可以拿一本。有的注明此书所售款额将捐赠慈善机构。我找到了纳博科夫和麦克尤恩等人的小说。我们看书时，越来越多的人聚集上来，主持人出现之前，一排排的椅子上已经坐满了人。加上那些等候在另外一个房间里准备上台朗诵的诗人，今天晚上还剩下几个布朗维尔人跟文学无关呢？同行的一个朋友开玩笑说，选择今晚下手的小偷要发了。没错，百人空巷，如入无人之境。

我们去的作家和诗人都是学院派，朗诵时得攥着诗稿。布朗维尔的文学爱好者们则两手空空，他们把诗歌充分地落实到了口头上，他们的传统就是即兴朗诵。有的完全是七步诗，在台上走一圈，拍一下脑袋朗诵开始。现炒现卖，否则你很难解释一个体重两百磅的阿姨可以一点磕巴不打背诵出几百行的诗来，而且诗之不足舞之蹈之，声情并茂。据熟悉内情者介绍，该阿姨已经蝉联好几次即兴诗歌朗诵会冠军。但她的诗太快，我来不及听懂，只能依靠声音的停顿在想象中替她分行。

有独诵，有双人合诵，还有情景诗剧。每一个布朗维尔人都激情澎湃，不需要麦克风。让我感动的是一个残疾小伙子，可能得过小儿麻痹症，一只胳膊抬不起来，一条腿必须拖着才能走路，脑袋必须永远朝左边歪着。他就歪着头朗诵了三首长诗。一首诗的最后两句是：

陌生人，请给我你的手
我想飞。

现场静下来。他希望我们伸出手拉他一把，他想飞。可是我们能给他的，只有廉价的、长久的难过和掌声。朗诵会结束，我没有去问这小伙子的身份，但我敢肯定，他是我那天晚上见到的最好的诗人，那两句诗是我那天晚上听到的最好的诗。

布朗维尔让我惊奇，这一百四十八个人还拥有9家博物馆和纪念馆，以及4家书店。9和4相对于一百四十八，我敢肯定绝对是个庞大的数字。它们所以庞大，是因为我想到了我们的镇和村，想必你也想到了。如果在中国找这样人口数目的村镇，除了偏僻深山和边地，怕很难找到了——当然，我想说的不是人口问题，而是诗歌和艺术的问题。即便是我们富庶文明之地，诗歌和艺术在日常生活中占有如此巨大比例的，能有多少？有吗？

——这是个问题。

到处都是我们的人

　　除了"中国城",在美国的任何地方我都没见过这么多华人。这个六万多人的小城,爱荷华,只要出门,走几步就能碰到至少一个黑头发、黄皮肤的年轻人。如果想知道他们来自亚洲的哪个国家,擦肩而过或者跟上去走几步,就能听到他们在说汉语,夹杂祖国各地的方言尾音。有天在一家名叫"中国味道"的餐馆里,突然闯进来三四个辽宁的男孩和女孩,那一口东北大碴味,让我陡生"他乡遇故知"之感。小品和二人转已经完全改造了我的耳朵,在国外听见普通话倒不那么敏感,一听见东北话我立马觉得这才是遇上了自己人。他们全是学生,在爱荷华大学念书。

　　有一回我和大学里的一个华人教授聊天,说起自己常有的错觉:如果不看身边的建筑,如果忽略这个小城的宁和与美丽,我总觉得自己是在中国的某个城市里穿行。该教授说,中国的城市不会如此安闲和漂亮,也不会这么小,有点儿样子的小县城都比这地方大,楼比这里高。当然,中国也不会有一个城市或者县城专门用来开办一所大学。爱荷华是个大学城,如果所有的学生都放假回家，剩下的居民只有两万多。这两万多里绝大部分又是直接或者间接为大学服务，比如当教授、当教授的家属、大学里的后勤人员，就算你在社会公共部门里工作，服务的对象绝大多数也是学生。该教授又说，现在每年爱荷华大学在中国招生多达五百人。这一届大一的新生中国来了五百人。两届呢，就差不多一千。再加上之前来这里生活的，零零散散过来念硕士博士和教书的，在这个六万多人的小城里，黄皮肤、黑眼睛、黑头发、小身板，打眼就能区别出来，你若不觉得中国人多得碰破脸才怪呢。

这么多学生涌过来，因为咱们有钱了。这个因果关系听起来怪兮兮的。的确，因为这几年中国貌似真的有点儿钱，美国的经济碰巧又不行了，很多大学为了活命，只好跑到中国招生，像国内大学一样，扩招。今年两百，明年就招四百。大学四年学杂费等照一人一百万人民币算，这五百人就是五亿人民币。计算很简单，五后面有一大串零，对我等小老百姓来说，实在是个银河系之外的天文数字，料想对送孩子跨海越洋的普通家庭来说，也一样是个庞然大物。所以，也许这些年真的有了一点点钱，但更重要的也许是，中国的父母是想让自己的孩子吃洋饭、喝洋墨水，为了这别一样的期待，他们宁愿勒紧裤腰带，义无反顾地榨干自己。

当然，还有一个理由是，中国人多，基数大，随便拿出个百分比都很恐怖。毛里求斯的作家跟我说，啊，你是中国来的？毛里求斯中国人很多，客家话已然成了毛国的几大语种之一，其他几大语种是法语、英语还有非洲本地的方言。孟加拉来的作家也羡慕我们，跑遍全世界，大城市几乎都有"中国城"，小城市都有中国餐馆，到哪都不会让你们的胃受委屈。听起来也像褒奖，但他们说的多半是先前去国的华人。他们为了讨生活，被苦日子逼出了门；现在，也许好日子真的象征性地来了一点儿，大家继续往外跑——希望不再是仅仅为了填饱肚皮。

  前几天下楼，在电梯口遇到负责"国际写作计划"里的作家们日常生活的玛丽女士，老太太热情和善，上来就跟我说："结婚没？祝贺啊，你可以生两个孩子了！"那天早上的《今日美国》报纸有条新闻，中国拟逐步放开计划生育政策，部分试点地区二胎不再受限。当时我脑子突然冒出来一句话，然后开始设想未来的世界图景，五十年后、一百年后，会如何？那句话现在做了标题。

2010-9-22，爱荷华

一线天

上午十一点开始，网速慢下来，很快慢到了不动，所有的网页再也打不开。屏幕右下角的网络标志却提示我，已连接上，信号强度非常好。那只能从自己身上找毛病，电脑坏了，或者我的操作出了岔子。我记得好像木马防火墙上午提醒过我，有个非法的东西在入侵IE浏览器，建议拒绝，电脑总比人脑好使，我听它的。我把电脑翻遍了才找到历史记录，怎么也修改不了，拒绝了就是拒绝了，没法反悔。然后把平生所学全部拿出来，只要可能的地方都操作一下，依然上不去。我甚至在想，难道是这几天搜了一些非法字符让网特不高兴了？可我搜的是汉语的非法字符，国内的网特就算能够跨过半个地球，也没权利插手美国的网络吧。反正我是什么招都想了都试了，折腾了两个小时无果，只好去吃午饭。下午接着折腾。又是一两个小时，黔驴技穷，我开始求救，敲隔壁新加坡作家的房门。他说得先看看他的电脑能否上得去。几分钟后给我电话，他给旅馆前台打了电话，所有人都上不去，线路出了问题，从上午到现在，很多作家都问他们这个事儿。稍等，在修。我长长地松了口气，突然心里就踏实了，我才知道从十一点到现在，我是如何的着急和焦虑。

可是我好像也没什么正事非得到网上去，需要回复的邮件已经回复，要看的新闻也已经浏览，需要的资料也搜得差不多了，我丢了魂似的焦虑原因何在？事实上不止我一个，住在这个旅馆的各个国家的作家都一样着急，前台从十一点到现在，一遍遍在解释同一个问题。如果顾客不是上帝，我不知道他们会不会烦得摔电话，会不会气急败坏地反问一下：几个小时上不了网会死人么？

这个问题我一定张嘴结舌。网络莫名其妙地断掉，我有种恐慌，觉得跟世界突然断了联系，别人都在八面来风地交游与生活，就剩下我一个人，待在异国的一间小房子里，深刻的孤独感和被抛弃感油然而生。在国内，我家里和单位的网络也经常断，但你身边有人来来往往，你不会觉得世界突然失去音讯，至多也就相当于正接的电话被掐了，能掐就能再打，你眼里和想象中的世界的图景依然栩栩还在——而在这里，爱荷华的一家旅馆里，我闭门看书、写作、通过网络与世界联通，网断了，等于世界在我眼前关上了门。那是一个人与整个世界对抗、又不得其门而入的恐惧。

我不知道这是否就是传说中的网络依赖症。如果是，我必须自嘲，因为过去我曾嘲弄过一天不上网就百爪挠心的人；如果不是，我得给自己找个台阶。看过一篇文章，一个中国诗人在异国抱怨俗务缠身，希望有大块时间自由读书和写作；朋友建议，你大可以在此国找个偏远小镇待上两年；该诗人说，可以，但我必须带一个志同道合的中国朋友一起去，要不扛不住。他的意思是，必须有个能够说上话的同路人，寂寞的时候用汉语交流，相互慰藉。我记得文章由此引申：中国人说到底喜欢扎堆，耐不得大寂寞，断不了那一根红尘的血脉。我也记得我对此深以为然，趁机把虚伪的遁世者嘲笑了一通：为什么大家都愿意隐于市而不隐于僻野？因为在人群里你隐不下去了，随时可以与世繁华；而一旦跑到世界尽头，那等于自绝后路，回都回不来。

现在看来，我的嘲笑有失厚道，至少有所偏颇：隐于市未必就要跟世界一刀两断，大隐也并非一去不回头。隐是隐个心态，其前提是与世界的充分联通，你知道，你通透，你选择。如果你对世界一无所知，钻进老鼠洞里也算不上隐，那只是躲，说明你怕光。

——越来越像给自己找台阶了。网络通畅以后，我随机问了几个作家，国籍不同，语种不同，写作的体裁不同，回答大同小异：在网络突然断掉之后，大家都陷入了恐慌，如同黑夜行路，丢了唯一的星光。在异国他乡，在一群说陌生语言的人中间，对我们来说，网络可能就是那个志同道合的母语朋友，因为你清楚，通过他，可以到达一个确切的世界。如同一线天，那一线，联通无极。

2010-9-26，爱荷华

烟雾弹放多了

爱荷华和内布拉斯加州相邻，坐灰狗四个半小时就到。我来克瑞顿大学看老朋友，去年曾在这里做了一阵驻校作家。Y教授和J教授都是文雅人，晚上带我到艺术楼看学生演话剧。去年我在这里看过一场芭蕾舞，本校的女教师也上了场，虽然年老色衰，但跳起来依然活力四射，丁是丁卯是卯。她跳得如此之好让我吃惊，她敢于站在一群年轻学生中间更让我吃惊。今年的话剧也让我吃惊，一群学生改编了契诃夫的几个短篇小说，表演、台词、服装和舞台设计，也是丁归丁卯归卯，大部分时间观众都在笑。

下半场开始，大幕拉开，这是一场水边戏，水汽氤氲弥漫，放的是烟雾弹。男主角在烟雾里走出来，开口说："这很好。这真是非常好。"剧场四壁的小灯立刻闪烁出银白色的光，不知道哪里跟着唧唧唧叫个不停。演员的表情和声音都像在反讽，我可能入了戏，觉得这灯光和叫声也是戏剧的一部分，虽然也纳闷了一下，把舞台延伸到四壁对这个戏还是有点儿匪夷所思。然后就听见二楼的音效控制台上有人对下面喊：

有情况，请大家暂时退场！原来银灰色的光和唧唧声是警报，烟雾弹放多了。所有入了戏的观众都回过神来。

我问两位教授，必须出去吗？教授们答，必须，法律这么规定的。好吧。我跟着出去其实不是因为法律，而是因为大家都在往外走。所有人都知道就是台上的烟雾在惹祸，没啥大不了，大家也的确边走边开玩笑，不拿警报当回事，但还是按秩序疏散。在走到剧场门外的一两分钟里，我忍不住腹诽：完全没必要，坐等烟雾消散就是了，还要劳师动众，出去再进来，等于脱裤子放屁，也不嫌烦。J教授说，美国人就这么直肠子，不像咱们中国人进化得好，会脑筋急转弯，凡事可以灵活机动。法律说了，就照说过的办；法律没说过，那大家一起去找一个法律。我们不这样干，法律说法律的，我们干我们的；我们不仅有办法钻法律的空子，还有办法高举法律背道而驰；从上到下都这么干，从上到下。这是我们的本事。一剧场的人都站在门口的空地上聊天，大学里的治安车也来了，穿制服的保安像抓犯人一样冲进剧场。这是个游戏，就像过家家，他们玩得很认真，他们遵守过家家的规矩。五分钟后，宣布警报解除，重新入场。男主角从舞台一边走出来，继续说："这很好。这真是非常好。"这回没放烟雾弹。

接着看戏我开始走神。我想象如果全是咱们的人，如此之警报响起来，这戏该怎么演。如果我的想象力不算离谱，那可能的场面是这样的：首先是工作人员站到台上或者出现在麦克风里，告诉我们这个世界太平和谐，烟雾弹闹的，大家放心坐好，少安毋躁，烟散了灯不闪了不再嘟嘟了戏接着演；其次，大家会放松地把它当成个好玩的插曲乐一乐，这很好；然后有人开始吹口哨、喝倒彩，趁机无伤大雅地起起哄，这也没什么，我们司空见惯；临到管理人员勒令你必须疏散，我敢肯定一定有人赖在座位上不走，希望能跟他们讲清楚为什么脱裤子放屁不好的道理；如果工作人员执法严苛，个别人会与他们发生争执，争执到哪个程度我说不好，得视各人情况而定，相互骂娘乃至打起来也不是一点儿没可能。

八月份我在海淀区的某剧院看电影，一伙人差点要把检票员揍一顿。原因是检票员没看清这伙人中某一个的票，想再看一下，而那个人已经随着人流进场了。那个人和那伙人由此觉得被冤枉了清白，跳起来剑指西南，眼看就要火拼。好在出了另一桩事，顺手把矛盾带了过去。时值盛夏，剧院里的空调温度不合适，大家一起喊热，随之骂娘，抱怨作为上帝我们受了委屈；尽管工作人员解释空调已经调好，春天马上就来，急性子的依然要求退票，起哄者一个接一个，生命如此漫长，两分钟我们等不了。当然最后一张票也没退，架也没打起来。电影看得大家都很开心，咧嘴大笑时谁也不记得开场前的火爆场面。继续当然，也许大家都是有口无心，闹一闹玩，就当娱乐的前戏了，我们需要娱乐至死嘛。

若果真如此，那我就好奇，为什么咱们不能玩点儿上台面的呢？就像烟雾弹放多了，放多就放多吧，咱们当成过家家，照游戏规则来。这么说我就惭愧，家家我是过了，可是过得很不好看，跟跟跄跄。

哲学课

在奥马哈听了一堂哲学课,坐在一群二年级的小学生中间。十八个人,三个白孩子,十五个黑孩子,这是奥马哈的一所贫民小学。两个老师坐在藏蓝色的地毯上,倚着墙,孩子们靠着他们俩围成一个极不规则的半圆。不规则是因为,只要在这教室里,在这附近,你可以随便坐在哪里,也可以不坐,站着、躺着、趴着,只要听讲和参与,你也可以站起来走两圈。旁边有课桌课椅,但坐在地上更自由,那就坐地上。

我和Y教授到时,课刚刚开始。老师用大签字笔在写字板上写下四个问题,正在统计大家对这些问题感兴趣的人数。问题是孩子们自己提出来的,你想搞清楚什么,你就问什么。问题如下:

1. 什么是哲学?
2. 大学像什么?
3. 什么是真实的?什么是不真实的?
4. 什么东西是有生命力的?

统计的结果是:第一个问题只有一个孩子感兴趣;第二个

问题九个孩子感兴趣;第三和第四个问题五个孩子感兴趣。两个老师说,少数服从多数,这节课谈第二个问题:你觉得大学像什么?也可以从这个问题开始跑题,只要和大学有关就行,说出你知道的一切,说出你好奇、迷惑和想知道的一切东西。

发言之前先举手。老师手里拿着红白两色各半的一只小皮球,你举手了,皮球抛给你,你接住了才可以发言。发言完毕,别的孩子举手,你可以选择把皮球传给你认为合适的同学,接到球的孩子再发言。你说完,球也传出去,如果突然意犹未尽,再举手要求发言权。有孩子急着要球,抱到手发现自己没想好要说啥,不好意思地抓抓脑袋,把球传出去,想起来时再要。一堂课,这一帮小孩叽叽喳喳,想什么说什么,皮球在老师和十八个孩子中间传来传去。经常会传丢,外围的孩子就站起来去追。我旁边的一个黑孩子老举手,总是拿不到球,累得趴在地上,一旦开始传球他就双手举起如投降状。我就代他举手,接到球递给了他。

发言五花八门。大学像个大城市。大学里什么都有,待在里面世界上哪儿都不用去了。我喜欢大学,因为大学里树多,长得还都好看。我喜欢大学,因为大学里操场大,篮球架也多,我要天天打篮球。我喜欢大学,因为大学里有图书馆,有很多书。念大学才能接受好教育,受了好教育才能找到好工作,工作能挣钱了,我就不用整天给我妈妈洗碗了。我爸爸现在天天干重活儿,就是因为没念过大学。我念好了书,我妈就不用那么辛苦了。我爸爸要是念了大学,就不会像现在这样天天喝酒了。我外婆说，只要我能考上好大学，就可以买好衣服穿了。念了大学，受了教育，我可以做自己想做的事。从大学里出来，你就是个有知识的人，就知道什么是好人，什么是坏人。对，就知道什么是真的，什么是假的，什么才是真正有生命力的。有了知识，我可以帮助那些需要帮助的人。我要学法律，告诉别人哪些是能做的，哪些是不能做的。我想去大学里看看，听说大学很好，我没看过。

老师问："必须念大学才能接受教育吗？"

大家一起回答："不是！"

"必须念大学才能成为一个好人吗？"

"不是！"

"那好，为什么？我们继续说。"

又是一堆五花八门的理由，孩子们之间也开始相互争辩。因为记忆的差错，也因为有的孩子的英文发音我不能一下子把握，信息的记录一定有很多误差，但这些都无关紧要。重要的是，他们的很多表述在我意料之外，不是道理讲得好，而是思考问题的角度，那个极其自由、烂漫的角度。有中正之言，更多的是偏僻、可爱、由衷的话。这样的哲学课离我的设想很远。哲学系的终身教授Y女士跟我说，她的两个助教在给二年级的孩子开哲学课，我一下子没反应过来，那么小的孩子能上什么哲学课？谁都知道哲学是门艰深抽象的学问，有一大堆规律、定理和假说。"哲学"两个字让我立马想起的是一张沟壑纵横的干瘪老脸，想到皓首穷经，想到无数人告诉过我，这个世界如何、这件事如何，你要如何如何做才行。

但在二年级的小学生这里，哲学不是知识，也不存在结论，没有圣旨和终审判决，而是一种思辨和寻找的过程：首先是自由的、充分的自我表达，是想到什么说什么，说自己的话；其次才是逐渐深入世界的方式。多少年里，我在理解哲学时，首先排除掉的就是"人"，几乎是先验地认为这是个没有"人味儿"的学科，只有榨干了血肉的抽象的道理和逻辑推论才堪"哲"。我喜欢它只在思辨的意义上，在思维游戏的意义上，其他时候我敬而远之、畏而远之。但是，这些年，我分明感到思辨世界的过程中拖泥带水地夹杂了很多的个人因素，比如经验和情感；我总以为这和我搞文学有关，同时怀疑自己的思考路径是否可靠——个人主义的出发点从来都是要被否定的，这是集体主义规训的诸多成果之一。个人不许跑到前头，要从骨子里头怀疑自我，包括切肤之思、之感。可是，那思、那感偏偏也发自内心，从我们的骨子里头流出来，所以这些年面对"哲学"两个字我一直在自己跟自己打架——其实也不仅仅对一个"哲学"。可能你也一样。

想一想，然后得自嘲地笑笑。年过而立，突然在一群二年级的小学生身上发现了另外一种"哲学"，如果这"哲学"不是唯一的"哲学"的话。多年来我习惯于把哲学等同于与"人"无关的结论和定理，总觉得要一把抓住那头的干巴巴的结果才算弄对了，原来不尽然，这一群孩子带着鲜活体温的寻找和自我表达过程也很"哲学"。如果当年我们像这帮孩子那样通过如此方式进入"哲学"，对我们来说，这门板着脸的学问会意味着什么呢？这个世界又会意味着什么？

法兰克福记

飞机晚点，落地时天已经黑透了，乘坐大巴下高速进入法兰克福市，我困得不行，进城的林荫道灯光昏暗迷离，道路窄小，木叶丰肥，那感觉像到了杭州。去酒店的路上导游一直在介绍这座城市，这里是老城，那里是新城，我迷迷糊糊，顽固地坚持自己的城市想象，这地方一定也是个豪华现代的庞大固埃。德国的第五大城市嘛，而且是金融业和保险业的中心嘛。名列前茅的序数词和明晃晃的现代化词汇误导了我，第二天我顶着晕晕乎乎的时差就开始勘察想象中的大城市。

从住的酒店往前步行十五分钟，导游说，那就是市中心。我想看看离城市边缘有多远，就一个人反方向走。过了一家中餐馆和几幢高楼，十分钟后只能看见低矮迂阔的厂房和荒草蔓生的宽大院落，院子与马路隔着铁丝网，网上陈年的海报上覆盖着最近的演出和商品广告。再往前走，两分钟，一条锈蚀的铁轨。继续走，三分钟，一座铁路桥，火车经过整个城市跟着摇晃。过了桥就是野地，名副其实的野地。城市到此结束。我有点失望，十五分钟步行，再加上十五分钟步行，就是法兰克福的半径之一。我知道这是一个极为不科学的计算方式,我没找到的某一个半径可能要步行几个小时,一定如此,但我基本上可以感觉出它比我想象中的法兰克福瘦了很多圈。

城市之小,让我吃惊和不知所措,就像我第一次到北京,它的大同样让我吃惊和不知所措。巨大和巨小都是对想象力和承受力的考验。我对城市有着强烈的好奇心,法兰克福让我有莫名其妙的挫败感。后来一想,罪魁祸首是北京,在北京待惯了,这世上可能真没几个大城市了,法兰克福的小,理所当然。我们并不一定非要生活在超大城市里,经济发展未必非得在人口上千万、占地近千平方公里的城市里进行。其后的几天,有空我就一个人背着包到处乱转,步行,我心里有底,走到哪里我都丢不了,这地方不大。因为有底,更能平和从容地观市容看市景,感受它的异国风味和人情。慢慢走,看一眼留下一眼,你才会理解一个城市。

来法兰克福是参加书展,今年中国是书展的主宾国,一个浩浩荡荡的几十人的作家代表团开进法兰克福。加上德文版新书的推介,我共有四场活动,交流或者朗诵,分处好几个地方。慢慢走你觉得这个城市不大,要坐车赶着去各处会场,你就会发现这地方其实不小,车要提前出发,拐来拐去,从一个地方穿过很多十字路口、单行道和红绿灯到达另外一个地方,完全把我绕晕了。整个书展结束了,所有的活动参加完了,我总算弄明白各个会场怎么走,我们又得离开了。

所以一个人出门我自得其乐,几个人集体去会场我反倒有点怵,只好老老实实待在酒店听指令。好在负责会务工作的中图公司尽职尽责，总是提前告知我们行程，事无巨细一概落实到最后：几点吃饭，几点上车，几点到会场，谁领我们进会场，活动几点开始几点结束，什么时候来接我们，到酒店又是几点。几个中图公司的小姑娘那几天忙得团团转，一个个分身有术，哪里都能看到她们。在书展潮涌般的人流里，见到她们就是见到亲人，智商会急剧降到三十以下，人也会变得很无赖，反正有她们在，就是头脑突然不好使了，也会被她们领回家去。我所见过的作家百分之八十时间观念和生活自理能力都不过关，让他们以自由行动的方式参加集体活动，一大半人要搞砸。所以，老同志也忍不住要感叹，姑娘们就是好啊。

  书展上人很多，人一多我对事情的感觉就变钝，进了会展中心头脑就觉得乱。乌泱泱的人，没着没落的。我把交流和朗诵的活动搞完，就四处乱串，想看点西洋景。但拥挤和嘈杂降低了很多人和事在我心中的严肃和神圣度，空前地缺少耐心，成了一个走马观花的游客，把行为准则降到了最低：立此存照，到此一游，拍完照了事。诺贝尔文学奖新科得主赫塔·穆勒有个见面会，里三层外三层地挤，德语我听不懂，抓着相机一阵猛拍，走人。无意中闯到高行健和杨炼的对话现场，汉语我是听得懂的，但听了半截子也打不起精神，就去出版我小说的柏林出版社的展台上见编辑了。最遗憾的是错过了君特·格拉斯的演讲。我最喜欢的作家之一，他的见面会在我楼下，和我的活动几乎同时，只是我的结束得比他早。本想活动一完就下楼，但结束后和记者、朋友聊了一会儿，人又变得懒洋洋的，等那股劲儿提起来跑下楼，老格拉斯已经走了。第二天看法兰克福的报纸，头版一幅巨大的照片，格拉斯面对镜头，穿黄褐色休闲西装，手抚额头遮住半边脸，疾走状，一左一右分别是我的两个记者朋友，一个帅哥，一个美女。后来我对美女朋友开玩笑，这是两个中国记者在挟持大师。

开玩笑时更遗憾，因为旁边人很少，弃了喧嚣绝了浮躁，我意识中有一股尖锐的力气，可以郑重其事，分得出轻重缓急，这种时候绝对不可能放过老格拉斯。就像一个人走在法兰克福的大街上时一样头脑清明，浑身有使不完的劲儿，看到好东西可以一直盯下去，直到看清楚、记住了为止。

2009-11-19，知春里

海德堡

时差倒得差不多了,早上七点多醒。也回到了国内的习惯,刷牙之前刮了胡子。欧洲生活慢慢进入正轨。

上午跟车去海德堡,下午三点多回到宾馆。法兰克福是德国第五大城市。海德堡在规模上,不比中国很多镇子大,尤其市中心区就那么短短的几条街,转个身就走到头了。但实在是漂亮。海德堡大学建校八百年,是德国非常著名的传统式的大学,文科为主。开放式,他们都在逛店购物时,我去匆匆瞻仰了一下,在市中心,只看到了局部,但根据海德堡市的规模,海德堡大学也不会太大。这座古老的城市沿河而筑,两岸的居民都依山而居,从山下往上看去,并不巍峨,但层叠而上,颇为精美。街道窄小,小方块石或砖头铺就,符合我想象中的欧洲的老城市,这样的街道两边如果不出现咖啡店和艺术品古玩店是不合适的,海德堡显然最大限度地满足了我对一座优雅、古老、悠闲、精致的欧洲小城市的想象。街道和店铺有种雍容富丽的沧桑感和历史感,像黑色的石头上涂了一层奶油,不是很腻,适可而止。它不会声嘶力竭地喊,不想让你惊心动魄,它只让你自然地惊一个小讶，嘴半张，哦，古老，好，这就够了。即使城市背后的著名的古堡，坍塌过，断裂过，残缺过，你也很难从中看到凄厉和悲惨。你不会像在中国看到的很多古迹一样，有种窒息的沉重，让你有撕心裂肺的痛。中国的很多古迹常会把我的情绪推到顶点，让你绝望的末日感，若残败，你甚至能感到生命无奈而决绝的消失感。海德堡的历史感和沧桑感是柔和的，中国式的历史感常是干硬的、枯涩的，像冰冷的刀穿过你身体。或者是，海德堡的沧桑和历史感更接近南中国，而中国的北方，沧桑和历史是要人命的。

街道窄，就显得两边的建筑高和阴郁，而德国人的确也热衷于哥特式建筑，拍街道时我从来都是竖起相机，让构图瘦长。镜头里的街道总是幽暗，但在图像的上方，狭长的锐角三角形的蓝天和白云突然亮起来，让你不由得惊喜和感激。我很喜欢拍这种窄窄的街道，到中国南方我也乐此不疲，寓动于静，幽明判然，很有成就感。

在国外我最喜欢的是看和拍建筑，我知道是舍本逐末。我应该多看看人，但一不小心眼光还是瞟到高楼和房屋上去了。聊可安慰的，铁打的营盘流水的兵，五湖四海的人来了又走了，留下来真正属于这个乡村、这个城市、这个国家的，只有这些建筑。然后喜欢的是散点在城市各处的小印迹，比如海报、广告、寻人启事、涂鸦族在墙壁、路面、垃圾桶和桥墩上的信手创作。这些图像给我松散、凌乱和从容、自然的感觉，非常好，城市最放松、最任性和最真实的一面都在这里：高雅靠着庸俗，规矩依赖冒犯，包容和平常心在这里成为一种美。

法兰克福和海德堡的海报栏都是圆柱形，在街头和路边，内容、颜色和图案五花八门，凌乱大概只有在这种地方才会成就和谐。文字很小，图像很多，海报上的脸争奇斗艳。时间来得及，我都会停下来拍一张；如果方便，我会请别人帮我和这些圆柱形的海报栏合个影。这些海报栏不同于我们见到的扁平的墙壁和玻璃木板，它们站在街边成为建筑的一部分，看起来的确像一间别致的小房子。头几次见到，我围着转了好几圈，希望突然从柱体的某个地方裂开一条缝，一扇门打开，走出来一个人。在我看来，它也比一块站着的板子更像城市的一部分。

  一路上风景甚好，大叶林小叶林和针叶林在深秋颜色各异，符合毛主席说的"层林尽染"，尤其阳光大好不是小好的时候，天是蓝天的蓝，云是白云的白，干净的天空和云朵，漂亮得让人心碎。

阿姆斯特丹的自行车

有生以来头一回看到这么多自行车,在阿姆斯特丹中央车站门口。一片片蔓延过去,一层层蔓延过去,巨大的停车场地放不下,只好像在立体停车场一样Z字形折叠起来,从这一端拥挤缓慢地走到了另一端,从这一层倾斜地爬到另一层。每一辆车子银亮的把手上都映鉴出好几个太阳,可以想象那阵势,沸腾的钢铁正在燃烧。每次经过那些翘首以待的自行车把手,其无从计数的宏大场面总让我想起天安门广场上的红卫兵,老人家在城楼上只是衰弱地站着,广场上也要鼓舞起一片森林般喧嚣的手臂。一点理由都不需要有,数字的累加到了位,震撼人心的宏大叙述就出来了,既具体又抽象,只这一片自行车的海洋就给了我阿姆斯特丹整座城市的感觉,进而是整个荷兰的感觉——其实除了阿姆斯特丹、莱顿和海牙,我对荷兰的其他地方一无所知,但有这浩瀚的自行车在,我以为我明白了,荷兰与这片自行车之海息息相关。

在每一个车站旁边都有这样巨大的停车场,上下班的人,长短途出门的人,把自行车骑到车站,停下,存定,买了票上火车。阿姆斯特丹是座水城，城里有蛛网一样缠绕的运河，城外是海，房屋古老，街道狭窄，单行道猝不及防，在星盘一般一圈圈向外扩展的老城区，如果不是当地的老司机，转上几圈恐怕连汽车也跟着晕了。反正我这个有年头不晕车的人，在出租车上转了几条街后，空荡荡的胃里也要无中生有地往外冒东西。方便的是船，像在威尼斯，但游艇不是谁都玩得起，自行车就成了最重要的交通工具。大街小巷都是自行车，你在阿姆斯特丹古老的红褐色砖头街道上走，如果你身边没有自行车飞速地擦衣而过，那它们一定就在你旁边随心所欲地站着：立正站好，靠着树干，锁在桥栏上，斜倚广告牌，或者干脆歪倒在地上。街道上缺了老砖头也不会缺自行车。因为自行车多，因为需要的自行车多，失窃的自行车就很多，一个住在阿姆斯特丹的作家跟我说，他已经丢掉的自行车多达两位数，单在念书时就丢了七辆。你不知道你的宝贝坐骑什么时候就被小偷顺走了；你也不知道你的坐骑的某个重要零件怎么就突然不翼而飞了。每一回运河清淤，都会挖掘出无数残损的自行车，车架上锈迹斑驳，看上去像这座城市一样，上了年纪。

自行车是喧嚣的大多数。在北京从来都是开汽车的是老大，在阿姆斯特丹开自行车的才是老大，在你身后摁喇叭的极少，但在你身后喝令你闪开的很多。我在酒店门口就见过两例，骑自行车的呵斥开车的占道。荷兰语我听不懂，不过天底下骂人使用的都是统一的表情和口型，我肯定两轮车主骂出了脏字，但四轮车主只是绅士地赔了一笑。问题是，人家根本没时间看你的笑脸，你的笑尚未落定，人家已经飞车几十米外了。在北京我是资深的两轮阶级，被四轮的财主在屁股后头摁了十年喇叭，此情此景，在阿姆斯特丹，我还真是狭隘地私生了一下快意。真为咱们穷人长脸哪。

不过你要认为在阿姆斯特丹只有穷人才骑自行车，那就错大了。荷兰人的日子相当好过，好像仅次于瑞士，没几个国家比它更像人间天堂。不差买汽车的那几个钱，但是自行车还是得骑，这是整座城市最有效的交通工具；就算你有钱摆排场，那些16、17世纪就铺好的砖头路，你也没办法让它们突然变宽。自行车是阿姆斯特丹的日常生活，就像咱们不管达官显贵还是升斗小民，过日子都得吃米一样，这事本身不带阶级色彩。那一天我们从阿姆斯特丹市长官邸里出来，我问随行的荷兰朋友，市长会骑自行车上班吗？他说当然，部长们也经常骑自行车上班。

对此我有点缺乏想象力，不知道你是否也如此。让我们一起来虚构一下，想象咱们的市长、部长们骑着自行车上班的情景：推着自行车，车把上挂一个公文包，出门，踩一只脚蹬，助跑，抬腿，上、上、上——车。这个过程被我想得支离破碎异常艰难，因为我总是注意力不集中，习惯性地替领导们盘算，自行车的后头到底应该跟多少人合适，这些人骑车还是坐车；还有，一个更为要害的问题是：咱们的市长和部长们还会骑自行车吗？

2011-6-27，知春里

阿姆斯特丹和我们的历史

到阿姆斯特丹的当晚,接风宴在一家老馆子里,"五只苍蝇",幸亏名字事后才知道,否则肯定影响胃口。吃啥我差不多忘了,据说是最荷兰的菜,整个阿姆斯特丹只有两三家餐馆才做得正宗,也最贵,"五只苍蝇"是其一。

啤酒和白葡萄酒很好喝,我也忍不住喝了一点。一定要相信一个向来不为美酒所动的酒精过敏者的话,那酒真不错。老馆子还因为房子老。好像是17世纪的房子,门脸很小,进去了发现曲折幽深,那些房间一个个拐着弯相互连通,仿佛可以无限延伸下去。房顶上有壁画,木质的房梁只看颜色就明白一定是爷爷的爷爷的爷爷的爷爷的爷爷辈了。你不得不想到"历史"这个巨大的词。

事实上,在阿姆斯特丹的河两边走,随时可以看见某栋沉默朴素的建筑墙上嵌着一块铜牌或者石牌,上书"18××年"或者"17世纪"字样。一点都不隆重,有着漫不经心的自然,就像你随便一打眼看见了它们,就是17世纪,就是18世纪,几百年一声不吭地站在那里。看多了你会忍不住犯嘀咕,为什么人家总那么有历史呢？咱们泱泱中国有浩浩五千年文明史，可是你要到一座像样的城市看，还真很难看到多少遗迹，更别说几百年上千年之后还能住人的房子了。

前些天去了江苏某地，我曾战斗过的地方，那座城市在两千多年前的西汉时期就已名闻遐迩，出过能忍胯下之辱的大人物，照说算古城没人敢有疑问，但是，距上次去不到两年，我坐着朋友的车再次穿城寻寻觅觅而过，我以为那是一座极为现代化的新兴城市。如果不是朋友在佐证，如果不是我曾有的记忆在提醒我，我真的就认为那就是我从来没去过、也是去了无数次的城市——没去过是因为它与我记忆中的、想象中的古城相距如此遥远；去了无数次是因为它和像打了鸡血和激素似的所有中国城市一样，最大的特色就是毫无特色，长了一张普世的"中国造"的脸。

我们几乎不能想象，还有哪些中国人敢住在三四百年前的民房里，又还有多少中国人有三四百年前的房子可住。我们有写不完的历史，咱们不差钱，可是挥霍了半天，地主家还有余粮吗？有一年在华盛顿特区，看见一栋红砖的残破小楼立于街边，肯定是危房，里面也的确空空荡荡，但是美国人民顽固地把它保留了下来，因为它是一百年前建的。就是个废墟，一百年了他们也愿意留着。这类似行为艺术的事情，咱们中国人肯定不屑，一百年也算历史？简直搞笑。咱们指头缝里撒一点儿，也够他们宝贝半辈子了。没错，我们如此之有历史，太有历史了，只是我们走马江湖转上一圈，那些历史都到哪里去了？朋友说，咱们的历史主要在寺庙里，你看，和尚庙、尼姑庵和道士观，全是老的，千儿八百年的不成问题。想想倒也是，痛惜那些在"破四旧"中被推倒摧毁的，没被以"革命"的名义夷为平地的庙宇道观，在至今还存在的建筑中，的确算是古董了，可惜这样的古董也太少了。

不过为什么只有这些烧香求拜的地方还稍能存活？也许因为敬畏？佛祖天尊在上面看着，我们不敢胡来，好歹算保留了一些。因为敬畏，我们保留一点历史。除此之外，能拆的拆，不能拆的也拆，活活把一座座古城格式化为一个个窗明几净、哪儿都光鲜的现代化都市。新，是我们对世界的统一看法；新，也是我们对世界的唯一标准。在名叫"五只苍蝇"的餐馆里，对面坐着一家人，三四岁的孩子对着古老的天花板指指点点。父母告诉她：你看见的东西都是历史。这场面有点煽情，也有点诗意和矫情。但假如我们顺着小孩的手指头想远一点，哪一天如果我们的孩子对着城市随手一指，问我们的历史在哪里，我们该如何回答他们？

——看不见摸不着。那时候我们可能只好抓耳挠腮，把脖子憋得跟脸一样粗，拍拍胸口更加矫情地告诉他们：咳咳，孩子，咱们漫长浩荡的历史嘛，在心中。只能在心中了。

2011-6-23，阿姆斯特丹

用文学挣钱是门艺术

想靠文学挣钱的出版社很多，想靠文学挣钱的活动也很多，想靠文学挣钱的作家更多，但能挣到钱的不多，挣得好看的更少。都以为穷凶极恶地扑上去，把吃奶的力气都用出来就能搂个肚大腰圆，好像挣钱就是贴身肉搏。这个样子，能不能挣到另说，绝对是有碍观瞻。这么说可能很多人不高兴，在这个所有脑袋都八面玲珑的时代，谁挣钱会不花心思呢——我们的信条是：曲径通幽。我相信，大家多多少少都曲过，只是曲到何种程度就不好说了；如果曲得不到位，放远了看，它就是直的。要足够曲，还要曲得精致、高雅、有品位，曲得宽广、开阔、有气象，这样去挣文学的钱，挣得个盆满钵满，人家还觉得你是在艺术地搞公益事业。

这一番感慨来自阿姆斯特丹的图书周。

前些日子有幸参观了图书周的场地，几排改造过的废旧大厂房。那天上午下了大雨，天灰着，从外面看，厂房一副烟熏火燎的二战模样；推开门，里面也黑灯瞎火的，但是灯一亮，展厅的气势就出来了，因为陈旧更显得庄重，大得铺上草坪就可以踢足球，很像北京的798。在这些宽广的空地上，每年三月都会被分割设计，挤满了展台、摊位和所有与书有关的部门和人，出版人、作家和读者在各个大厂房里乱窜。今年八月底的北京书展上，荷兰将是主宾国，到时候大队人马会开到中国。对一个有七十多年图书周的老传统的阿姆斯特丹来说，里应外合的机会不容错过；届时他们将在这些大厂房里整出一个分会场，北京有的他们都会有，同步直播书展的盛况，与北京互动，气氛已经吊起来了，他们在这里就可以再接再厉，继续做荷兰本土和欧洲的版权和图书交易。这基本上已经说明了，这帮家伙眼神好，逮着机会就能赚钱。

当然，我想说的"曲径通幽"的好点子是在他们一年一度的图书周上，三月的连续某十天里。除了常规的大家想破脑袋去做的交易，组委会每年推出一本书，这本书百分之百会畅销，因为每年的这一本书都要卖到一百万册以上。全荷兰大人小孩加起来也就一千七百多万，照这个比例算，一本书的发行量过百万，无论如何也是个天文数字。那么，钢铁是怎样炼成的呢？我用披头散发的简陋英语表示了强烈的困惑。

图书周的负责人解释，每个图书周都会提前预约荷兰一位著名作家写一个中篇小说，只要是跟书展有关，不管你怎么写，做成单行本上市，大概九十页左右。只要你在图书周期间买书超过十二点五欧元，展台上、书店里皆可，即免费送一本这书。当然你也可以单买，定价七点五欧。因为是著名作家的最新作品，通常会相当抢手。顺便说一句常识，按人口比例算，荷兰是个绝对的阅读大国。

促销的创意到这一步,我觉得已经很精彩了。他们继续玩了个噱头,在图书周期间的星期天里,如果你手持此书,坐公交车一律免票,这一天它是你的图书票。这就很有意思了。公交车的票价多少先不说(有本书看又能免费坐车,肯定划算得紧),人人都揣着本书上上下下,简直是一场盛大的群体行为艺术。那本书一下子就有了纪念意义:我看了一本期待已久的名作家的最新小说,我免了车票,我还玩了一场行为艺术。可以肯定,那十天里半个阿姆斯特丹都在谈论这本小说,作为一个如此热爱阅读的荷兰国民,没这本书你插不上嘴。被晾在一边的感觉可能不会太好,所以,你将心甘情愿地要么掏出十二点五欧,要么掏出七点五欧。

这一路说下来,我突然发现,这件事其实是个艺术。无数人抱着同一本书上下车是个行为艺术,这本书的整个策划和营销同样是个行为艺术。一百多万册能挣多少钱,我没算过,肯定不会少,更重要的是,这钱挣得有品位、好看。图书周搞得热热闹闹,整个阿姆斯特丹书香袭人,读者看了书、坐了车还玩了艺术,出版商和作家腰包也鼓了起来,皆大欢喜。看来挣钱的确是门艺术。从书展的大厂房出来,我遗憾去晚了,如果赶在了三月,我希望我能抱着一本价值七点五欧的小说坐在阿姆斯特丹的公交车上。

2011-7-30,知春里

哥伦比亚的马尔克斯

除了好莱坞电影里的大毒枭和街头的黑帮火拼，我关于哥伦比亚的所有认识都来自加西亚·马尔克斯。包括波哥大，这个翻译成汉语总感觉莫名其妙的地名，如果不是马尔克斯曾在此读书、工作、生活，并在作品中屡屡提及，我肯定不会像现在这样喜欢。波哥大，事实上马尔克斯本人也不是很喜欢。我在波哥大最著名的一条街上和一个哥伦比亚年轻人聊天，他说，马尔克斯更喜欢墨西哥，你看，他常年住在墨西哥城。这也是很多哥伦比亚人对马尔克斯颇为纠结的原因之一，他们认为，除了文学，马尔克斯没有给哥伦比亚贡献更多：他没有帮助哥伦比亚人解决更多的政治和现实问题，他甚至都不住在自己国家的首都。而马尔克斯的故乡小镇上的人甚至说，当作家他赚了很多钱，本可以花些钱铺路或者建一些卫生所的。他们显然希望，这是一尊彻彻底底的他们自己的神；达则兼济天下，这个"天下"当然得是哥伦比亚。

到哥伦比亚之前，我把这个国家想象成一个大若干号的马孔多，因为马尔克斯就是这么写的。我还知道哥伦比亚盛产香蕉，《百年孤独》写到了香蕉种植园事件。哥伦比亚还有很多稀奇古怪的事发生，有人可以坐在毯子上飞上天，有人一出现就招来无数的黄蝴蝶。不过黄蝴蝶我见到最多的不是在哥伦比亚，而是在墨西哥。我们开车行驶在从梅里达到坎昆的高速路上，两边高大的灌木如同两堵墙，你根本看不到更远的地方有什么，一只只黄蝴蝶从灌木丛里神话般地飞出来，速度快的掠过我们的车，行动迟缓的，迎头撞上了车玻璃，留下一摊黄色的粉尘和液体。马尔克斯在作品中写到很多次咖啡，但没有强调哥伦比亚的咖啡究竟有多好，我就没当回事。欧美的咖啡嘛，相当于亚洲人顺嘴说到茶，我照着平常的量来了一杯，几分钟后问题来了。

起反应了？当时刚坐到中央大学的演讲台上，觉得心跳的节奏突然变了，像老火车被迫提速，跑得有点上气不接下气。波哥大海拔两千六百四十米，友好的哥伦比亚朋友曾提醒我注意高原反应，我说谢谢，哥们身体好，如履地平线。我在演讲中如实说到了"气短"，他们就笑了，那是咖啡的反应，难道你不晓得哥伦比亚的咖啡很厉害吗？原来如此，马尔克斯没把事情说清楚。我只好回答，现在知道了，哥伦比亚的咖啡跟小说一样，劲儿大。

我是谈文学的。波哥大的教授和读者说，谈谈你如何写小说吧。自家产的，问题不大，但坐到台上，看见听众里一张张酷似马尔克斯的脸，我决定转换话题，主要说马尔克斯。在大师的故乡说自己的写作，我想还是别班门弄斧了。我是来朝圣的。我从大学一年级开始疯狂地阅读马尔克斯讲起，讲因为

《百年孤独》,我打着手电在集体宿舍的被窝里写作平生第一部长篇小说,魔幻现实主义的,一个人在梦中穿过沼泽,醒来看见脚上还沾着泥巴,浑身上下浓重的淤泥味怎么洗都去不掉。这部小说当然没有写完,手稿至今还在我的柜子里。讲为了得到一本《马尔克斯中短篇小说集》,我以定价的十六倍赔给了图书馆,身上的钱不够,临时找同学去借。讲这些年马尔克斯对我、对整个中国20世纪80年代以来的当代文学的影响。讲马尔克斯去世的那天早上,我在外地出差,一大早打开手机,微博、微信上漫山遍野的消息,那天我躲在宾馆里,给报纸写了一篇两千多字的纪念文章。讲哥伦比亚驻华使馆在马尔克斯逝世一周年的纪念活动上,主持人摘引了我写的那篇《只有一个马尔克斯》:

在当代,大概很难找到另一位作家像马尔克斯这样能够对全世界产生如此持久和显著的影响力。1982年获诺奖以来,他就成为全球瞩目的焦点,此后,每一年诺奖揭晓,尽管新科状元走马灯地换,你都会在这些闪光的名字背后看到另一个同样闪光的名字——加西亚·马尔克斯,因为你总会在潜意识里用他的成就和标准来比照新得主。就像我们提到19世纪以来任何一位别的作家时,都会让他们的身边站着一个托尔斯泰,我们不乏阴暗地想看一看他们和托尔斯泰的肩膀是否一样高。在这个意义上,别的作家可能只得了一次诺贝尔奖,而马尔克斯获得了自1982年以来的每一届诺贝尔奖。

我来哥伦比亚是朝圣的。遗憾的是,因为行程所限,来不及去马尔克斯的故乡阿拉卡塔卡镇,只能在波哥大寻找大师的蛛丝马迹。但在这座城市,如果你不张嘴去问,很难在日常细节里看见马尔克斯的巨大荣光。而在智利,你在城市的街巷里游走,一不小心就可能在街头涂鸦中看见聂鲁达。智利人熟练地画出聂鲁达宽阔的脑门和大鼻子,他们把以伟大的诗人为荣表达得直接坦荡。哥伦比亚人当然引马尔克斯为骄傲,当他们知道你是作家时,总要一遍遍问你,他们家的马尔克斯对你的影响到底有多大。但是马尔克斯尚未全面渗透进波哥大的日常生活。因为大师还不够古老?或者他们还没来得及消化一位超级大作家?

走在波哥大的街巷里,因为缺少行迹指南,我只能想象大师在我落脚的每一个地方都走过。半个多世纪前,那个落魄又充满激情的年轻人在这座城市里寻寻觅觅。他第一天在首都大学的宿舍里醒来,大叫谁往他床上泼了水:波哥大太潮湿了。可能是我来波哥大的季节不对,晚上我把酒店里的空调关了,第二天早上起来,摸一把被褥,还是干的。对此波哥大人一笑,小说家言而已。

走街串巷,朝圣依然落不到实处,我想起通常的好办法,买纪念品。所有纪念品中,我最喜欢的是作家的雕像,但凡去过的国家,我都会想办法找到喜欢的作家的雕像。问了很多人,哪里有卖马尔克斯的小雕像。众说纷纭,皆含混犹疑,只说哪里哪里可能有吧。事实上哪里都没有,该逛的地方都逛了,该问处也都问了,一无所获。

从黄金博物馆出来,还是不死心,去旁边卖各种纪念品的市场问,几个摊主都摇头。有个娇小的女老板让我等等,去问一个女伴,那女伴也不清楚。旁边一个挺着大肚子的男人听见了,说他知道,五条街外有个马尔克斯文化中心。那中年男人穿一套肥大的西装,打领带,皮鞋最近几天没擦油,有点谢顶,看样子是市场里的领导。我们一路往前走,经过一家报社、一个立着传教士雕像的小广场,穿过一排排殖民地时期的楼房,靠街的底层铺面里在卖各种真真假假的金银首饰。

五个街区,左拐,国家图书馆附近的一家书店。谢了顶的好心人找到一个在书店外卖书的售货员,用西班牙语说话。他们应该很熟。售货员是个戴眼镜的瘦子,带我进到书店,书店很大,峰峦叠嶂地摆满了各种书。纪念品在收银处。女收银员心情肯定不好,绝大多数时间都低着头,只用凉飕飕的眼睛余光看人。没有雕像,只有这个,她把印有马尔克斯头像的冰箱贴和贴着老马头像的便条夹及木头镇纸拿给我看。做工都挺简陋。这就是马尔克斯文化中心?我有点怀疑是不是把他的意思翻译错了。既然没有,只能聊胜于无;相对于纪念品的质量,价钱贵得稍显离谱,便条夹一万比索,边长不到四厘米的正方体镇纸一万五千比索。还是拿下了。付款的时候收银员依然板着脸,看来这世上没什么能让她笑了。

他们怎么能这么对待马大师呢,我都要愤愤不平了,朋友急忙赶来,那边有老马的图书专柜。冲过去,果然壮观,宽敞的展柜上堆满了各种与马尔克斯相关的书:他写的,写他的,各种版本的作品、传记、研究著作、影像资料。我觉得舒服了一些：大师要有大师的样子。买了一本精装的纪念影集，抱着书跟一展柜的书合了影。抱完自己买的书，我又去抱不打算买的书继续合影，那些书上照例都有老马醒目的头像。这个区域的营业员是个男的，戴眼镜，长一脸黑亮的络腮胡子，他安静地在一边看，对马尔克斯的粉丝他肯定见得太多了。等我拍完照，把每一本有兴趣的关于老马的书都翻了一遍，他微笑地问我从哪里来。我说：

"China."

2015-6-16，知春里